언어의 가면

배 옥 주

지식과교양

투병 중에도 두손 모으시는 정필연 여사와
하늘에서 나를 지켜주시는 최정자 여사
두 분 어머니의 간절한 기도가 나를 바로 세워주었다.
영원한 나의 당신들에게 이 책을 드린다.

부산광역시 BUSAN METROPOLITAN CITY   BUSAN 부산문화재단 BUSAN CULTURAL FOUNDATION

본 사업은 2022년 부산광역시, 부산문화재단 〈부산문화예술지원사업〉
으로 지원을 받았습니다.

서문

　발가벗겨진 언어들이 웅크리고 있다. 등을 어루만지자 설핏 고개를 드는 언어들. 부박한 지식으로 가면을 쓴 언어들이 두려운 눈빛으로 나를 바라본다. 방향을 잃고 허둥대는 언어의 균사들이 덮어쓴 가면을 이제, 벗기기로 한다. 두려움에 맞서는 용기 있는 오늘은 어제를 만회할 수 있다는 진리를 믿기 때문이다.

　연구서 이후 첫 평론집을 묶는다. 이번 평론집은 서로 다른 언어의 파장이 생래적인 빛깔을 찾아가는 지난한 여정이 될 것이다. 우선, 무지렁이 시인에게 선뜻 글을 맡겨주신 나물 같은 마음들이 떠오른다. 이 책 『언어의 가면』은 오롯이 믿음에서 비롯된 그 분들의 배려 덕분에 묶을 수 있었다.

　한 시인이 영혼을 바쳐 쓴 시를 비평한다는 자체가 얼마나 어리석은 일인지 알고 있다. 그럼에도 불구하고 마음를 다잡는다. 이 글들은 한 편의 시를 완성하기까지 치열하게 고뇌했을 시인들의 상상력과 새로운 말걸기를 귀담아 들어보고자 한 바람에서 시작되었다. 핍박한 현실에서도 굳건하게 자신의 감성과 사유를 펼쳐나간 시인들의 올곧은 정신을 닮고 싶었다. 이성적인 지성과, 감성적인 영감으로 창작한 시인의 언어에 누가 되지 않기를 두손 모은다.

　1부 「완생으로 나아가는 자생과 상생」은 자생과 상생의 의지로 완생을 꿈꾸는 생명체에 관한 글들이다. 모든 생명체는 불가분의 관계를 맺으며 살아간다. 그리고 어떤 생명체든 스스로의 힘으로 어려운 처지에서 벗어나 새로운 삶을 살아가는 자력갱생의 완생을 추구한다. 완생完生은 외부를 향한 활로가 막혀도 죽지 않는 상태의 돌을 말하는 바둑용어로 '완전히 산다'는 말이다. 모든 생명체는 공존하면서 완생을 향한 운명애를 지향한다. 운명애는 자기 운명을 긍정하고 받아들일 뿐 아니라 적극적으로 사랑하는 일을 멈추지 않는다. 각자 다른 삶을 영위하는 인간의 위대함으로 운명애를 실천하는 존재의 진리에 도달하게 된다. 1부에서 살펴본 시편에서는 완생으로 나아가려는 자생과 상생의 의지를 통해 미래를 창조해나가는 참모습을 발견할 수 있다.

　2부 「닿을 수 없는 공의의 규율」은 닿을 수 없는 너머의 세계를 탐색한 글들이다. 불안한 시대의 현실에 직면한 인간은 자신을 극복해야할 대상으로 여기며 실존적 삶의 표상 바깥에서 절대자에게 귀속하려는 태도를 보인다. 하지만 인간의 불확실성을 복원하려 할수록 초월적 존재 앞에서는 나약하고 불완전한 존재라는 사실을 드러낼 뿐이다. 공의로운 세계는 상상력의 접점과 중간자의 저편에서 선과 악을 공평하고 옳게 하는 상서로운 세계다. 공의는 선하고 악한 것의 제재를 공평하고

의롭게 하는 신의 품성을 닮았다. 2부에서 살펴본 시편들은 스스로 정한 규율에 갇힌 인간이 신의 품성에 가까워지는 공의로운 세계에 닿는 일은 쉽지 않다는 사실을 확인할 수 있다.

3부 「리좀적 상상과 생기론적 속살」은 리좀(Rhizome)적 번짐과 다르게 엉키는 형상의 관계를 살펴보는 글들이다. 땅속줄기인 리좀은 중심이나 질서가 없다. 리좀이 여러 모양으로 연결하는 새로운 접속과 생성의 무한한 가능성을 보여주듯, 세계의 존재는 여러 줄기들이 위계질서 없이 평등한 관계를 맺는 차이를 긍정하게 된다. 3부에서는 세상에 부유하는 어둠과 슬픔을 쓰다듬는 시를 통해, 각 시편에 등장하는 대상들이 어떤 관계를 맺고 있는지 무엇과 접속하는지 살펴본다. 3부 각각의 시편에서 감지되는 일상의 지혜는 생기론적 속살의 생성을 위한 창조적 접속을 한다. 또한 끊임없이 탈주하는 리좀적 상상을 불연속적 이미지로 뻗어가며 끊임없이 차이 나는 미래의 나로 만들겠다는 시도를 멈추지 않는다.

4부 「존재론적 열망의 산책자들」은 세계의 내면과 외면을 건너다니는 시인의 사유를 살펴보는 글들이다. 4부에서는 산책을 통해 분출되는 시인의 감성과 영감이 세계의 중심을 꿰뚫어보는 사유에서 비롯된다는 사실을 발견하게 된다. 시인의 산책은 심리적 경험의 내적 산책과 타자적 경험의 외적 산책으로 나눌 수 있다. 내적 산책은 실존적 자아가 경험한 심리적 감각을 소환하여 시적 맥락을 구축하는 반면, 외적 산책은 객관적 인식으로 타자화된 이미지에 자아의 사유를 이입한다. 존재론적 열망의 산책자인 시인이 성숙한 사색의 깊이를 수반할 때 시적 성취를 기대할 수 있다. 세계의 내면과 외면을 산책하는 시인은 장소나 인물에 대한 심미적 인식을 발현하게 되는데, 산책 과정에서 조우하게 되는 대상들은 개인이나 사회와 유기적 관계를 구축한다. 산책자인 시인은 세계의 내면과 외면을 통찰하며 다듬어진 고유의 정신세계와 존재 방식을 시적 언어와 상상력으로 규명한다.

27층 우리집에서 올해, 두 그루의 행운목이 번갈아가며 꽃을 피웠다. 게다가 호야나무 별꽃도 피고 지더니 한여름이 된 지금까지 송이송이 호야꽃이 무더기 별빛을 환하게 밝히고 있다. 부겐베리아도, 군자란도 꽃문을 열어 우리집은 그야말로 초봄부터 지금까지 소담한 꽃잔치가 이어지고 있다. 아침마다 먼 바다를 건너와 놀다간 햇살 덕분인지 관음죽까지도 자주 꽃을 피운다. 현관문을 열 때마다 집을 가득 채운 꽃향으로 우리를 반겨준 올해는 향기로운 행운의 2022년으로 오래 기억될 것이다. 첫 평론집을 낼 수 있도록 기꺼이 심장을 열어준 시편들과 사유의 기록을 해나갈 수 있도록 배려해준 분들을 행운의 정원으로 초대하고 싶은 맘 간절하다.

시집 해설과 평론 원고를 맡겨주신 모든 분이 감사하다. 늘 그 자리에서 지켜봐주시는 남송우 지도교수님께 고마움을 전한다. 지쳐 주저앉을 때마다 용기를 북돋아주시고 격려를 아끼지 않으신 부경대학교 송명희 교수님과 김남석 교수님께 고개 숙여 감사 말씀을 드린다. 이 분들이 계셔서 지금 내가 이 자리에 있다는 것을 잊지 않을 것이다. 은혜를 베풀어주신 고마운 분들이 헤아릴 수 없이 많다. 하나둘 갚으며 살아야겠다. 연구서 이후 평론집까지 졸고를 마다않고 출판해주신 〈지식과 교양〉 윤석산 사장님과 편집의 수고를 마다않으신 윤수경 선생님께도 고마운 맘을 전한다. 언제나 내 편에서 믿어주고 지지해주는 나의 가족, 가면을 벗고 용기있게 나서준 나의 언어들에게 진심을 전한다. 부족한데도 불구하고 선뜻 믿어준 분들의 선한 마음 덕택에 이 책이 세상의 소리에 귀 기울일 수 있게 되었다. 깨어있는 정신과 지혜로 달아오르는 시의 심장 박동을 귀담아 들을 것이다.

염천의 태양도 길게 혀를 빼물고 지친 걸음을 쉬어 가는 팔월. 양버즘 나무를 차지한 말매미울음이 열대야처럼 세상의 밤낮을 달구고 있다. 매미껍질이 늘어나는 만큼 입추를 지난 매미의 구애도 치열해질 것이다. 감사한 마음이 매미 울음처럼 깊어지는 여름밤이다. 내게 행운이 주어진다면 고맙기 그지없는 이분들과 나누고 싶다. 나는 진정, 행복한 사람이다.

2022년 팔월 한여름 밤 샛별 환한 수영강변에서

| 차례 |

제1부

완생으로 나아가는
자생과 상생

동물로 표상된 인간의 실존
-시에 등장하는 동물

- 강성은, 『Lo fi』

'동물의 인간화'는 '인간의 동물화'와 일치한다.

-조르지오 아감벤(Giogio Agamben)

1. 인간세계와 동물의 관계

모든 생명체는 불가분의 관계로 존재한다. 그중 동물은 인간의 삶과 긴밀하게 연결되어 있다. 인간은 자신이 가진 이성과 언어의 우월감에 빠져 동물을 열등한 타자로 폄하한다. 조르주 아감벤(Giorgio Agamben)은 동물이 태어나는 순간부터 '벌거벗은 생명' 즉 '호모 사케르(Homo Sacer)'가 된다고 주장한다. 인간은 동물의 배타적 외부이며 동물은 인간의 지배적 외부가 된다는 것이다. 인간은 죽음을 죽음으로써 경험할 수 있지만, 동물은 인간의 화석 같은 존재로 죽음을 파악하지 못한다고 하이데거(Martin Heidegger)는 인식한다. 이처럼 로고스

(logos)적 사상은 동물과의 소통을 어렵게 만드는 결정적 역할을 하게 된다.

이에 반해 데리다(Jacques Derrida)는 고양이 시선에 포착된 발가벗은 인간의 수치심에서 '인간적인 것'과 '동물적인 것'에 대해 성찰한다. '자연으로 존재하는 동물'과 '문화로 존재하는 인간'의 관계에서 인간중심적 주체의 시선에 문제를 제기하고 동물을 시선의 주체로 전환한 것이다. 동물이 인간에게 어떤 존재인지는 동물을 취급하는 방식을 보면 판단할 수 있다. 동물은 영혼이 없으며 이성을 지니지 못한 종속적 존재로 치부되기 때문에 고깃덩어리나 가죽제품으로 소비된다. 인간은 동물의 고통을 외면하는 것이다. 인간의 동반자가 되어주는 반려동물이 버림을 받기도 하고 실험동물이나 강아지공장 같은 폭력이 자행되기도 한다. 이런 현실 속에서 동물이 지구상의 '마지막 타자'라는 사유에 반기를 들기는 어렵다.

문학에서 동물은 인간세계와 어떤 관계를 맺는 존재자가 될까? 동물은 단군신화의 곰과 호랑이를 위시하여 설화나 우화, 민담에도 빠질 수 없는 단골소재다. 문학에 등장하는 동물은 등장인물의 내외적 상징이 되거나 은유적 의미를 다층적으로 창조하는 대상이 된다. 시에서 동물화 양상은 시적 의미나 작가의 의식세계를 규명하는 데 중요한 역할을 한다. 동물표상에 집중한 시의 종류는 동물 자체에 주의한 '영물시', 동물형상의 습성을 묘사한 '형상묘사시', 동물을 비유적으로 이용한 '비흥대상시', 동물생명을 다룬 '생명애호시', 사람과의 친화에 감흥한 '동물교감시' 등이 있다.

시인은 동물의 역동적인 생명력을 들여다보며 동물표상으로 인간존재를 형상화한다. 윤곤강의 동물시집을 필두로 백석, 서정주, 김기택, 송찬호 등이 동물에 천착한 시창작을 시도하였다. 1911년 발행된 아폴리네르의『동물시집』(황현산 역, 난다, 2017)을 비롯하여, 1939년 윤곤강이 한국 최초로『동물시집』(한성도서, 1939)을 출간했다. 2014년에는 오세영이 60여 편의 동물시가 실린『바람의 아들들: 동물시 초抄』(현대시학, 2014)를, 2015년에는 김태호가 70여 편의 동물시를 실은『동물의 세계』(한누리미디어, 2015)를 발간했다. 이 외에도 다수의 동물시집이 발행되었다.

2000년대 이후 시인들의 시편에서도 동물표상의 은유적, 상징적 전이에 의한 인간 실존의 사유를 발견할 수 있다. 최근 발간된 젊은 시인의 시집 중 강성은의 세 번째 시집『Lo fi』를 들여다보면 상상 속에 저장해둔 동물표상을 불러내어 환상성을 표출하는 시편이 많다. 전체 47편 중 30여 편의 시에서 동물표상의 은유와 상징이미지가 발견되어 주목된다. 강성은의 시세계에는 이질적인 존재를 구분하는 경계면이 존재한다. 그 계면의 안팎에 동물표상이 등장하는 것이다. 살아있거나 죽은 것이 구분되지 않거나(「0℃」), 누가 죽은 사람인지 산 사람인지 구별하기 어려운(「계면」) 강성은의 시세계에 등장하는 동물은 인간세계와 어떤 관계를 맺고 있을까?

2. 부정적 동물표상의 환상성

강성은의 시에서 발견되는 정서적 특질은 잠재된 내면의식을 초현실적 이미지로 풀어내는 '환상성'이다. '환상적(Fantastic Fantastique)'이라는 말은 라틴어 판타스타쿠스(Phantasticus)에서 파생되었다. 문학에서 환상은 공상과 가공의 세계에서 현실과 비현실의 경계를 침범하는 현상이다.(「문학비평 용어사전」)『Lo-fi(문학과지성사, 2018)』는『구두를 신고 잠이 들었다(창비, 2009)』와『단지 조금 이상한(문학과지성사, 2013)』에 이어 출간된 세 번째 시집이다.『Lo-fi』에서는 부재와 상실로 경험되는 작가의 상상력을 동원하여 불확실한 현실세계를 초현실세계의 환상성으로 표출한다.

강성은의 시편에서 발견되는 '환상성'은 삶과 죽음이 하나인 것처럼 현실과 비현실의 층위가 분리되지 않는다. 특히 강성은의 시에 등장하는 동물표상은 삶과 죽음의 의지가 서로 맞닿은 경계면에서 인간실존이 충돌하는 중요한 소재로 쓰인다. 기존의 동물표상 시에서 동물의 생리를 통해 교훈적 의미를 전하는 진술방식을 볼 수 있다면, 강성은의 시에 등장하는 상징적 동물표상은 상상적 사유에서 발현되는 내면심리를 만나게 된다. 다음의 시「야간비행」에서는 저음질의 'Lo fi'로 들려주는 '박쥐'의 거친 비행소리를 들을 수 있다.

나는 공중을 날았다 미풍을 가르자 날개가 가볍게 펄럭였다 아래로 산과 들이 펼쳐져 있었고 숲과 강이 이어져 있었다 검은 꿈의 연기를 뿜는 공장도 있었다 내 곁을 통과하는 흰 기러기 떼도 있었다 한참을 날자 불이 켜진 공중전화 부스가 밭 한가운데 서 있었다 천천히 내려와 공중전화 부스로 들어갔다 아는 번호 몇이 떠올라 전화를 걸었다 누구도 받지 않았다 /〈중략〉/ 그때 불현 듯 공중전화의 벨이 울렸다 수화기 너머에서 누군가 내게 말했다 /〈중략〉/ 뭔가 말하려고 했는데 내 입속에서 나오는 건 희뿌연 연기였다 안개였다 /〈중략〉/ 다시 공중을 날아왔던 길을 되돌아갔다 어두운 동굴 속으로 들어가 검은 날개를 접었다 거꾸로

매달려 매일밤 나는 날았다 지도에 없는 곳을 날았다

　–「야간비행」 부분

　박쥐는 정체불명의 '나'와 동일한 존재의 다른 모습으로 형상화한 동물표상이다. 시에 표출된 박쥐의 행위들은 은유와 상징을 환상성으로 지배하는 화자의 내면심리를 보여준다. 박쥐는 현실세계에서 이상세계로 넘어갈 수 있는 초월적인 '유령' 역할을 한다. 「야간비행」에서는 연기나 안개처럼 흩어져버리는 '나'의 비현실적인 존재가 '박쥐'라는 부정적 동물표상의 환상성으로 나타난다. 이런 환상성은 현실과 무의식의 반영이며 심리적 현실을 보여주는 경계[1]가 된다. '나'는 매일 밤 동굴에 "거꾸로 매달려" 지도에도 없는 길 위로 날아다닌다. 박쥐의 모습으로 살아가야하는 '나'는 야간비행을 멈출 수 없는 고립된 존재다. '나'를 통과해버리는 '흰기러기'와 '검은 박쥐'의 대비는 조화될 수 없는 부류의 인간을 상징한다. '나'는 타인을 경계하며 "꿈의 연기" 같은 검은 날개를 접은 채 고립된다.

　불 켜진 "공중전화부스가 밭 한가운데 서있"는 배경의 부조화는 시적 정황을 긴장시키는 요인으로 작용한다. '나'는 "공중전화부스로 들어"가 기억나는 "번호 몇"을 떠올리고 소식을 전하거나 받고 싶지만 "누구"도 나를 받아주지 않는다. '나'는 불확실한 세계의 깊은 밤을 고뇌한다. 동굴 밖에선 불능의 존재인 박쥐가 되어 지도에 있는 길을 찾지 못하고 헤맨다. 확장되는 밤의 세계에서 '나'의 활동 반경은 검은 날개를 접고 거꾸로 매달릴 뿐 동굴을 벗어날 수 없다. '나'는 자연과 낮의 세계에서 배

---

1) 현수정, 「전복적 상상력과 비판적 현실인식 연구」, 2016.

척된다.

환상이 신비의 추구가 아닌 모호함에 있다면(토도로프-Tzvetan Todorov) 비현실적인 사건이 실제 일어나는 것처럼 느껴져야 환상성이 발생한다. 입에서 하고 싶은 말 대신 "희뿌연 연기"가 나오는 비현실적 사건은 초현실적 이미지의 환상성을 드러낸다. 들리지 않고 말할 수 없는 내면심리를 연속적인 불능의 상황으로 보여주는 것이다. 인간의 눈부신 세계에 어울리지 않는 '나'는 "날아왔던 길을 되돌"아 동굴로 가야만 하는 부정적 동물표상의 '박쥐'이다. 부정적 동물표상의 동물이미지는 「까마귀」에서도 발견된다.

까마귀들이 밤을 물고 왔다
동네 골목마다 까마귀들이 가득하다

까마귀들이 먹다 버린 사과
까마귀들이 신다 버린 장화
까마귀들이 쓰다 깨진 안경
까마귀들이 두드리다 버린 피아노
까마귀들이 쓰다 만 일기
까마귀들이 울다 잠긴 어항
까마귀들이 쾅쾅 두드리던 문
까마귀들이 들어갔다 나오지 못한 검은 비닐봉지

눈이 내리자
눈 속에 묻힌
눈 속에 묻혀 이제는 보이지 않는

까마귀들이 없는 밤

까마귀들이 없는 겨울
까마귀들이 없는 세계
-「까마귀들」전문

　'까마귀'는 인간의 동물화가 되는 상징적 동물표상이다. 화자는 골목
마다 가득 모인 까마귀들의 부질없는 행위를 통해 쓸모없는 인간군상
을 보여준다. 까마귀들의 행위가 현실성을 초과하는 지점에서 환상성이
발생하는데, "버리"거나 "깨"지거나 "잠기"거나 "들어갔다가 나오지 못"
하는 재생불능의 결핍과 상처로 드러난다. 화자는 까마귀의 부정적인
행동묘사를 상상으로 재구성하여 까마귀들이 사라지는 세계가 도래하
기를 기다린다. 하지만 밤을 물고 온 까마귀들은 사라질 수 없다. 까마귀
들은 눈 속에 묻혀 보이지 않을 뿐, 언제라도 눈이 녹으면 다시 출몰하
는 존재이기 때문이다.
　'까마귀'와 '새하얀 눈'은 색상대비를 통해 「야간비행」의 '흰기러기'와
'박쥐'처럼 선과 악의 이분법적 구도를 연출한다. 새카만 "까마귀들이
없"는 희고 깨끗한 세상은 화자의 기대만으로 끝날 가능성이 높다. 동네
골목마다 '까마귀'와 '까마귀들이 물고 온 밤'이 가득하다. 그래서 골목
은 암흑이다. "밤을 물"고 온 까마귀들이 가득한 골목은 부정적 행위에
의해 와해된 인간세계의 축소판이다. '까마귀'는 부정적 인간 실존의 은
유적 의미를 함축한 동물표상 일뿐, 강성은은 '까마귀'의 상징적 행위묘
사를 통해 성찰을 강요하지 않는다. '까마귀'를 통해 비합리적인 행위를
이어가며 인간 실존의 부정적 삶을 보여줄 뿐이다.

3. 동물표상의 상징적 인간화

동물의 입장에서 풀어나가는 시 이면에는 등장한 동물 속에 인간의 내면심리가 중첩되어 있다. 이는 동물적 상상력의 산물에서 비롯되는 상징 기법이다. 시에서 인간의 형태를 한 동물이 인간을 닮아가는 것과 같다. 아감벤은 인간과 동물이 서로 분리되지 않는 신화적 세계의 상상력을 복원함으로써 인간과 동물이 서로 '개방적인 존재'로 유대관계를 강조한다. 다음의 시편들에서 상징적 인간화로 형상화된 동물표상이 확연히 드러난다.

비가 내렸다
홍학도 원숭이도 사자도 기린도 라마도 하마도 물개도
늑대와 너구리와 수달도
비를 보지 못했다
해도 보지 못했다

실종된 아이들이
동물원에서 살고 있다는 소문
잃어버린 아이들을 찾으러
눈멀고 귀먹은 백발의 노인들이
동물원 더 깊숙이 들어갔다

작년에 탈출했던 곰이 돌아왔다
작년에 사자에게 물려 죽은 조련사도 돌아왔다

동물원 밖에도 동물이 있다고
동물원 밖에도 동물원이 있다고

신들이 사라지고 나선
이제 인간이 사라지는 일만 남았다고
-「동물원」 전문

위 시에서 '동물원'은 인간성이 말살된 세상이다. 인간을 구제해야할 신들이 사라졌기 때문에 인간도 사라질 수밖에 없는 상황에 처하게 된다. 동물원은 인간들이 인위적으로 동물을 가둬두고 관람하는 동물학대의 공간이다. 창살에 갇힌 동물들은 인공적 환경에서 사육당하며 자연과 유리된 채 죽어간다. 동물원에는 홍학을 위시한 다양한 동물들이 갇혀 있다. 동물원에 갇힌 동물들은 "실종된 아이들"을 상징한다. 동물원은 "실종된 아이들"이 살고 있다는 소문의 진원지다. 소문은 진실에 가닿지 못하고 허상뿐인 가짜를 내세워 인간성이 사라진 세태를 비유하고 있다.

"눈멀고 귀먹은 백발의 노인들"이 "잃어버린 아이들"을 찾기 위해 동물원 깊숙이 들어가지만 늙고 병든 노인들이 실종된 미아들을 찾는 건 쉬운 일이 아니다. 더구나 "작년에 탈출했던 곰"은 다시 잡혀온다. 동물원에 감금된 실종아동들은 감금한 세력에 대항해보지만 악의 뿌리를 단절시키기엔 역부족이다. 사자에게 물려 죽은 조련사는 부활한 불사신의 '권력'을 의미한다. 「동물원」은 인간성 상실을 극복하지 못하는 부조리를 역으로 드러내어 질서를 해체시킨다.

세상에는 동물원 밖에서도 구원할 수 없는 '동물'과 '동물원'이 포진하고 있다. 동물원 밖에도 득시글거리는 동물원은 취약 계층에 위해를 가하는 기관(원)일 것이다. 이 구조는 나쁜 인간의 표상이 되는 '동물원 밖의 동물'이 사람을 감금시키는 파놉티콘(Panopticon)의 역설적인 감시 감독임을 눈치 챌 수 있다. 실종된 아이들을 구원해줄 젊고 건강한 사람들은 보이지 않는다. 악을 물리치고 선을 지향하는 신이 사라진 것이다. 인간이 구원받지 못하는 세상이 도래했으므로 "인간이 사라지는 일"만 남았다. 인간성이 사라진 '동물원'은 조롱받는 구제불능의 장소다. 다음 시「미아의 겨울」과「섣달그믐」에서도 인간의 동물화가 발견된다.

아침밥을 만들어놓고 한나절을 기다렸는데
개와 고양이와 토끼가 오지 않았다
미아는 불안한 마음이 들었다
어젯밤 숲에서 얼어 죽은 건 아닐까
밤사이 온도계의 유리는 깨져 있었다
미아의 낡은 집은 바람이 불 때마다 덜컹거렸지

〈중략〉

울먹이며 말했지
고아가 아닌 적 없었던 미아는
막연히 슬프고 왜 우는지 모르면서 운다
오늘밤에 또 누가 고아가 될까

〈중략〉

눈 속에서 얼음이 된
춥고 배고픈 개와 고양이와 토끼를 생각하다가

캄캄한 밤 등불을 들고
어두운 처마들을 지나 백색나무들을 지나
겨울 숲으로 들어간다
오늘 밤엔 또 누가 고아가 될까
─「미아의 겨울」 부분

　이 시의 화자는 집이나 길을 잃어버린 미아이다. 「미아의 겨울」에서
미아가 잃어버린 길이나 집은 치유되지 않는 내면의 상처이다. 이렇게
만든 장본인은 고통을 외면하는 냉정한 현대사회이다. 미아는 바람이
불 때마다 무너질지 모르는 위기의 집에서 고아로 살아간다. 불특정다
수가 되어 살아가는 우리가 바로 '미아'이고 '고아'인 셈이다. 우리 모두
는 "고아가 아닌 적 없었던 미아"가 되어 인간성 상실의 겨울 숲으로 들
어간다. 미아는 "아침밥을 만들어놓"고 기다리지만 "개와 고양이와 토
끼"는 오지 않는다. 겨울숲에서 "얼어 죽"었을지도 모를 배고픈 동물들.
그들은 외면 받으며 살아가는 잠재적 '고아'의 상징적 존재이다.
　"춥고 배고픈 개"와 "고양이와 토끼"는 인간 내면의 상처를 짊어진 동
물표상이다. 강성은의 시에 등장하는 동물표상은 상상력으로 포착한 초
월적 계면의 세계에 생명력을 불어넣어 호기심을 자극한다. 미아는 얼
어 죽었을지도 모를 동물들을 위해 등불을 밝힌다. 미아는 먹을 것이 없
어 굶어죽는 동물들처럼 춥고 배고픈 고아가 될지도 모를 자신을 걱정
한다. 미아는 울 수밖에 없어서 우는 토끼이며 개이며 고양이다. 미아의
겨울은 만날 수 없는 행복 앞에 무릎 꿇은 불행한 동물 같은 고아의 삶
이다.

고양이가 책상 위에 잠들어 있다
고양이를 깨우고 싶지 않아
나는 따뜻한 음식을 만들기로 한다

〈중략〉

나는 이제 잠에서 깨버릴 것 같은데
집이 점점 더 깊어지고 있다
고양이가 너무 오래 잔다
　　　　　　　　　　　　　—「섣달그믐」부분

섣달그믐은 음력 12월 30일이다. 한 해를 마감하는 마지막 날에 화자
는 가시화된 욕망을 표출한다. 새해를 맞는 전날 화자는 마음이 따뜻해
지려는 준비를 마친 사람이다. 아침밥을 만들어놓고 한나절을 기다리거
나(「미아의 겨울」) "따뜻한 음식을 만들"고 고양이가 스스로 깨어나기
를 기다린다. 새로운 날에 대한 시작은 손에 든 감자가루 대신 "감자알
이 끝도 없이 굴러 나오"거나, "갑자기 라디오가 켜"지는 상황으로 예고
된다.

　빚을 청산하고 새로운 시작을 해야 할 지금. "나"는 "책상 위에 잠"든
고양이다. 잠에서 깨어나지 않고 오래 자는 고양이는 자아의 내면의식
을 이입한 동물표상의 상징적 인간화를 드러낸다. 화자는 누구도 따뜻
하게 해줄 이 없는 스스로를 위해 "따뜻한 음식을 만들"고 점점 "깊어
지"는 집에서 '나'의 내면이 스스로 깨어나기를 기다려본다. 하지만 폭
력적인 세상을 외면하려 깊은 잠에서 깨어나지 않는다. 고양이는 언제
쯤 섣달그믐 같은 불안한 자아를 떨쳐버리고 새 날을 맞을 것인가. 「단

편 같은 장편」 또한 스스로를 동물로 호명하며 상징적 주체의 내면을 형상화한다.

> 아버지를 아저씨로 부르거나 아저씨를 아버지로 부르는 일 그게 뭐 별
> 건가 아줌마를 어머니로 부를 수도 어머니를 아줌마로 부를 수도 있는
> 걸 그리고 아줌마와 아저씨와 함께 살 수도 가족이 될 수도 있다 / 〈중략〉
> / 나는 그들을 미워하지 않는다 세상의 모든 아줌마와 아저씨, 그리고 사
> 람들은 모두 외롭다는 것을 알고 있다 그들은 밤마다 잠꼬대를 한다 /
> 〈중략〉 / 그들이 되고 싶었던 건 음악이나 달, 혹은 쏟아지는 눈이나 나무
> 같은 것이었을지도 모르지 / 〈중략〉 / 나는 가끔 나를 박쥐라고 부르거나
> 굼벵이라고 부르거나 아메바로 부르지만 아무 일도 일어나지 않는다
> ─「단편 같은 장편」 부분

위 시에서는 '부르는 일'이 반복되고 있다. 어떤 대상에게 붙여지는 이름은 본질적 존재의 문제이다. 호명에는 특정 의미가 부여되기 때문에 호명되는 순간 존재 가치를 얻게 된다. 사람에게 이름은 단순한 호칭의 수단이 아니라 목적 그 자체이다. 이름이 생긴 대상은 그 이름만큼의 정체성을 가진다. 화자는 피붙이가 아닌 사람이 부모처럼 '나'를 사랑할 수도 있고 학대할 수도 있지만 그들을 미워하지 않겠다고 결심한다. 화자를 포함한 세상의 인간들은 모두 외롭기 때문이다. 화자는 "아버지"와 "엄마"를 "아저씨"와 "아줌마"로 부르는 호칭의 전도 현상을 보여준다. 불리는 대상과의 거리를 적극적으로 축소시키는 호명 태도는 시적 주체의 의식을 반영한다. 「단편같은 장편」에서는 친근한 호명을 통해 가족이 아닌 사람들이 가족이 될 수 있다는 것을 보여준다.

인간은 자신의 현재를 부단히 넘어갈 수 있는 자유를 가진 존재이다. 하지만 가족의 위기가 도래한 현대사회는 그 자유를 쉽게 용납하지 않는다. 가족해체로 억압된 내면은 '잠꼬대'로만 풀 수 있는 암울한 세상이 되었다. 인간은 속박된 희생양의 삶을 원치 않으며 음악이나 달이나 나무 같은 자연으로 살고 싶어 한다. 책임감을 가중시키는 이름으로 호명되고 싶지 않은 것이다. 화자는 평온한 일상을 지속하기 위해 타인에 대한 공감은 접어둔다. 자기만의 방식으로 조삼모사하는 "박쥐"가 되거나, 이타적인 "굼벵이"처럼 느린 방식의 사랑으로 유유자적하거나, 단세포의 "아메바"처럼 끈질기게 번식하며 적응한다. '박쥐'나 '굼벵이'나 '아메바'는 화자의 경험에 의해 호명된 상징적 동물표상이다.

4. 시에 등장하는 동물표상과 인간의 관계

동물의 인간화나 인간의 동물화는 동일한 뿌리의 이미지에서 출발한다. 시에서 화자의 상징이 되는 동물표상과 인간은 동등한 관계로 공존하는 불가분의 관계를 맺게 된다. 시인은 미물인 동물에게 상징적 자격을 부여하는 것이 아니라, 동물표상을 시화함으로써 화자가 동물표상과 동일화가 된다. 시에 동물표상 이미지를 차용하면 자신 속에 갇혀있지 않고 스스로를 대상화할 수 있으므로 자신을 객관적으로 바라볼 수 있는 이점이 생긴다. 이는 동물표상도 자신의 내부에서 타자가 되어야 하고 탈중심적 사고를 가졌을 때 가능해진다.

『Lo fi』에서는 동물로 표상된 인간 실존의 의미를 확장시키는 환상성을 발견할 수 있다. 강성은의 시에 나타나는 동물표상은 독창적인 상상력으로 시인의 내면에 침투하여 환상성의 인터페이스(interface)를 넘나든다. 『Lo fi』에서 드러나는 환상성은 명징성을 감춘 이면에서 표출된다. 강성은은 완전한 소멸인 동시에 새로운 생명을 예고하는 죽음과 삶을 동물표상에 중첩된 이미지로 새롭게 재해석해낸다. 강성은은 현실과 비현실의 계면을 기웃거리는 동물표상을 시 속으로 불러들여 화자의 내면심리를 보여준다.

강성은의 시에 등장하는 동물표상은 시적 세계관을 발견하는 데 중요한 상징적 소재가 된다. 그녀가 차용하는 상징적 동물표상은 종횡단적으로 암울하고 부조리한 사회현상을 대변한다. 강성은의 시에서 만나게 되는 동물표상은 동물화된 인간의 사유에서 목격할 수 있는 힘겨운 우리 자신이다. 시인의 사유를 수용하는 범위는 읽는 자의 몫이다. 강성은은 부조리한 현실에 대한 극복 의지를 드러내지도 않으며 주체의 내면적 갈등을 해소할 생각도 없다. 『Lo fi』에서는 시인이 표출하고 싶은 주제에 화자의 내면심리나 사유를 이입시켜 툭, 던져놓을 뿐이며, 독자는 받아 읽을 뿐이다. 우리는 이 나무 저 나무를 옮겨 다니는 무력한 작은 새가 되거나(「Ghost」), 동굴에 갇혀 지도에도 없는 곳을 날아다니는 박쥐가 되거나(「야간비행」), 책상 위에 잠든 고양이(「섣달 그믐원」)가 되어 현대사회가 만든 시시포스(Sisyphus)의 천형에서 깨어나지 못할 수도 있다.

/ 2 /
자성과 상생의 결의

– 최휘웅

– 박무웅

다시, 비상등이 켜진다. 균과 균의 격전지에서 살아남은 슈퍼맨들이 세상을 활보하고 있다. 턱없이 맑아진 공기를 방호복처럼 입은 사람들이 거리 두기를 허물고 있지만, 문을 걸어 잠근 시인들은 언어와 언어의 격전지에서 자신과 타협하지 않는 시간을 이어가고 있다. "시인은 언어를 이용하기를 거절하는 사람"이라고 정의한 사르트르(Jxan-Paul Sartre)의 말처럼, 시의 언어는 그 자체가 목적이 된다. 시인은 '호모 로쿠엔스(Homo loquens)'의 선봉에서 언어와 더불어 살아간다. 거꾸로 쥐고도 훌륭하게 연주했던 아폴론(Apollon)의 리라처럼, 이성적인 지성과 감성적인 영감으로 시를 연주하며 밤을 새는 시인에게 시의 언어는 필연적 목적이 될 수밖에 없다.

1. 고독한 언어의 부메랑

최휘웅 시인의 시편들을 통해 아포리즘적 자성에 머무른 내면세계를 들여다본다. 최휘웅 시인은 단절의 언어가 지배하는 세상에서 타자와의 의사소통을 거부하는 현대를 파헤치며 통찰적 결의를 내비친다. 그는 자신의 시편들이 고독의 늪에 빠진 언어의 결과물이라고 고백한다. 최휘웅 시인은 적대감을 양산하는 언어의 세계질서로부터 스스로 소외되는 고독을 선택한 것이다. 그는 '고독사'에 이를 만큼 극한 고통을 안겨주는 고독을 통해 자신을 문제 삼는 자신과 관계 맺는 능동적 의지를 보여준다.

1
마스크로 입을 봉한 채
침묵의 바다에 떠 있다.
인적이 지워진 창밖에는
꽃들이 대신 줄을 서는데
봄은 봄이 아니다.
여전히 잔인한 사월
이완된 공간과 시간 사이에
격리된 나는
장승 같은 생의 절벽에 서서
인간을 점령한 코로나를 생각한다.

2
매일 들여다보는 거울 속에서 나는, 충혈된 나는, 눈을 오리고 싶은 충동에 빠졌다. 매일 칼을 씹고 사는 나는 몸속으로 들어온 변종 바이러스와 불안한 동거를 시작했다. 폐를 침식하고, 심장을 오리는 쾌감이 의식을 도배했다.

    -「코로나」부분

  음악회에 간 청중들은 보이콧하듯 마스크를 쓴 채 한 자리씩 떨어져 앉아 있다. 낯선 풍경의 객석을 향해 베토벤 협주곡을 연주하는 오케스트라 단원들은 어떤 감정일까? 미술관이나 박물관 관람을 하려면 시간제 예약을 해야 하고, 전화번호를 현장에서 확인하는 해프닝까지 벌어진다. 아이 컨택이 사라진 대학에서는 일방향 비대면 수업에 지친 대학생들이 등록금 반환 시위 피켓을 들고 거리로 나서고 있다. 한 번도 얼굴을 보여주지 않은 교수는 한 번도 만나보지 못한 학생들의 온라인 시험지를 채점하느라 세기말 같은 학기말을 보내고 있다. 하지만 4차 산업 시대의 도래를 넘어 5차 산업으로 달려가는 인간은 생의 절벽에 서서도 파괴성을 내재한 빅데이터의 정보들과 언택트에 익숙해지는 중이다.

  위 시 「코로나」는 현 시대에 맞닥뜨린 섬뜩한 상황을 낱낱이 파헤친다. 영혼까지 잠식하는 불안이 바이러스를 타고 전파되는 요즘. 현대인은 비말을 막기 위해 마스크로 표정까지 봉쇄한 채 "침묵의 바다"에서 부표로 유랑한다. 꽃이 저 혼자 피고 지는 사이, 세균 덩어리에 점령당한 인간은 무심하게 흘러가 버린 벚꽃을 유리창에 그리며 전전긍긍 쇼윈도 일상을 이어간다. "공간과 시간"의 틈새에 격리된 "나"도 "봄은 봄이 아"니라는 말에 격하게 공감하게 된다.

  날마다 거울을 들여다보는 "나"는 코로나와 불안한 동거를 시작한 우리들 중 누군가이다. 시적 주체인 "나"는 음압 병동에 부동의 자세로 누워 차라리 자신을 버리고 싶을 만큼의 극심한 고통을 겪는다. 바이러스와의 사투로 일상에서 격리되는 공간 속의 시간은 죽음을 목전에 둔 자들을 쓰러트리는 괴력을 발휘한다. 비록 현대인은 매일 "칼을 씹"으면서 경쟁사회를 버티지만 죽음의 날을 세운 "면도날의 힘"에는 속수무책 "허망하게 무너"질 수밖에 없다. 더 이상 누울 침상이 없는 병동 밖에선 허기진 목소리들의 구호가 광장을 가득 채운다. 방호복으로 무장한 "방패"들은 구속된 생의 이쪽과 저쪽을 지켜보며 침묵으로 서 있다.

내가 말을 하면
너는 눈을 감지.

내가 잠을 청하면
너는 부스스 일어나.

나는 시간을 못 믿는데
너는 나를 믿는다고 했어.

믿는다며 내 목을 졸랐지
믿는다는 말이 목줄이 되어
나를 한곳에 박아놨어.

어제의 시간은 이미 지나갔고
오늘의 시간도 곧 사라질 것인데
너는 그것을 믿지 않았지.

시대는 변하는 것이라고
오늘의 우리는 곧 사라지는 것이라고
아무리 설득해도 우리는 믿지 않았어.

너의 완고한 고집에 시달려온
나는 늘 뿌리 없는 부평초였어.

내 안에서 동거하고 있는 너와 나는
언제쯤 이 갈등의 평행선을 끝낼까.
- 「나와 너」 전문

"나"와 "너"는 불협화음이다. 현실 속의 "나"와 이상 속의 "나"는 일거
수일투족 부딪힌다. 내 안에 들어있는 두 자아는 융합되지 않는다. "내"
맘에 들지 않는 "나"의 자아는 내 맘대로 되지 않는 고집불통이며, 현
실과 이상에서 괴리된 심층과 표층은 합일할 수 없음을 보여준다. "너"
는 "내" 말을 들어주기는커녕 "눈을 감"아 버리거나, "잠을 청하면" 되려
"일어나"버리는 반대급부의 행동을 한다. "믿는다"는 말의 "목줄"을 압
정으로 꾹 눌러 놓는 것이다.

이 시에서 "나"라는 작품 안의 화자는 시인과 동일시 할 수 있다. 작품
안에 존재하는 화자가 작품 밖에 존재하는 시인 자신이 되는 개성론의
시각에서 본다면, "나"는 이중적 자아인 "너"로 인해 "뿌리 없는 부평초"
로 살아온 시인 자신이 될 것이다. "나와 너"는 내부의 인격과 외부의 인
격이 충돌하는 자아 분열의 갈등을 보여주지만 어차피 분리될 수 없다
는 사실을 알고 있다. 아무리 갈등이 이어져도 동거의 숙명을 수용해야
한다. 뿌리 내리지 못 하고 정처 없이 떠도는 "너와 나"는 진정한 자아를

찾기 위한 증식을 멈추지 않을 것이다. 뿌리 없이도 완전체로 살아가는 당당한 회전초처럼.

> 70이 넘어서야
> 내가 한 자밖에 안 된다는 것을 알았어.
> 그 작은 몸으로 어떻게
> 이 세상을 이고 살았는지 모르겠어.
> ―「자성론」부분

> 이때까지 살아온 인생의 무게는 얼마쯤일까?
> 솜털처럼 가벼운 그런 중량이었기를 바란다

> 어차피 빈손으로 왔다가 빈손으로 가는 길인데
> 철 같은 무게를 품고 살았으면 헛된 일이지
> ―「생의 무게」부분

위 두 시에서 화자는 자신이 살아온 무게를 돌아본다. 자신이 "한 자밖에 안 된다는" 사실을 "70이 넘어서야" 알게 되었다고 진언한다. 백세 시대라고 하지만 인간이 살아갈 수 있는 유한한 시간이 길어도 팔구십쯤이라고 본다면 생의 무게는 얼마쯤으로 느껴질까? 화자는 두보의 '인생칠십고래희人生七十古來稀'처럼 예로부터 살아있는 사람이 드물었다는 고희쯤 되었을 때 생의 무게가 "솜털처럼 가벼"울 수 있기를 희망한다. 또한 현실을 초월하려는 노력을 통해 작은 몸으로도 세상을 이고 버텨온 생의 무게를 돌아본다. 성찰적 자성으로 초극의 정신적 깊이를 지향하는 것이다.

화자이면서 시적 추제인 시인은 비가 새는 생의 어귀에서 젖은 가슴을 안아줄 누군가를 애타게 기다린다. 그 누군가는 강 같은 평화를 가져다줄 '메시아'이기도 하고, 고통의 끝에서 울부짖는 통성기도를 들어줄 '신'이기도 하고, 시인이 그토록 간절히 바라는 한 줄 '시'이기도 하다. 무게조차 잴 수 없는 시인의 길은 미학적 가치를 지향해온 아름다운 삶이기 때문이다.

2. 상생의 만찬

박무웅 시인은 풀밭 위에 상찬의 밥상을 차려 두었다. 상보를 들추면 밥 먹으라고 부르는 어머니의 목소리가 들려오고, 반나절 아버지를 쉬게 한 거뭇한 먹구름이 흐른다. 물색없는 마음 곳곳에는 모두를 불러 모으는 사랑으로 가득하다. 그가 전하고자 하는 진정한 가치는 상생이다. 박무웅 시인의 시세계는 올바른 삶을 추구하려는 사유와 행위로 자신을 비롯한 모든 관계들과 화해의 진리를 실현하고 있다. 이런 화해의 태도는 고장난 생각까지도 고쳐 쓰겠다는 자기반성을 통한 타자와의 마주침 속에 존재한다.

> 사슴은 먹음직스러운
> 풀밭을 만나면 동료들을
> 불러 모은다 한다.
>
> 그것을 녹명鹿鳴이라 한다.

독식이 없는 만찬인 것이다
고기 한 점 물고 송곳니를 드러내는
짐승들 속에서 녹명은
아름다운 상생인 것이다

그것은 풀이 밭을 이루는 이유이고
세상의 군락지들의 이유이기도 하며
또 어린 물고기가 떼를 짓는 이유다

〈중략〉

녹명을 하는 사슴을 떠올리면
저녁연기마저 어둑해지던 그 시간
큰 소리로 밥 때를 알리던 어머니가 떠오르는 것이다.
－「녹명鹿鳴」 부분

위의 시 「녹명鹿鳴」에서 먹이를 발견한 사슴이 목 놓아 우는 것은 동료
를 불러 모아 풀밭(먹이)을 함께 나눠 먹기 위해서다. 시경詩經의 '유유녹
명 식야지평呦呦鹿鳴 食野之苹'에서 유유녹명은 사슴의 울음소리를 나타내
는 의성어 '유유'와, 사슴의 울음소리인 '녹명鹿鳴'으로 풀이된다. '유유녹
명 식야지평'은 사슴이 들판에서 맛있는 풀을 찾게 되면 '유유呦呦'라는
울음소리로 친구들을 불러 모아 함께 먹는다는 의미다. 여기서 유래한
'녹명'이라는 악기는 임금이 귀한 손님을 대접하는 데 쓰인다. 그 악기의
연주에는 녹명의 의미인 '서로 나누고 도와 함께 잘 살자'는 의미가 내
포되어 있다.
경쟁 사회를 주도하는 우리는 누가 먼저랄 것도 없이 자신의 주린 배

를 채우기에 급급하다. 배를 채우고 나서도 과욕에 담근 발을 절룩이며 살아간다. 배가 부르면 더 이상 먹이를 탐하지 않는 맹수나, 따뜻한 영혼을 지키는 인디언 체로키족은 자연과 더불어 살아간다. 하지만 현대인들은 주린 배를 채우고도 담을수록 늘어지는 욕심 자루에 꾸역꾸역 쟁여놓는 일을 마다하지 않는다. 그런데 풀밭을 발견한 사슴이 상생하기 위해 동료를 부른다니, 순간 부끄러워지는 건 누구의 몫인가? 사슴은 함께 먹이를 나누기 위해 우는 유일한 동물이다. "동료"를 "불러 모"으는 사슴의 울음소리 '유유'가 듣고 싶어지는 저녁. 밥 먹으라고 화자를 부르는 어머니의 큰 목소리가 녹명처럼 들려온다. 엄마의 목소리처럼 아름다운 사슴의 울음은 욕심에 찌든 인간의 귀를 맑게 씻어줄 수 있을까?

다들 아시겠지만
하루에 두 번
달이 지구를 다녀갑니다.
지구의 물을 당겼다 놓았다 합니다.
그때 물가에 매어두었던
작은 배는 썰물에 기울어졌다
다시 밀물이 되면 평평하게
물 위에 떠 있습니다.

인간의 사랑이라는 것
그와 같지 않겠습니까
한 사람을 두고 삐딱하게 기울어졌다
다시 자박자박 박자를 맞추는 것
지구의 만물도 하루에 두 번

이렇듯 변덕에 드는데
만물의 영장인 사람이라고
어디, 다르겠습니까.

만나면 밀물이오
헤어지면 썰물이겠지만
결코 변하지 않는 물때를 다들
알고 계시지 않습니까.
그러니 이 마음을 어디에 두어야 합니까.
뭍에 두려니 삐딱하게 기울고
물에 두자니 모질던 결심이
저리도 자박거리니

그 물색없는 마음이
곧 사랑 아니겠습니까.
 -「물 때」전문

  밀물과 썰물은 하루에 두 번 지구를 다녀간다. 달이 물을 밀고 당겨
생기는 자연의 몸짓이다. 이때 물가에 매어둔 작은 배는 "기울어"지거나
"평평"해지면서 밀물과 썰물에 영향을 받게 된다. 밀물과 썰물에 영향
을 받는 작은 배처럼, 사랑도 누군가를 두고 기울어졌다 멀어졌다 심정
의 동요를 일으킨다. 사랑은 인간의 전인격에 막강한 영향력을 행사하
는 중요한 정서적 활동이다. 대상끼리의 친밀한 관계를 형성하는 최상
의 감정이다. 지금 화자는 자신의 마음도 "변하지 않는 물 때" 같지 않고
물과 뭍의 경계를 넘나들며 자박거리니 "물색없는 마음"이 된다고 말한

다. 그 "물색없는 마음"이 "사랑"이다. 이처럼 사랑은 은유화된 참된 감정이다. 사랑은 틀에 박힌 정형적인 모양새가 될 순 없지만, "물 때"처럼 변하지 않는 진정한 가치를 지닌다.

> 나는 여전히 헉헉대며
> 길을 오르고 또 오르고 있네.
> 아마도 나의 피는 경사져 있을 것만 같네.
> 내리막 가속도를
> 오르막 속도로 착각하고
> 여태 지칠 줄 모르는 것 같네.
>
> 〈중략〉
>
> 하지만 나의 피는
> a형도 b형도 아닌 가파른
> 오르막형
> 그저 오르고 또 오르듯
> 높은 곳으로 피들이 또 뛴다네.
> ─「내 피는 오르막형」 부분
>
> 생각이 고장 나면
> 마땅히 갈 곳이 없다
>
> 늦은 밤 잠들지 못하고 이따금
> 이런저런 생각을 고칠 때가 있다
> 단 한 번도 고장나보지 않는 생각을 두고

누구는 고집이나 아집이라 하겠지만
그것들은 내 평생을 뚝딱거린 연장들
- 「생각을 고치다」 부분

화자의 혈액형은 B형도 O형도 A형도 아닌 "오르막형"이다. 고지를 향해 전진하는 것만이 숙명인 듯 끝없이 오르는 우리는 누구나 "오르막형"이 아닐까? 산 정상을 올라보면 더 높은 산의 정상이 존재한다는 사실과 마주하게 된다. 그래서 산을 오르는 우리는 더 높은 정상을 향해 오르고 또 오르는 행위를 멈추지 않는다. 지금 화자는 오직 "오르"는 것이 필생의 업인 듯, 가파른 생의 오르막을 "오르"고 올라도 지치지 않는다고 믿고 싶다. 화자의 "오르막형"은 앞만 보고 달리는 우리와 공감대를 형성한다. 오로지 위를 향하는 뚝심은 "고집이나 아집"으로도 오해받는 한 방향의 일관적 사고이지만, 평생을 "뚝딱거린 연장" 같은 뚝심이 있었기에 목표를 이루고 꿈을 실현할 수 있다. 하지만 화자는 이런저런 "생각"을 "기꺼운 마음으로 고치"겠다고 작정한다. 자아 성찰을 통한 화자의 태도는 관계 속에서 우러나는 긍정의 시각이다.

우리는 개개인을 닫아걸고 자신의 숨소리만 넘기며 살아간다. '배려'와 '나눔'을 외치는 메아리는 공허하게 퍼져가고, 먹구름은 미처 거둬들이지 못한 농작물을 쓸어갈 폭우를 퍼붓기도 한다. 하지만 시인에게서 먹구름의 환한 이면을 펼쳐내는 무한긍정의 시선을 발견할 수 있다. 먹구름이 퍼붓는 폭우는 때로 힘겨운 아버지를 반나절 쉬어가게 하거나 소가 들일을 멈추고 쉬어가게 한다. 녹명의 힘으로 살아가는 세상은 변함없는 물때와 밥때처럼 상생의 아름다움으로 다가온다. 이 긍정의 에너지는 탈진한 몸과 사유를 채워주기에 부족함이 없다.

/ 4 /
완생完生으로 나아가는 미명微明의 시학

– 김용기, 『미명』

'나는 매일 죽고 매일 다시 태어나리라.' 김용기 시인의 시편을 읽다 떠오른 정약용의 말이다. 심미적 시세계를 추구하는 시인의 열정에서, 정체되지 않겠다던 다산의 과골삼천踝骨三穿을 떠올린다. 김용기 시인은 부당한 것들로 가득한 세상에서 빚쟁이가 된 구도자의 심정으로 시와 대면한다. 수행의 도道를 시에서 만난 그는 '시인'의 천형을 정명定命으로 타고난 듯하다.

"시인은 언어에 넘어지고 언어를 짚고 일어난다"는 이성복 시인의 말처럼, 김용기 시인은 첫 시집 『빚쟁이 되어(현대시문학사, 2004)』와 두 번째 시집 『목마르다(해드림출판사, 2019)』에 이어 세 번째 시집 『미명(한국문연, 2021)』에서 온 몸으로 정서적 공감의 언어를 일으킨다. 첫 시집과 두 번째 시집에서 절대자의 공의에 대한 탈일상적 사유로 창조적 해석을 해나갔다면, 세 번째 시집에서는 일상과 인간 삶에 대한 우로보로스(urobos)의 섭리를 탐구한다. 시작이 곧 끝인 영원성의 상징 속에서 탄생과 죽음을 되풀이하는 시인의 시는 자신이 펼쳐가는 시업에 완생完生의 부토니에를 달기 위해 부단히 나아간다. 김선우 시인이 생의 과정을 완수한 어머니께 폐경 대신 '완경完鏡'을 코사지로 달아준 것처럼.

'김용기'라는 한 시인을 읽는다. 시인이 길어 올린 언어에서 개성적인 사유를 발견하는 것은 무척이나 설레는 일이다. 이 시인의 내면은 세계의 아름다움을 발견하고 유기물의 질서를 통찰하는 명철한 시안詩眼으로 가득하다. 『미명微明』에서는 유려하게 발효된 현시의 시간과 대면하게 된다. 시인은 본성적 체험에서 우러나온 서투른 일상을 특별한 만남으로 주선한다. 각 시편에 담긴 소소한 일상에는 사유와 사유를 자유롭게 건너다니는 범상치 않은 내공이 쌓여 있다.

김용기 시인의 시에는 유독 봄이 자주 등장한다. 시인에게 봄은 "그리움"이 가슴을 파고드는 "속수무책"의 존재이면서, "어디에 있든지 무던하"거나 "아픔을 가르쳐"주기도 하는 계절이다. 그렇다면 "뒤집어야 사"는 봄은 시인에게 어떤 존재일까?

다랭이 논이 뒤집혀야 봄이 온다
도시에서는
아메리카노 냄새를 물 키듯 하지만
뒤집힌 흙냄새가 익숙한 고향
그까짓 다랭이 논이라고 말하지 말자
그것 하나 남았는데
아버지는 많이 늙으셨다
봄이 주춤거린다는 건
얼마 전부터 눈치채셨다

중턱까지 오르는 소가
쟁기를 무거워할 만큼 늙어서
먼 산 바라보는 일 잦아졌다
가다 서다 주춤거려도
기다려주는 이유에 의미가 달렸다
손바닥만한 다랭이 논이 뭐라고
품 떠난 새끼들보다
내년 봄 늙은 소를 더 걱정하는 아버지
"견뎌 이놈아"
"봄을 뒤집어야 사는겨"
-「뒤집어야 산다」전문

　봄은 해마다 다랭이 논이 "뒤집혀"야만 새로운 생명으로 찾아온다. 아버지는 봄이 "주춤거"리는 걸 눈치 채고 늙은 소에게서 동병상련의 정서를 느낀다. "중턱까지 오르"는 것도 힘들어하는 늙은 소와 주춤거리는 '봄'의 모습 속에 늙어가는 아버지의 모습이 중의적으로 담겨 있다. "먼산 바라보"는 일이 잦아진 늙은 소의 모습에 아버지의 모습이 투영된다. 시인은 아버지에 대한 안타까움을 "쟁기를 무거워"하는 소의 행위로 형상화한다. 아버지가 소에게 바라는 마음은, 시인이 아버지께 바라는 마음으로 전이된다. 소가 흙을 뒤집듯 쟁기질로 "봄을 뒤집"을 힘이 있다면 서로의 숨소리를 오랫동안 들을 수 있을 것이다.

　아버지에게 "다랭이 논"은 가정을 일으킨 듬직한 기둥이다. 그래서 "그까짓"이라고 감히 깎아내릴 수 없다. 다랭이 논은 산지나 구릉지에 형성된 계단식 논이라 소와 쟁기로만 농사를 지을 수 있다. 그러니 늙은 소는 아버지께 "품 떠난 새끼들"보다 더 소중한 반려우가 된다. 소가 잘 견뎌서 내년 봄을 "뒤집어"주기를 바라는 아버지의 마음은, 아버지가 기력을 잃지 않기를 바라는 시인의 간절한 바람으로 옮아가며 탄력 있는 미적 거리를 유지한다.

이 시에는 부쩍 늙어 보이는 아버지와 소가 해마다 찾아오는 봄처럼 함께하기를 기원하는 시인의 간절함이 깃들어 있다. 시인은 '부모'라는 존재가 평생 지우개를 들고 자식이 흘린 과오를 지우며 따라다니는 그림자(「원초적 용서」)라는 것을 알기 때문이다.

갈수록 둔해지는 지각능력
마누라 싫증이
벽보다 두꺼워질 때
말 같잖은 이유가 달렸다
막막하여
먼 산 보는 일 잦아지고
비스듬히 누운 숨소리에서
균사菌絲같이 얽힌 근심들이 쏟아지는
웅크린 마누라 긴 속내는
잠결이었다
심지는 타들어 갔고
며느리 불씨처럼 꺼트리지 않으려는
안간힘에 대하여
이어진 관계
순간 고마움 한 방울 툭 떨어졌다
무딘 부엌칼이 끊어도 할 말 없는
우리 사이

뜨거운 경의敬意였다.

　　－「미명」 전문

　　시인은 아내의 이름만 들어도 "비바체 포르테"가 되었고, "아내의 편지를 공치는 날은 방구석에 누워 끙끙"대던 연애시절이 있었다(「나이」). 또 한 때는 연민을 나눠준 아내에게 무장해제 당한 자신의 무량한 그림자를 보며 서로가 "사랑의 전리품"이었음을 고백하기도 한다(「무량한 관계」). 표제작 「미명」에서 시인은 '마누라'라는 호칭을 앞세워 "지각능력"이 갈수록 둔해지는 아내를 속절없이 지켜본다. '마누라'라는 호명 속에는 아내와 허물없는 사이임을 확인하고픈 시인의 각별한 애정이 내포되어 있다. 시인은 "벽보다 두꺼워"지는 싫증을 이겨내려는 "마누라"의 "안간힘" 앞에서 끝내 눈물을 떨어뜨린다. 이 눈물 한 방울은 부부의 복합적 애정이 담긴 결정체다. 시인은 동고동락한 부부의 관계가 "뜨거운 경의敬意"였음을 "고마움 한 방울"로 확인한다.

　　「죄와 벌(김수영, 1963)」에서도 부부의 복잡미묘한 감정과 마주하게 된다. 이 시에서는 함께 영화를 보고 나오던 남편이 아내에게 갑자기 폭력을 행사하는 비인간적인 모습이 적나라하게 드러난다. 하지만 김수영의 부인 '김현경'여사는 에세이 『김수영의 연인(김현경, 2013)』에서 자신을 때리고도 변명 한 마디 하지 않는 남편의 불편한 심사를 헤아리며 해량海諒을 베푼다. 이렇듯 '부부'는 "무딘 부엌칼이 끊어"도 다시 이어지는 경의敬意의 관계다. 시인은 「미명」에서 한 생을 지나온 아내와 함께 찍어야할 '완생'의 방점을 발견한 것이다.

　　시인은 표제작 「미명」에 〈*미명 : a Good name, 희미한 밝음〉이라는 각주를 달고 있다. 이 각주는 "뜨거운 경의敬意"를 함의한 부부를 의미한다. '완생'을 지향하며 오랜 세월을 한 방향으로 달려온 부부는 허울 좋고 희미하게 빛나는 밝음(미명微明)이라 할지라도 꺼지지 않을 아름다운 이름(미명美名)이라는 것을 깨닫게 해준다.

　　모자帽子라고 했지만
　　그 그림은
　　코끼리를 삼킨 보아뱀이었지
　　알아채지 못 했어
　　중요한 건 눈에 보이지 않는다는 것인데
　　어른들은 그걸 몰랐던 거야

　　기쁜 소식을 어떻게 전할까
　　어린 왕자쯤으로 보는 사람들은
　　내게 보이도록 입술만 바르르 떨었지
　　마음은 그대로였어
　　틈이 보이지 않아

　　당분간
　　코끼리를 삼킨 보아뱀
　　그 그림을 함께 보여주어야겠어
　　마음으로 믿어 의에 이른다는 장면은
　　그다음인 것 같아

　　나도 처음에는
　　모자라고 말했었잖아
　　우선 그와 소행성 B612로 떠나야겠어

사람 마음을 얻는다는 게
여간 어려운 일이 아니라는 걸 알았거든
   -「소행성 B612」 전문

    서로에게 길들여진다는 것은 특별한 관계가 형성될 때 가능하다. 어린 왕자는 소행성 B612에 날아온 씨앗에서 장미를 얻지만 장미의 서투른 사랑 표현에 실망하고 여행을 떠난다. 어린 왕자는 중요하거나 아름다운 것은 마음으로만 볼 수 있다는 여우의 말에 동의한다. "나"를 "어린 왕자쯤으로 보"는 사람들은 "입술"만 "바르르" 떨며 가식적인 겉모습만 보여줄 뿐, 마음을 걸어 잠그고 작은 틈도 용납하지 않는다. 시인은 현대인의 이기심 앞에선 "마음으로 믿어 의에 이르"는 과정이 쉽지 않음을 통감한다.
    소중하고 아름다운 관계에서 길들여지는 건 마음으로 닿는다. 타인이 만든 '틈'은 건널 수 없을 만큼 커서, 사람들은 '우리'로 묶이기 전까지는 갈등과 오해의 간극에 빠져 허우적거린다. 시인은 어린 왕자의 모자 형상이 "코끼리를 삼킨 보아뱀"이었다는 진실을 생각한다. 마음을 닫으면 코끼리를 삼킨 보아뱀의 실체를 볼 수 없다는 것을 새삼 강조하는 것이다(「막차는 오지 않는다」). 이 시는 이기적 유전자를 가진 인간의 가식을 어린 왕자의 순수한 눈으로 비판한다. 결국 마음은 '마음'으로만 얻을 수 있다는 진리를 깨닫게 해준다.

끝나지 않으면 좋겠다는
코로나 19에 대한 발칙한 생각

마스크 뒤에 숨어서 편안한 위선과 가식
긴 하품 알아채지 못 하는 사장님
어색한 표정이 불편했는데
마스크는 그까짓 것 했다
-「발칙한 생각」 부분

웃음도 슬픔도
하다못해 하품까지도 숨길 수 있는 마스크가 좋았다
-「저나 나나」 부분

　이제 코비드19와 언택트는 백신과 마스크로 방어가 가능한 평범한
일상이 되었다. 전염병에 익숙해진 사람들은 '코로나 블루'를 넘어선 '코
로나 레드'의 핵펀치도 잘 견뎌낸다. 맷집이 세진 것인지 델타 변이 바
이러스의 출몰에도 예전처럼 긴장하지 않는 듯하다. 얼굴이 하나 더 생
긴 사람들은 마스크 뒤에 숨어 오히려 편하다고 입을 맞춘다. 그러나 비
대면 화상수업에서 학생들이 마스크로 얼굴로 가린 채 등장하는 모니
터를 볼 때면, 필자가 맞닥뜨린 현실세계가 마스크와 화면 틈새에 생긴
크레바스 같다. 너무 깊어서 한번 빠지면 다시는 올라올 수 없는.
　시인의 말처럼 코로나19가 "끝나지 않으면 좋겠다"는 발칙한 생각은
"고단한 사람들에게 맞아죽을 만큼 한가한 생각"일지 모른다. 소셜 버블
을 통해 소수집단이 일상을 공유할 수 있고, 리모트 워크로 원격근무도
가능해졌다. 하지만 인간문명의 역사가 공동체에서 시작된 것처럼 우리
는 한 데 모여 부대끼며 살아야 한다. 마스크 안에서 흘리는 표정의 방
향을 가늠할 수 없는 세상의 이면에서도 위선과 거짓을 벗고 투명해질
수 있다면.

모두 주춧돌이겠느냐

머릿돌이겠느냐

비 안 맞고

눈 오면 치우는 돌이 몇이겠느냐

버려져 귀퉁이 맨 밑에서

외로움도

추위도 참아야 했는데

이제 와

무엇을 부러워하겠냐는 거지

눈에 안 띄는 곳 살았지만

그러려니

세상 드러나 혼쭐, 쩔고 까부르는 저들 뒤로

제 속 드러내지 않고 묵묵히 견뎌낸

무던한 모퉁이 돌

이즈음

이름 한번 크게 불러줘야겠다

 -「모퉁이 돌」 전문

"모퉁이 돌"은 묵묵히 한 세상을 살아온 시인을 대변한다. 시인은 외롭거나 한파가 몰아칠 때도 참아냈다. 시인은 잘난 사람들 뒤에서 무던하게 세파를 견뎌온 자신의 걸음걸음을 되짚어본다. 이 세상 모두가 주춧돌이나 머릿돌일 수는 없다. 이 시는 주춧돌이나 머릿돌처럼 귀퉁이에 버려진 돌 하나에 자신의 이야기를 담아 내놓는다. 눈에 띄지 않는 자세로 세상의 모퉁이를 지킨 시인은 미명微明을 밝혀가며 제 속을 다독여온 것이다.

군졸이 있어야 장군이 있다. 기마전에서 어깨와 어깨를 엮어 자리를 만들어주는 친구들이 없다면, 장군이 된 친구는 상대편 장수의 투구를 벗길 수 없을 것이다. 중심을 만드는 것은 주변이다. 그러니 시인은 "묵묵"하게, "무던"하게 눈에 띄지 않는 곳에서 주춧돌과 머릿돌을 받쳐온 대견스러운 자신의 '완생'을 향해 "이즈음"에 "이름 한번 크게 불러줘야겠다"고 당당하게 목소리를 높인다.

밀알은 죽어
무수한 싹 틔우는데
안 죽고 이렇게 살아 있다는 것은
겁이 많은 탓
―「올해도 죽지 못 했다」 부분

더딘 기억력에게
헛수고했다고 역정을 낸 뒤
도로 구겨 넣었다
구시렁거리는 일과
먼 산 바라보는 경우가 잦아진 요즘
―「지금이 그때 아버지 나이」 부분

아침은
새로 태어난 윤회란 말인가
―「자살」 부분

노년의 시는 '현시'라고 말한다. 노년의 시인은 죽음에 관한 명상을 통해 죽음의 대가로 얻어지는 삶을 깨닫는다. 소진되지 않는 우주의 에너지 속에서 분출하는 생명의 근원을 긍정하기 때문이다. 죽음에 관한 관심이 커지는 노년에는 삶을 응축시킨 시를 풀어낸다. 김용기 시인의 위시편들도 탄생과 소멸을 수용하는 달관의 시세계를 보여준다. '밀알'이나 '아침'은 탄생과 소멸이 순환되는 윤회나 영원성의 세계를 품고 있다. 날마다 "새로" 아침이 "태어"나듯, 시인도 날마다 소멸과 생성을 반복하는 아침을 맞는다. 새로운 세상의 문을 열고 "오지 않는 막차"를 기다리며, 지나온 시간과 앞으로 가야 할 시간을 생성과 소멸을 반복하며 채워나간다.

시인은 조금씩 무뎌지는 "더딘 기억" 탓에 "헛수고"한 자신에게 "역정"을 내고 "도로 구겨 넣"는 아버지의 나이가 되었다. 나이가 들면 모든 지각과 감각이 떨어져 "구시렁거리"거나 "먼 산 바라보"는 경우가 잦아진다. 자신을 버려야 싹을 틔우는 밀알처럼, 아침이 가야 다시 새 아침이 찾아온다는 것을 알고 있다. 그래서 시인은 나이가 들어서도 살아있는 자신을 "겁이 많은 탓"으로 돌리는지도 모른다. 시인은 아버지의 나이가 되어서야 "죽어야 산다는 의미"를 알게 된 소회에 젖는다. 지금도 살아있는 실존적 자아를 성찰하며 세상의 모든 존재에 몰두한다.

> 미움이 몇 년째 가슴 깊숙이
> 티눈처럼 박혀있는 것에 대하여
> 모르는 척해도
> 얼굴은 속일 수 없는 듯
> 쓰린 얼굴은 남모르는 비밀이 되었다
> ─「고백 1」 부분

두 렙돈 드린 과부를 닮겠다는
그런 기도를 입에 달고 살았지만
그건 남 들으라고 하는 기도
곳간 채워달라는 칭얼거림 멈춰본 적이 없다
소곤소곤
멈춰본 적이 없다
-「고백 2」 부분

　욕심과 위선이 덕지덕지 붙어 마음이 "뚱뚱하"다는 고백 앞에서 누가
자유로울 수 있는가? 누군가를 미워하는 일은 자신을 갉아먹는 일인 줄
알지만 '용서하기'는 어렵다. 미움은 "지뢰를 만났을 때처럼 아슬아슬"
하게 시인의 마음속에 버티지만, "용서한"다는 한 마디를 꺼낼 몇 초의
여유가 없다. 마음으로 미움을 지우는 일은 녹록지 않다. "티눈" 뿌리처
럼 미움이 박인 얼굴은 "쓰"린 비밀이 깊어진다. 용서는 자격으로 주어
지는 것이 아니다. '우리가 우리에게 죄 지은 자를 사하여 준 것 같이' 자
신을 갉아먹는 미움을 스스로 도려내야 가벼워진다.
　누가복음 21장에는 자신이 가진 전 재산 '두 렙돈'을 헌금으로 드린
과부의 이야기가 기록되어 있다. 두 렙돈은 천 원 정도의 적은 돈이지만
과부에게는 전 재산이었으니 그녀의 전부를 하나님께 드린 것이다. 하
지만 시인은 허울 좋은 가짜기도를 "입에 달"고 산다. 헌신하고 봉사한
다는 자신의 기도는 "곳간"을 풍족하게 채워달라는 "칭얼거림"이다. 이
를 통해 '인간의 자연적 욕망은 굴레'라는 스피노자(Baruch Spinoza)의
말처럼 욕망에 갇힌 인간은 굴레에서 빠져나올 힘을 잃고 나약해진다
는 것을 알 수 있다.

김용기 시인은 늦게 찾아온 시 앞에 겸허하게 엎드린다(「사소한 일탈」). 시인은 "푸른 시심"을 "목젖 뒤편"으로 넘겨버리는 "서투른 일탈"을 내심 아쉬워하지만 멈출 생각이 없다. 느린 비에 젖는 토요일 오후, 김용기 시인이 차려주는 진솔한 일상에 둘러앉으면 현시의 고백이 정중하게 건너온다. 늦은 계절에 슬그머니 찾아온 서투른 일탈처럼 완생을 향해 나아가는 미명이 운명선처럼 선명하다.

/ 4 /
어린 왕자의 질문

-이영식, 『꽃의 정치』

"시인의 영혼은 순수한 정신의 성스러운 침묵에 순응하는 경건한 영혼이다."   -마르틴 하이데거(Martin Heidegger)

"시는 종이에 맺혀있는 글썽임이다."   -김경주

4차 산업혁명과 포스트 휴먼시대가 도래했다. 삭막한 '기계문명'이나 'AI' 운운을 차치하고, 세계는 변종 바이러스 출몰로 위기에 봉착했다. 걸어 잠근 문과 귀 속에 자신을 가둔 채 살아가는 현대인들은 더 멀어진 거리두기의 시간을 지루하게 이어가고 있다. 꽃불을 피워 올린 목련의 창밖 이야기에 흐린 귀를 세울 무렵 『꽃의 정치』(지혜, 2020)가 찾아왔다. 이 시집은 2020년 제 17회 애지문학상을 수상한 이영식 시인의 네 번째 시집이다. 『꽃의 정치』에서 시적 자아는 일상성의 자아와 세계의 본질을 가시적으로 이미지화한다.

‘꽃의 정치’를 펼치는 ‘꽃의 정부’는 상생의 손을 움켜쥐고 흐드러진 꽃놀이패를 돌리고 있다. 『꽃의 정치』속 시편들은 일상성의 서사들이 불가해함에서 한발 비켜 서 있다. 그래서 다가가기가 한결 편안하다. 헤르만 브로흐(Herman Bloch)는 ‘일상성’을 우리시대의 시대정신이라고 말한다. 일상성은 현대세계의 특징을 담고 있으며, 자신의 특징을 최대한 은폐시키기도 한다. 이영식 시인에게 ‘일상성’은 세밀한 필치로 시의 무늬를 짚어가게 하는 원동력이다. 『꽃의 정치』는 시인이 일상성에서 건져 올린 자아와 세계에 대한 질문으로 가득하다. 시인의 사유를 동반하는 일상성의 체험들은 일상성을 뛰어넘는 상상력을 바탕으로 자신의 내면세계와 시정신을 단단하게 구축하고 있다.

　이영식 시인은 자서에서, 『꽃의 정치』의 편편들은 “풀꽃에게 이름을 지어주는 마음으로 쓴 시”라고 밝혀 두었다. 그는 자의식과 일상성의 범주를 넘나드는 상상력으로 시적 언어의 긴장을 유지하며 서정시의 질적 깊이를 축적한다. 시인은 ‘봄날 내내 꽃불로 범람하는 꽃의 정부’와 ‘곰탕 집 뒤란에 쌓인 뼈다귀들’과 ‘홀딱 벗고 우는 검은 등 뻐꾸기의 울음소리’를 통해 자신의 서정적 일상성을 솔직 담백하게 고백한다.

　『꽃의 정치』에서 발견한 특이점은 ‘시’나 ‘시인’을 소재로 창작한 시가 스무 편 넘게 실려 있다는 사실이다. 시인은 내면세계에 담아두었던 진언과 진술을 ‘시’와 ‘시인’에게 무한정 쏟아낸다. 시창작 소재로 활용된 ‘시’나 ‘시인’이 특별히 많은 이유는 ‘시’나 ‘시인’이 이영식 시인 자신의 일상 속에 녹아있거나 일상 자체이기 때문일 것이다. 따라서 『꽃의 정치』에 쓰인 본원적인 시적 언어는 시집 곳곳에 펼쳐진 ‘시’와 ‘시인’에게 밀착되어 있을 수밖에 없다. 다음의 시 「시인」에서는 시인과 어린 왕자의 대화를 통해 ‘시인’의 존재 가치를 사유하게 만든다.

어린 왕자가 물었다
아저씨는 직업이 뭐예요
나는 시인이란다
이 별에서는 시가 밥이 되나 봐
그보다는
시에게 나를 떠먹이는 거지
– 「시인」 전문

　위의 시 「시인」에서 화자는 자신의 아이덴티티를 "시에게 나를 떠먹이는 시인"으로 규정한다. "직업이 뭐냐"고 묻는 어린 왕자에게 아저씨인 "나"는 당당하게 "시인"이라고 대답한다. 여기서 아저씨의 직업을 묻는 사람은 '어린 왕자'다. 왜 어린 왕자가 질문자로 선택된 걸까? 어린 왕자는 소행성(B612)에서 화산구 세 개와 장미꽃과 커다란 바오밥나무와 함께 사는 소년이다. 이 순수한 소년은 특별한 의미를 갖는 관계에 대해 관심이 많은 인물이다. 시인은 "어린 왕자"를 불러와 "나"의 직업이 뭔지 물어보게 함으로써 화자의 대답을 더욱 책임 있는 대답으로 만드는 데 성공하고 있다.
　어린 왕자는 또 질문을 던진다. 시는 "이 별에서" 어떻게 "밥"이 되는지에 대한 물음이다. 여기서 '밥'은 생활을 영위하기 위한 경제적 능력이나 물질적 여유를 환유하는 시어다. 실제로 2020년 3월 한국고용정보원은 우리나라에서 가장 가난한 직업은 '시인'이라고 발표했다. 그럼에도 불구하고 한국의 시인이 점점 증가하는 사실은 아이러니한 현실이지만, '시'는 가난을 초월할 만큼의 가치를 배태하고 있기 때문일 것이다. 화자 또한 시가 '밥' 즉 '돈'이 되지 않는다는 사실을 누구보다 잘 알고 있다.

하지만 '시'는 '시인'이 있어야 비로소 생겨난다. 화자는 오히려 자신이 창조해낸 '시'에게 "나를 떠먹"인다고 역설적으로 대답한다. "떠먹"인다는 것은 자아의 희생이 동반되어야 실행되는 행위다. 시인에게 '시'는 자신을 희생할 만큼의 가치가 충만하다는 깨달음을 주는 대상이다.

결국 시 속에 드러난 '시'와 '시인'에 대한 우문愚問은 '시'와 '시인'의 숭엄함을 보여주는 현답賢答으로 대변된다. "내가 시를 만든 것이 아니다. 시가 나를 만든 것이다"라는 괴테(Goethe)의 말처럼, 시는 얼마나 위대하고 유쾌한 경험의 고통스러운 기록인가! 시인은 영혼의 비밀이나 번갯불의 섬광(칼릴 지브란-Khalil Gibran) 같은 것이다. 또한 시인은 손가락 사이로 흘러내리는 모래(라이너 마리아 릴케-Rainer Maria Rilke) 같은 시의 고뇌를, 아름다운 음악으로 바꾸는 입술을 가진 인간(쇠얀 키에르케고르-Soren Aabye Kierkegaard)이다. 시인은 창작의 고통을 찢고 나온 시의 상처에 성유를 발라주는 신성한 존재가 된다. 다음의 시 「나는 시인이다」에서도 시인의 정체성이 고스란히 드러난다.

바다 건너 저쪽
입국신고서 직업란에
'poet'라 적었다
무심히 적어 넣은 내 직업
'시인' 이거 맞나?
밤새워 머리 싸매고 써도
쥐꼬리만한 원고료
몇 번 받은 게 전부이고
시집 구하고

시 잡지 구독하느라
주머니가 마르는데
떠돌이 집시 같은 내 직업
뼛속까지 시인이라요
 -「나는 시인이다」전문

   시 한 편의 고료는 아예 없거나 대체적으로 삼만 원에서 오만 원 정도다. 아니면 이 적은 고료마저도 정기구독으로 대체하는 경우가 허다하다. 함민복 시인은 「긍정적인 밥」에서 시 한편 고료가 삼만 원이면 박하다 싶다가도 쌀이 두 말인데 생각하면 금방 마음이 따뜻한 밥이 된다고 말한다. 하지만 이것도 옛말이다. 현재 시 한 편의 고료 삼 만원은 쌀 두 말은커녕 한 말도 살 수 없을 만큼의 빈약한 대가이다. 화자는 "밤새워 머리 싸매고 써" 보지만 시 한 편 고료는 "쥐꼬리만"하다는 것을 안다. 시인은 그마저도 몇 번이 전부이고 주머니가 마른다고 투정이지만 뼛속까지 시인인 자신은 당당하다. 시인의 내면세계에 존재하는 확고한 정체성은 어떤 대가로도 규정할 수 없는 상징적 중심으로 우뚝 서 있다.
   시와 시인이 회통하는 열망은 낯선 세계의 문을 열고 단단한 돌에 뿌리를 내리는 폭발적 에너지가 된다. 위 시에서 화자는 비록 "떠돌이 집시" 같은 직업이지만 "시를 신으로 모신 채" "외눈박이 사랑"을 고백한다. 시인이 그린 자화상은 "별도 별사탕"도 될 수 없는 시집을 "몽당연필"처럼 메고 가볍게 떠나는 초월자의 모습이다. 이토록 시에 대한 절절한 존중과 경외와 깍듯한 예를 갖춘 시인을 일찍이 본 적이 없다. 시는 시인의 마음자리를 고독하고 외롭게 할뿐이지만, 그 고고한 방랑이 시인을 무한 가능성의 세계로 이끌어내는 무한한 힘이 된다. 이영식 시인이 시를 대하는 고결한 집중의 자세는 다음의 시 「시와 소금」에서도 잘 드러난다.

　　소금과 시, 참 많이도 닮았다.

　　바닷물의 결정체가 소금이듯 시는 언어를 갈아엎어 금강을 캐놓은 것. 소금은 양념의 시작이고 시는 문학의 뿌리다. 소금 뿌려 배추를 절이듯 삶이 팍팍해질 때 시 읽어 간을 맞추고 느린 시간을 들여앉히자. 고래로 우리 몸속에 지니고 사는 소금기처럼 늘 시의 숲길 거닐어 서정의 결을 느끼자. 중국 운남성 지하에서는 염수鹽水가 샘솟는다. 그러니까 저 설산고원도 한때는 심해였다는 말인데 이 엉뚱한 비약과 반전이라니! 시적 상상력 아니고는 따라갈 도리가 없겠다. 티베트, 인도까지 실핏줄 같은 차마고도 넘어오는 소금 한 줌에 목숨 줄 대고 사는 야크를 보았는가. 고산 지하에서 퍼 올린 염수가 소금 꽃을 피워내듯 시는 높고 외로운 곳에서 홀로 천리향으로 빛난다. 소금은 출렁거렸던 파도의 위반이고 시는 중얼거렸던 언어의 배반이다.

　　엄정한 응결, 시와 소금은 너무나 닮았다.
　　- 「시와 소금」 전문

　소금은 바닷물의 엄정한 결정체이며 인간의 생명과 밀접한 관계를 갖는 가치 있는 광물자원이다. 소금은 방부제와 조미료로 인간에게 가장 기본적인 양념으로 쓰인다. 오래 전부터 소금은 청정과 신성의 상징으로 초자연적인 힘을 갖는다고 생각해왔다. 이 시에서는 인간에게 없어서는 안 되는 '소금'을 '시'와 유비의 속성으로 추리하고 있다. '소금'과

'시'는 "엄정한 응결"임을 한행 한행 확인하며 짚어나간다. 소금과 시의 유비를 통해 소금이 인간에게 없어서는 안 될 자원인 것처럼, 시도 문학의 뿌리임을 형상화하고 있다. 양념의 원천은 소금이다. 소금이 없으면 세상의 어떤 음식도 제대로 된 맛을 낼 수 없다. 이처럼 문학의 뿌리인 시가 없으면, 무미건조한 음식처럼 문학은 균형을 잡지 못한 채 흔들릴 수밖에 없다고 진언한다.

　몸에서 소금기가 빠져나가면 생명을 유지할 수 없다. 화자는 소금에 빗대어 시의 '서정'에 대한 중요성을 피력한다. "서정의 결"이 있는 시가 적절한 염분 농도로 건강한 생명을 유지하는 몸 같은 시라는 것이다. 중국 운남성 지하에서 "염수가 샘솟는" 것은 설산고원이 "심해였다"는 사실을 증명한다. "설산고원"이 "심해였다"는 "엉뚱한 비약과 반전"이 바로 시가 아니고 무엇이겠는가. 시의 매력은 참신한 세상을 만들어내는 언어나 사유의 반전에 있다. 상상력을 전제로 한 비약과 반전은 시의 구원적 요소로 작용한다. "고산 지하에서 퍼올린 염수"는 "소금꽃을 피워" 낸다. 이는 시가 "천리향"으로 홀로 "빛"나는 것과 다름없다. 소금이 출렁이던 "파도의 위반"이라면, 시는 중얼거리던 "언어의 배반"이다 그래서 정제되고 절제된 좋은 시는 불순물을 잘 증발시킨 천일염이 눈물겨운 한 편의 절정으로 피어나는 미학적 예술의 승화다.

　　"너 아직 시 쓰니?"
　　날선 비수가 날아왔다
　　피할 새도 없이
　　가슴 깊숙이 꽂히는
　　짧고 날랜 칼

"다 죽은 자식
불알 만져 뭐하게-"

껄껄 웃으며 돌아서는 선배
한번 더 못을 박는다
"헛꽃 같은 시
저들끼리 돌려 읽는 시집
시를 희망인 척 하면서
고문하고 죽이는 건
바로 시인들이야"

썩은 사과 한 개가
내 심장 위로 쿵!
뛰어내리는 소리를 들었다
-「희망고문」 전문

　"헛꽃 같은 시"와 '시인끼리 "돌려 읽는 시집"과 "시"를 "희망인 척 고
문하고 죽이"는 시인에 대한 선배시인의 말이 처참하다. "짧고 날랜" 직
언은 현실적인 비수가 되어 화자의 "가슴 깊숙이 꽂"힌다. 이 솔직함 앞
에서 화자는 어떤 부정의 말도 찾을 수 없다. 그저 "심장 위"로 "뛰어내
리"는 "썩은 사과" 소리를 듣고 있을 뿐 반박하거나 저항할 도리가 없다.
화자를 희망고문 하는 건 이미 "죽은 자식"이 되어 있는 "썩은 사과" 같
은 '시'다. 하지만 화자는 이미 죽어서 회생할 기미가 보이지 않는 시에
대한 직언을 들으면서도 끝내 희망고문에 대한 기대를 놓지 못 한다. 가
장 찬란한 광휘는 가장 극렬한 고통에서 비롯된다. 시인은 극렬한 고통

을 감내할 수 있기 때문에 '헛꽃'도 찬란하게 피우는 찬란한 광휘의 존재가 될 수 있다.

> 궁금했어요
> 외롭고 높고 쓸쓸한 산1번지
> 저 동네 사람들 무얼 먹고 사는지
> 방귀냄새조차 향기로운지
> 골목마다 계절 없이 온갖 꽃 피고
> 창틈에서 새어나온 노래가
> 밤하늘로 옮겨 앉아 별이 되는지
> 모든 죽어가는 것들을 사랑하는지
> 매일 닦고 조이고 기름 치는
> 삶의 비린내 그런 거 말고
> 집집 커피 볶는 냄새가 담을 넘는지
> 강철로 된 무지개가 뜨는지
> 껍데기는 가라, 알맹이들만 남아
> 폴란드 망명정부의 지폐를 사용하는지
> 애비가 종이었는지
> 풀은 바람보다 먼저 눕고
> 바람보다 먼저 일어나는지
> 지금도 우편배달부가 자전거로
> 손 편지를 전하는지
> 정말 궁금했습니다
> 쥐눈이콩만한 원고료로
> 시인동네 사람들 어떻게 살아가는지
> ─「시인동네」전문

화자가 정의하는 시인동네는 "외롭고 높고 쓸쓸한 산 1번지"다. 이 시는 선배시인들의 잘 알려진 시 구절을 인용했다고 밝히고 있다. 화자는 궁금한 것이 많다. 고결한 시인들이 먹고 사는 게 무엇인지, 시인의 방귀냄새는 어떻게 다를지, 시에서 노래하는 것들이 실제로 현실에서 행해지고 있는지. 그런데 화자가 정말 궁금한 것은 윤동주 「서시」의 "모든 죽어가는 것"이나 이육사 「절정」의 "강철로 된 무지개"나 김광균 「추일서정」의 "폴란드 망명정부의 지폐"에 대한 것이 아니다. 그렇다고 서정주 「자화상」에서 밝힌 "애비가 종이었는"지, 김수영 「풀」에서 "풀은 "바람보다 먼저 눕"는지 묻고 싶은 것도 아니다. 그 모든 궁금증 보다 시인이 가진 첫 호기심은 시인동네 사람들이 "쥐눈이콩 만한 원고료"로 어떻게 살아가는지의 원론적인 문제에 꽂혀 있다. 이 궁금증이 「시인동네」에서 가장 핵심적인 본질이 될 것이다.

산 1번지에서 외롭고 쓸쓸하게 사는 시인들도 이슬만 먹고 살 수는 없다. 하지만 '시인'의 저력은 발치에서 기어가는 개미 한 마리의 몸짓까지도 훤히 볼 수 있을 만큼 고매하다. 그럴 땐 허명虛名이라도 좋을 시인의 명찰을 달고 "눈물방울 화석"이나 명명식을 마친 "아무개 별" 하나와 누구도 부럽지 않을 한 살림을 차리고 행복해 하는 일상도 더없이 안락하겠다. 『꽃의 정치』는 비일상적 일상을 단련시키는 시편들로 가득하다. 이영식 시인이 줄곧 노래하는 시인동네에선 무지개를 벗어던진 어린 왕자들이 바오밥나무 여기저기 찾을 수 없는 질문을 숨기고 있다. 소행성으로 소풍을 가야할 것 같은 봄날 오후다.

/ 5 /
모서리에 연루된 모욕

– 이해존, 「연루된 밤」

기다란 소파가 사방 벽에 붙어 있다 소파 모서리에 어깨를 접어 넣는
다 자연스럽게 들린 한쪽 다리를 소파 끝에 걸쳐 놓는다

탁자 위 깨진 술잔으로 시선을 떨어뜨린다 던져놓은 시선이 자신에게
멀어져 자신이 되려 한다 등받이와 등 사이 채울 수 없는 공간으로 허기
가 몰려온다 탁자 모서리가 자꾸 가슴을 찌른다

불친절한 팔들이 뒤섞이고 또다시 솟구치려는 팔목을 누군가 끌어내
렸다 한두 사람 때문에 모두가 연루된 밤

늦게 찾아오고 일찍 잊어버리는 모욕으로 모서리는 잘 들어맞는다

담배를 찾으러 갔을 때, 모서리에 숨죽이고 있는 그림자를 훔치다 되
돌아 나온다

탁자 모서리가 가슴을 뚫고 벽의 모서리로, 외벽으로 날을 세운다 세
상이 뾰족하다

　–「연루된 밤」 전문

우리는 싫든 좋든 타자와의 공동체적 관계에 속해 살아간다. 공동체

적 삶을 살아가는 화자는 타자와 공유할 수밖에 없는 사건현장에서 혼자 발을 뺄 수 없는 상황에 놓여 있다. 이 시를 관통하는 일관적 정서는 '불안'이다. 불안(프로이트-Sigmund Freud, 『새로운 정신분석강의』)은 정서적 상태에 부합하는 신경자극전달과 그에 대한 지각과의 결합이다. 불안에 대한 반응은 위험 상태에 따라 도망쳐버리거나 적극적으로 방어하는 행위로 발현된다. 그러나 화자는 도망쳐버리지도, 적극적으로 방어하는 행위도 하지 않는다. 다만 "탁자 위 깨진 술잔"에 던져놓은 "시선"이 "자신에게 멀어져 자신이 되"려 할 뿐이다. 여기서 화자가 맞닥뜨린 불안은 외부적 위험요소에 연루되었기 때문에 생성된다.

"사방 벽"과 "기다란 소파"가 연루된 불안한 밤이다. 화자는 "소파 모서리에 어깨를 접어 넣"고 "소파 끝"에 "한쪽 다리"를 "걸쳐 놓"고 있다. 지금 화자의 심기를 불편케 하는 지배적 단서는 사방 벽의 '막힘'과 모서리의 '뾰족함'이다. 모서리의 각 사이에 "어깨를 접어 넣"거나 "한쪽 다리를 소파 끝에 걸쳐놓"는 행위는 온전하지 못한 자세다. 불편한 모습을 통해 화자는 움츠린 자아의 불안한 정서를 드러낸다. 불안은 "탁자 위 깨진 술잔"의 회피할 수 없는 정황의 사건에 연루되면서 촉발된다.

화자가 겪고 있는 심리적 불안은 외부적 위험들에 대한 실재적 불안과 어떻게 관련지을 것인가. 화자는 리비도의 힘이 좌절될 때 생기는 불안 때문에 "등받이와 등 사이 채울 수 없는 공간"에서 "탁자 모서리"에 자꾸 가슴을 찔리고 있다. 각진 모서리로 몰리는 불안한 화자에게 "허기가 몰려온"다는 것은 극복할 수 없는 소극적 방어기제가 된다. 이는 용기 있게 대응하지 못하는 억압된 자아의 불만을 암시한다. 여기서 촉발되는 내면의 불안은 어떻게든 자신만이 해결할 수 있다.

날선 세상에서 화자는 "불친절"하게 "뒤섞이"는 "팔"들과 "솟구치려는 팔목"을 끌어내리는 누군가에 의해 연루되었다. 불친절한 팔들이나 솟구치려는 팔목은 타당하지 않은 '모욕'이다. 그런데 그 잠재적 사건으로 발현되는 수치심에서 과도한 불안증이 탐지된다. 이는 심리적 고통을 회피하기 벅찬 상황에 연루될 수밖에 없다는 데서 기인한다. 그 "한두 사람"은 나, 또는 함께 하는 우리의 가치 있는 고유한 감정을 저해하는 장본인이다. 결국 암묵적으로 위협적 상황을 유발시킨 그 "한두 사람"과 함께 할 수밖에 없다는 사실은, 화자가 필연적으로 수용해야만 하는 선연한 현실이어서 더 암울해진다.

불안이 의미심장한 어떤 사건의 기억 속에 남아있는 침전물이라면, "늦게 찾아오고 일찍 잊어버리는 모욕"은 화자에게 불안한 기억이다. 화자가 일찍 찾아오는 모욕에 이성적으로 대처하지 못하는 것은, 어쩌면 태어날 때부터 선험적으로 가지고 있던 '아 프리오리(a priori)'일지도 모르겠다. 이 시에는 표면적 위협이 감지되지 않지만 불안에 연루된 모욕의 밤이 흐르고 있다. 한 타임 늦게 찾아온 치욕은 왜 이리 일찍 잊어버리게 될까? 습관적으로 금세 잊어버리는 근성 탓인지 수모는 왠지 모서리의 아귀가 잘 들어맞는다.

화자는 꼬인 사건에 대한 불안한 심리기제를 해소하고자 담배를 피우려 한다. 그러나 "담배를 찾으러" 가서 뜻밖에도 "모서리에 숨죽인 그림자"를 발견하게 된다. 그 그림자는 웅크린 또 하나의 자아이자, 자신이 팽개친 정체성이며, 결핍을 메우지 못한 방어기제의 형상이다. 화자는 자신의 존재가 송두리째 위협받을 수 있는 결핍된 공간인 '모서리'의 주체가 된다. 이 시에서 "숨죽이고 있는 그림자"는 무가치한 자신의 모습을 방어하기 위해 만들어낸 위축된 자아일 수도 있다. 내적 긴장 상태의 국면에 처한 자아의 상황은 수치심을 유발한다.

화자는 21세기가 맞이한 사회적 불안 앞에서 자신을 구출할 기회를 포기하고 되돌아 나온다. 이는 부조리한 세상에 일격을 가하지 못하고 주저앉는 자신을 암시적으로 드러낸다. 이를 통해 세상에 만연한 질서 규범에 편입되지 못하고 그림자의 세계 뒤쪽에 웅크린 화자에게서 오이디푸스 콤플렉스(Oedipus complex)를 발견하게 된다. 화자는 자의든 타의든 뾰족한 것들, 이를테면 탁자나 벽의 모서리 같은 날선 것들에 의해 세상의 벼랑 끝으로 내몰리고 있다.

세상은 여전히 뾰족하다. 모든 모서리는 날을 세운 외벽이다. 탁자의 모서리나 벽의 모서리 같은 뾰족한 것들이 가슴을 뚫고 지나간다. 화자는 지금 막무가내로 찔릴 수밖에 없다. 결국 우리는 늦게 찾아오는 모욕에 연루되는 이 시대의 억압된 자화상이 아닌가.

/ 6 /

바닥으로 오르는 사다리

-2020년『시와문화』봄,「포커스 젊은 시」

바닥은 시작이고 끝이다. 누구나 바닥에 눕고 바닥에서 일어난다. 추락도 비상도 바닥이 시발점이고 종착지가 된다. 태어나는 것과 죽는 것의 모든 것을 관장하는 건 바닥이므로 바닥은 신神이다(고 김충규 시인). 우리는 바닥이 밀어 올려준 신의 힘으로 바닥의 힘에 순응하며 살아간다. 누구나 더 높은 곳을 향하여 오르려고 하지만, 그 출발이나 추락은 바닥이 시작인 것을 이미 알고 있다.

시에서 형상되는 이미지에는 시인이 처한 다양한 상황을 통해 내면화된 시적 주체의 정서가 담겨 있다. 시적 주체가 표층적으로 제시하는 시적 대상에는 시인이 경험하는 시대적 가치나 사상의 내면화가 진행된다. 인간과 인간의 관계마저 소원해져 핍진한 시간이 이어지는 시대, 포커스 젊은 시 5인선의 불편한 시선은 바닥을 향해 있고, 바닥에서 시작되고, 한 걸음 나아가 밑바닥으로 오르고 있다.

오르막길인 줄 알고 걸었는데

실은 내리막길이었네
사고팔고를 무한 반복하였으나
늘 제자리에 머물렀네
여기가 바닥인 줄 알았는데
밑바닥이 있을 줄이야
밑바닥 밑에는 3층 내지는 4층
지하층이 있기도 했네
계란을 한 바구니에 담지 말라는 이유를
무참히 깨지기 전까지
아는 사람은 아무도 없었네

〈중략〉

항상 미래를 예측하며
오늘도 시장에 뛰어들지만
예상대로 시장이 흘러간 적 없었네
한 치 앞도 볼 수 없는
험난한 우리네 인생도 그러했네
　　　　　-권수진,「그런 시장이 있다」 부분

　위 시「그런 시장이 있다」는 "한 치 앞도 볼 수 없"는 험난한 인생시장
을 주식시장에 비유하고 있다. 요즘 동학개미와 서학개미로 불리는 개
인투자자들이 주식시장을 파죽지세로 움직이고 있다. 어차피 주식은 제
로섬 성격을 갖고 있지만, 애널리스트도 예측이 어려운 시장에서 인간
은 신이 아니므로 "무참히 깨지기 전까지" 깨질 거라는 사실을 인지하
지 못 한다. 생은 미래를 예측해보지만 예상대로 흘러가지 않고 바닥보

다 더 "밑바닥"으로 내려갈 수 있음을 당하고 나서야 알 수 있다. 어떻게 보면 그래서 살아볼만한 재미있는 인생이 될 수도 있지만 당하는 순간 순간은 얼마나 참혹한가. 실패는 성공의 어머니라고 하지만, 실패를 거듭한 후 성공의 근육을 키우는 자양분을 만든다고 해서 실패를 거듭하고 싶은 사람은 없다. 권수진의 '그런 시장'은 누구나 피해가고 싶지만 마음대로 조정할 수 없는 우리 삶의 단면을 사고파는 시장이다. 그래서 시인은 "정석이 통하지 않는 세상"에서도 "일말의 희망을 포기하"지 않는다.

> 아무나 오르지 않죠
> 허공에 그으면 부서지는 말들
>
> 중간쯤, 양손으로 기둥을 잡고
> 고개 들어 사방을 두리번거리죠
> 발을 떼면 다시 처음
>
> 충분히 지친 하루는 계속해서 층계
> 한 걸음 또 한 걸음, 끝나지 않는 오늘의 일기
>
> 〈중략〉
>
> 그러니까, 어디가 시작이고 무엇이 끝인가요
> 아슬아슬,
> 손을 놓으면 절벽
> 위를 봐도 아래를 봐도
> 도무지 사다리와 사다리

그런데, 사다리는 왜 다리가 두 개 뿐이죠?
-김성신, 「사다리를 오르면 또 사다리」 부분

인간은 끝없이 오르려는 상승욕구를 가지고 있다. 한 걸음씩 두 걸음씩 몇 칸씩 건너뛰며 올라서 도착하는 곳은 시작하기 위해 발을 뗐던 바로 그 자리임을 알지만, 안전장치 따윈 아랑곳 않고 끝없이 오르려고 발버둥 친다. "위를 봐도 아래를 봐"도 시작과 끝을 알 수 없는 아슬아슬한 사다리 위에서, 연신 "목울대"를 치는 "욕지기"를 버티기 힘들 수밖에 없다. "발을 떼면 다시 처음"이 계속 되는 층계에서 오르기에 지친 하루들은 힘겹게 쌓이는 오늘의 일기가 된다. 그래서 이제는 계속해서 오르려고만 했던 자신을 내려놓고 가볍게 빈 두 손으로 "테이프를 뒤로 돌리"듯 "바닥을 향해 올라"갈 거라고 단언한다. 우리는 시작도 끝도, 아래도 위도 사다리뿐인 아슬아슬한 세상에서 언제까지 불안감을 버틸 수 있을까?

　　너에게 내가 무엇을 줄 수 있을까 생각하는 밤이다 뜨거운 찻잔이 순식간에 식는 밤이다 성에 낀 유리창이 내부를 비추고 있다 동굴 속 같다 언젠가 한 순간 한 번은 반짝거렸을 것들이다 초라한 얼굴, 허물어진 책탑들, 오랜 쓸쓸함의 소굴이다 너에게 줄 수 있는 건 고독뿐 잔인함뿐 생각이 끊어지지 않는다 / 〈중략〉 / 나는 내가 닿지 못한 미답末踏의 땅에 대하여 생각한다 마음의 까치발을 세우고 애가 타게 애가 타게 흩날리며 서성이던 시간들 수백만송이 눈송이는 수백만송이 고독 눈 속의 시린 심장 시린 뼈 막막함의 온도를 알겠다 가슴에도 눈발이 쌓이는지 사각사각 그리움의 온도를 알겠다

내 몸을 꽃잎처럼 한 장 한 장 뜯어 넣고
몰캉몰캉하게 끓여내어
호호 불어가며 한 숟갈씩 떠먹이고 싶다

파랗게 얼어붙어 있을 너의 입술 속으로
-원양희,「수제비」부분

『논어』의 「위령공衛靈公」에는 "뜻있는 선비와 어진 사람은 살기 위하여 인을 해치는 일이 없고, 오히려 자신의 목숨을 바쳐 인을 행할 뿐이다."(子曰, 志士仁人, 無求生以害仁, 有殺身以成仁.)」라는 말이 나온다. 로마서 12장에도 '몸을 드리라'는 말씀이 있다. 하지만 이런 살신성인의 경지에 오르는 것은 보통 사람의 일을 뛰어넘어야 한다. 위 시에서 "내 몸"을 "뜯어 넣"고 끓여낸 수제비를 너에게 "한 숟갈씩 떠먹이"고 싶다는 전언은 바닥을 치고 오르는 극한의 그리움에서 발견할 수 있다. 너에게 내가 해 줄 수 있는 건 "고독"이나 "잔인함"뿐이므로 "나"가 닿지 못한 "미답의 땅"에 닿기 위해 내 몸을 꽃잎처럼 한 장 한 장 뜯어 넣고 끓인 몸국 같은 수제비를 "너"에게 먹이고 싶은 것이다. 이런 심사는 "상처를 봉인한 채 생의 순간"에서 달아나려 했던 자신에게서 비롯된다. 위 시에서는 고독한 정서를 뛰어넘어 가늠할 수 없는 깊이의 그리움을 형상화하고 있다.

매화가 화농을 매달고 있다
골목과 골목이 마주치는 곳에서
꽃가루가 흩날린다

무게가 터트리는 물꽃들
봄이 사라지려나 봐

〈중략〉

출렁이는 벌새들이 꽃대궁으로 군집한다
꽃조명은 머리카락 끝을 잘라낸다
화장으로 감춘 이마 잔주름 두어 개도
상심할 화농의 봄,
떠나버린 봄의 걸음걸이는
아주 잠깐 무거워도 괜찮다

들고양이와 담장의 대화를
그늘이 소복소복 담고 있다
-박설하,「산책의 무게」 부분

위 시「산책의 무게」에서 산책의 출발점과 도착점은 같다. 그 곳에서 떠나서 다시 그 곳으로 돌아온다. "매화가 화농을 매"단 늦은 봄도 사라지려고 하지만 다시 그 자리로 돌아올 것을 알고 있다. 그래서 시적 주체는 '화농의 봄'을 상심하는 마음 한 걸음 밖에서 "떠나버린 봄의 걸음걸이"에 대해 "아주 잠깐 무거워"도 상관없다고 전언한다. 여기서 한 계절의 산책을 마치고 떠나려는 봄의 걸음걸이는 한 세상을 산책하고 돌아가는 지난한 생의 걸음걸이와 비슷한 함량의 무게를 지니고 있다. "들고양이"가 대화를 나누는 "담장"도, "출렁이는 벌새"가 몰려드는 "꽃대궁"도 데자뷰나 랑데뷰처럼 다시 만난 그 자리에서 시작된다는 것을 상기시킨다.「산책의 무게」에서는 오를 때만 보이고 내려올 땐 보이지 않는 층계에서 발목이 접질리는(「마가렛이 보내는 짧은 인사」) 시적 주체의 삶도 결국은 시작된 그 곳에서 다시 일어날 수 있다는 것을 짐작하게 해준다.

> 나의 영혼의 나사를 푼다
> 소리가 잘 나지 않는 라디오처럼 속을 들여다 본다
>
> 아 여기가 접촉 불량이군
> 영혼의 한 가닥을 잡고 납땜을 한다
>
> 그녀가 떠났고
> 고양이도 집을 나가더니 오지 않는다
>
> 곁을 떠나는 일은
> 채널이 잘 안 맞아서다
> 채널을 바꾸고 주파수를 새로 잡아본다
>
> 영혼은 어느 순간
> 내 것이 아닌 겨울처럼 내 것이 아닌 노을처럼
> 어디까지 갈지 알 수가 없다
> 누구도 나의 영혼의 나사를 풀 수 없다
> ─정진혁, 「드라이버를 들고 커피 한 모금을 마시며」 부분

요즘 핫한 방송물은 인간이 컨트롤할 수 없는 인간 밖의 세상에 관심이 많은 것들이다. 천상과 이승의 기운이 결합하여 파동이 일어나는 '융'

이나, '악귀'나 좀비처럼 현실에서 꼭 있을 법한 상상 속의 세계가 등장하여 주목받고 있다. 살아가는 동안 어쩔 수 없이 맞닥뜨리는 순간의 경험 앞에서 무능해지는 인간의 이상을 대리만족할 수 있는 새로운 상상의 세상을 보여준다. 위 시 「드라이버를 들고 커피 한 모금을 마시며」에서는 "영혼의 나사"를 풀어 "접촉불량"인 영혼을 찾아낸 후 "납땜"을 하고 있다. 시적 주체의 곁에는 맞지 않는 "채널" 투성이다. "그녀"가 떠났고 기르던 "고양이"도 나가서 돌아오지 않는다. 채널을 맞추기 위해 화자는 "주파수를 새로 잡아본"다. 하지만 영혼은 어디까지 갈 것인지 도통 알 수가 없다. 나는 내 "영혼의 나사"를 풀 수 있지만 누구도 "나"의 영혼의 나사를 풀 수는 없다.

젊은 시 다섯 편은 '밑바닥'이라는 주제를 통해 박차고 오르기 힘든 현실상황을 반영하고 있다. 접질린 발목이 주저앉은 정오나, 충분히 지친 하루들이나, 오르막인줄 알았지만 내리막길뿐인 주식시장 같은 인생에서도 바닥을 오르려는 욕망과 욕망을 채울 수 없는 현실이 충돌한다. 또한 영혼의 나사를 풀어 맞춰보려는 주파수나, 그리움의 온도를 데우기 위해 수백만 송이 희디흰 고백이 쏟아져 내리는 뜨거운 밤의 눈발까지 '바닥'과 '밑바닥'에 대한 새로운 방식의 탐색이 이루어지고 있다. 털썩 주저앉거나, 더 밑바닥으로 내려가거나, 영혼의 나사를 풀어헤치거나, 테이프를 뒤로 돌리거나, 가장 낮은 곳으로 몸을 던지면서.

/ 7 /

다시, 사랑으로

-2020년 『부산시인』 가을

1. 근원으로의 회귀

다시, 돌아가야 할 때다. 놀이터에서 아이들과 시소를 타거나, 손잡고 웃음을 주고받는 평범한 일상이 특별한 일이 되어버린 지금. '현대사회'라는 텍스트는 언제부터 호러물 같은 세상이 되어 가고 있었나? 이제 사람들은 갑작스러운 사회현상에서 생겨난 언택트 같은 신조어도 거부감 없이 수용하고 있다. 어느 순간에 들이닥칠지 모를 재난 상황에 대한 불안과 공포의 심리상태는 평온한 일상으로 돌아갈 기미가 보이지 않는다. 사회적 거리 두기 단계가 격상될 때마다 죽어가는 경제의 비명에도 귀를 막고, 우리는 감정과 본능을 억제하고 얼굴을 숨긴 채 바이러스의 공격으로부터 등 돌려 달아나기에 급급하다. 이제 코로나로 인한 사회적 거리 두기는 뉴노멀이 되어 버린 것이다.

현대인은 마스크로 호흡을 가두고 대면의 간격을 비대면으로 늘이는 것만으로도 피로가 극에 달해 있다. 이젠, 돌아가야 한다고, 돌아가고 싶다고 암울한 상황에서 벗어날 자유로운 시간을 갈망한다. 소쉬르(Nicolas-Théodore de Saussure)의 말처럼, 당면한 시대의 아픔을 언어로 조립하는 시인들은 불온한 시편에 점점 지쳐간다. 전염병에 움츠린 일상이 지루해지기 시작할 즈음. 시인들이 절박하게 갈구하는 서정적 정서의 시적 메시아가 세찬 물살을 거슬러 오르는 것이 보인다. 답답한 삶의 실마리를 풀어내기 위한 서정적 정서가 단절과 소외를 밀어내는 힘의 단초가 되어줄지도 모르기 때문이다.

돌파구를 찾지 못한 채 이어지는 일방향의 정서에 지쳐서일까? 아니면 신경증적인 피로감과 정신적 무력감에도 불구하고 가을이 찾아와서일까? 『부산시인』 2020년 가을호에는 지속되는 위기와 결핍을 벗어던지며 다시 생명과 사랑으로 돌아가려는 시편들로 채워져 있다. 이런 자정의 노력은 절망에서 헤어나려는 근원으로의 회귀 현상으로 세계와 인간에 대한 진실한 사랑에서 비롯된다.

2. 잠재적 그리움의 모색

제대로 된 한 편의 서정시를 만나는 일은 예술적 감흥을 불러온다. 시의 모티프로 자주 등장하는 '그리움'은 대상에 대한 서정적 인식을 시적 언어로 표현하는 데 용이하다. 그리움은 감각적 이미지를 동반한 심미적 본성에서 발현되며 서정성의 뿌리에 닿아 있다. 땅의 소리를 들으려면 마음과 정신을 열어 흙을 품어야 하듯, 그리움의 정서에 젖으려면 감정의 궁극적 지향점인 사랑의 중심으로 뛰어들어야 한다. '사랑'이라는 근원적인 내면 정서는 잠재적 그리움의 세계를 포용하고 있다.

언제쯤 그립겠지요
참나무 숲에 묻혀 마주 웃던
별빛이 멀어져 보일 때

펄펄 끓던 노란바람 속에 타고 있던 가을나무 탓인 줄 알았어요 그러
나 다 떠나보낸 그 자리에 새 움이 파랗게 숨 쉬고 있음을 깨달았을 때 겨
울을 향한 당신의 뒷모습을 안타까워하던 그 그리움 때문인 것을, 눈물
글썽이며 서 있던 그곳에 언제나 먼저 와 있던 하늘처럼 당신의 계절은
눈처럼 쏟아지던 가랑잎 소리를 추억처럼 묻고 있겠지요, 언제쯤은,
    -김미순, 「언제쯤은」 전문

　안개가 걷히지 않는 오리무중의 시대. 불가항력의 현장을 전경화한
과격하고 전위적인 시들에 비해, 「언제쯤은」에서는 내면 정서에 충실한
서정의 흐름을 보여준다. 화자는 떠나보낸 그의 뒷모습을 통해 가장 채
도 높은 순색의 그리움을 펼쳐낸다. 그리움의 한 가운데, 지금은 부재하
는 당신이 새 움으로 파랗게 움트고 있다. 이 시의 전면에는 "겨울을 향
한 당신의 뒷모습"을 그리워하는 화자의 심리가 배경으로 깔려 있다. 객
관적 세계인 '가을'을 끌어와 '당신'에 투사하는 서정시의 전형을 보여준
다.
　겨울을 향해 떠나가는 당신의 뒷모습에서 가랑잎을 함박눈처럼 쏟아
내던 가을의 뒷모습에 이입된 세계와의 일체감을 발견할 수 있다. '가을'
은 화자의 내면에 존재하는 초월적 '당신'이다. 화자가 눈물을 글썽이며
그리움을 쏟아내는 그 곳엔 그의 계절처럼 넓은 품으로 감싸주는 하늘
이 언제나 먼저 와 위로해주어도 안타까움을 숨길 수 없다. 하지만 화자
는 떠나는 그를 잡을 수 없는 순환의 이치 앞에서 "새 움"이 돋아난다는

사실을 깨닫게 된다. 그래서 "당신의 계절"에 별빛처럼 '쏟아지던 가랑잎 소리'를 언제 한 번쯤은 그리워할 추억으로 담담하게 묻을 수 있다.

다음의 시 「낮 달맞이꽃」은 또 어떤가.

> 누군가가 그리워 환한 대낮에
> 펑펑 울어 본적이 있나요?
>
> 살다보면
> 그런 날도 있다지만,
>
> 그런데 그거 알아요
> 달이 그리워 한 낮 내내 눈물 흘리다가
>
> 달뜨기 직전에 지쳐 스러진
> 낮 달맞이꽃의 분홍 그리움을!
> -강달수 「낮 달맞이꽃」

「낮 달맞이꽃」은 '낮 달맞이꽃'의 세계를 자아화한 동일성의 세계를 보여준다. 이 시에서는 달이 뜰 때만 핀다는 '낮 달맞이꽃'이라는 객관적 상관물을 화자의 내면세계로 끌어와 세계의 자아화를 이루고 있다. 낮 달맞이꽃은 달이 그리워 눈물 흘리다 "달뜨기 직전에 지쳐 스러진"다. 이때 낮 달맞이꽃의 심경에는, "누군가가 그리워 환한 대낮에 펑펑 울어"본 화자의 심경이 고스란히 이입된다. 그리움에 눈물짓는 내면 정서를 "분홍 그리움"에 젖은 시각적 이미지로 형상화한다.

낮 달맞이꽃의 모습은 밤에 피기 위해 낮에는 숨죽인 '그리움'의 원형이다. 이는 화자가 말하고자 하는 정서적 내면이다. 낮 달맞이꽃에서 가장 근원적인 힘은 '달'이라는 대상을 전유하는 사랑에서 비롯된다. 살다 보면 간혹 일렁이는 그리움에 지쳐 "환한 대낮에"도 섧게 "울어본 적"이 있지 않은가. 타인에 대한 지극한 사랑과 연민으로 펑펑 울 수 있는 그리움이라면, "달뜨기 직전에 지쳐 스러"진 "분홍 그리움"의 깊이를 가늠할 수 있을 것이다. '낮 달맞이꽃'을 통해 표출하고자 하는 심상은 자신의 내면으로 회귀하는 관조적 그리움이다.

다음의 시 「가을단상」에서도 '단풍잎'을 통해 사랑보다 처연한 그리움의 내면 정서를 그려낸다.

소망하던 그 때의 표정은 시간 속으로
더욱 아름다워서
온몸에 쌓인 조각의 덧칠인가
처연한 그리움을 주무르는 단풍잎은
사랑보다 작열하다
-전병구 「가을단상斷想」 부분

위 시는 세상과의 단절이나 대결보다는 화해를 앞세워 자연의 순리를 따라간다. "처연한 그리움을 주무르"는 단풍잎의 행위는 온몸에 물든 단풍 "조각의 덧칠"처럼 "더욱 아름다"운 행위가 된다. '사랑'에 대한 화자의 심리는 '어섯눈'의 채워지지 못한 시선을 통해, 가을을 위해 가을을 버리는 비움의 역설에서 시작된다. 자신이 가진 가을을 버려야만 다시 가을을 맞을 수 있다는 순리를 감각적 이미지로 형상화한 것이다. 가을을 떠나보내는 무대의 단상에는 시들어 말라버린 낙엽만이 고요의 막을 내리고 있다. 계절의 무대를 비추는 조명은 "전령사의 허상"이나 떠나는 계절처럼 쓰러져간다.

화자는 "삶을 분해하"는 시간이 허상의 메시지로 전해지더라도, "널 사랑하"는 의지의 힘으로 "영혼의 수레"를 끌고 간다. 그래서 이 '영혼의 수레'는 낙엽을 싣고 가을의 안식처를 향해 나아갈 수 있다. 낙엽은 비록 지쳐 있지만 자연과의 교감을 통해 가을의 안식처가 되어준다. 황금빛으로 물든 광야에서 단풍잎은 사랑보다 더 처연한 가을날의 그리움에 물든다. 그래서 시인은 가을산을 "어섯눈 사람아!"(「어섯눈의 꽃무덤」)라고 소리쳐 부르는 것이다

3. 온유한 서정의 세계

현대의 와해된 삶은 시에서도 고스란히 드러난다. 부정과 불안이 만연하는 시대에 현대시는 현대의 부정성을 부정적인 방향으로 몰아붙인다. 힘든 상황에 봉착한 시대적 분위기를 환상성과 복제된 이미지로 풀어헤친다. 현대의 극단적인 부정성을 끌고 가는 고립의 시들에 비해, 다음의 시들은 부정성에서 탈피한 긍정의 사유들이 모여 온유한 서정의 세계를 풀어낸다. 시에 서정을 심는 일은 주변 세계와의 정서적 만남을 내면화하는 과정에서 시작된다.

노을 바라보며 그대 손 포개어 불러주던
서툰 노래 나 평생 잊지 않으리
내생에도 받아야 될 죄로 와도

형벌 기꺼이 받으리

다시 첫눈빛으로 돌아가도
그대 한없는 죄로 고이 품어 안으리
바닷물 절벅이며 오래도록 황홀히 바라보던 일
두고두고 추억하리
화인으로
-최재영 「중독」

위 시에서 화자는 그대를 사랑하는 자신의 심경을 지독하게 아름다운 죄에 감염되는 긍정의 사유로 풀어낸다. 그대가 불러주는 노래는 비록 서툴러도 잊지 않을 것이며, 그대를 사랑하는 맘을 "혹독하"게 "가슴에 모종"한 일도 뉘우치지 않고 기꺼이 수용하겠다고 다짐한다. 그래서 화자는 어떤 "형벌"까지도 달게 받겠다는 것이다. 화자는 "첫눈빛"과 "바닷물"을 오래도록 바라보는 황홀한 일을 잊을 수 있을 그때까지 추억하겠다고 약속한다. 사랑에 대한 긍정의 힘은 어떤 죄가 있더라도 모두 품고 용서하겠다는 의지에서 발현된다. 화자는 "그대"에 대한 사랑을 지우지 않겠다는 결연한 의지를 "화인"으로 새겨둔 것이다.

다음 시 「사향제비나비」에서도 길 잃은 나비 한 마리를 통해 긍정적 성찰의 시선을 확인할 수 있다.

옆으로 비껴가는 커다란 나비가 나이 먹고 미련하게 살아온 스스로를 돌이켜 살펴보게 한다
눈뜨고 길 못 찾는 나처럼 어리석은 나비야
길이 있는 곳으로 나아가자

-류현열 「사향제비나비」 부분

어쩌다 공장으로 날아든 '사향제비나비' 한 마리가 숲과 풀밭을 찾지 못하고 있다. 사향제비나비는 밖으로 나가는 문을 찾지 못하고 유리창에 부딪히며 거꾸로 움직인다. 화자는 사향제비나비를 자연으로 돌려보내려 살길을 안내해 쫓아내 보지만 오히려 나비는 기계 구석으로 숨어든다. 화자는 길을 못 찾는 나비의 모습에 안타까워하며 자신을 돌아보게 된다. 나비의 머뭇거림은 나이만 먹고 앞으로 나아가지 못한 채 미련하게 살아온 자신의 삶과 겹쳐진다. 살길을 찾지 못하고 "옆으로 비껴가는 커다란 나비"의 행위는, 눈 뜨고도 길을 찾지 못하는 화자의 어리석은 시간을 담지하고 있다. 화자는 나비와의 정서적 만남을 통해 나비에게 아니, 자신에게 "길이 있는 곳으로 나아가"야 한다고 주문한다.

이두예의 다음 시는 코로나 시대 거리두기로 더욱 멀어진 인간과 인간의 관계 그리고 인간 본원적 가치인 소통의 문제를 긍정적 해학으로 전개한다.

들리니 내 숨소리 들리니 펄떡이는 심장 소리 제 주머니에 붉은 기억을 쟁인 사막캥거루가 말라가는 강바닥을 헤집는 소리 악취 피어나는 웅덩이에 해당화 붉은 뿌리 용감하게 쑥쑥 내리는 소리에 밤 내내 잠을 설친다네 급히 만든 채전엔 상추 쑥갓 자라는 소리 이리도 싱싱해 지금 이 숨소리들을 안주로 할까 하네 제발 놀러들 오시오
-이두예 「격리된 시간에는 알리사에게 편지를 쓴다」 부분

거리 두기로 격리된 사람들의 일상이 빈손을 흔들고 있다. 화자는 '알

리사'도 '경규'도 젊은 '강이'도 맞댈 수 없는 손바닥을 흔들며 "그림자 골목을 빠져나"가는 모습을 쓸쓸하게 바라보다 "폐쇄"된 아파트 옥상으로 "잽싸"게 뛰어 올라간다. 옥상에 있는 물탱크는 이미 말라버려 쓸모가 없다. 하지만 화자는 물탱크 속에서 아무도 발견하지 못한 '좁은 문'을 발견하는데, 그 문은 "하늘로 오"갈 수 있는 문이다. 화자는 말라버린 물탱크에서 하늘로 오가는 유토피아의 길을 발견하는 긍정적 시선을 가지고 있다.

화자는 펄떡이는 심장 소리를 누구에게도 들려줄 수 없고 혼자만 들을 수 있음을 아쉬워한다. 해당화가 "붉은 뿌리"를 "용감하게 쑥쑥 내리"는 것처럼 이젠 만날 수 없고 멀어지는 사람들의 그림자를 떠올리며 그들을 애타게 부른다. "제발 놀러들 오"라는 간절한 초대가 귀속을 파고든다. 급하게 자라긴 했으나 '상추'며 '쑥갓' 같은 채소들의 숨소리가 "이리도 싱싱해"서, 안주 삼아 함께 한잔하고 싶다고 타전하고 있다. 화자의 간절한 초대가 닫힌 마음을 열어젖히고 그들을 불러 모을 수 있을까? 모스부호처럼 두드리는 "제발 놀러들 오"라는 목소리가 좁은 문을 열어젖힌 채 울려 퍼진다.

4. 다시, 사랑으로

옛날 쌀집에서 곡식을 팔 때 됫박을 평평하게 밀어 되를 측량해서 팔았다. 이때 됫박 위에 수북하던 곡식을 자로 재듯 깎아내리는 방망이를 '평미레'라고 한다. 평미레가 엄격할수록 됫박에 담긴 곡식의 양은 정확해진다. 옛날엔 평미레로 밀어도 한줌 두줌 덤으로 얹어주거나, 아예 평미레를 사용하지 않고 수북하게 올려서 고봉으로 한 되를 쳐주기도 했다. 평미레의 정확한 사용이 개념이 되어버린 시대. 자로 재듯 됫박을 평평하게 깎는 평미레의 행동이 손익을 따지는 현대인의 모습과 닮았다는 생각에 씁쓸해진다.

유명 개그맨이 극단적 선택을 했다는 비보를 전해 들었다. 누군가를 웃게 만들었고 누구보다 긍정적이라 여겼던 그녀의 선택이 믿기지 않는다. 우리는 왜 이렇게 자신을 내팽개치며 살 수밖에 없는 건지. 자로 재듯 깎아내리는 방망이 평미레를 없애버리고 웃음 짓는 마음과 온기를 덤으로 얹어주며 살 수는 없을까? 앞에서 살펴본 서정의 시편들에서 사랑으로 돌아가려는 긍정적인 화해의 손짓은 됫박 위에 얹어주는 덤처럼 안온하다. "제발 놀러들 오시오!"라고 품을 열어주는 시인처럼. 나도 외쳐보고 싶다. "어서 놀러들 갑시다. 상추며 쑥갓 안주 삼아 한잔하러!"

제2부

닿을 수 없는
공의의 규율

닿을 수 없는 공의로운 세계

– 정온

인간은 자신을 극복해야할 대상으로 여기며 살아간다. 이런 내적 부정은 자신이 극복해야할 장애 상태를 지속적으로 벗어나려 애쓰며 발전을 도모하는 기폭제가 된다. 하지만 포스트모던 소비 사회를 살아가는 현대인은 이미지와 기호의 폭력이 휘두르는 펀치에 가격당하고, 산업화에 함몰된 모더니티 속에서 겪는 충격적 체험으로 그 자리에서 더 나아가지 못하고 주춤거린다. 실존적 인간은 위기를 느끼는 모더니티 공간에서 외부 권력에 저항하는 내부의 힘을 드러내려 애쓴다. 하지만 불완전한 인간은 존재의 불확실성을 복원하려 하면 할수록 초월적 존재 앞에서 결핍을 증거하는 욕망만을 드러내는 나약한 존재일 뿐이다. 이렇게 불안한 시대의 현실에 직면한 인간은 실존적 삶의 표상 바깥에서 절대자에게 귀속하려는 태도를 보인다.

정온의 근작시 다섯 편에서는 의식과 무의식의 경계에서 욕망을 소원하는 미약한 인간존재를 만날 수 있다. 이들 시편에서 주의 깊게 들여다봐야 할 것은 절대 권력 앞에 엎드린 채 끝없이 욕망을 갈구하는 인간

존재의 열등한 민낯이다. 굳이 거대담론을 수면 위로 끌어올리지 않더라도 다섯 편의 시를 관통하는 지배적 정황의 심연은 세계를 초월한 존재자 앞에 엎드려 욕망의 주체인 삶의 주인공 자리를 어떻게든 지켜보려는 간절한 열망으로 가득 차 있다. 죽음 충동과도 맞닿아 있는 정온의 근작시 다섯 편은 불충족의 상태에서 영원히 가질 수 없는 욕망의 원인이자 대상인 오브제를 찾아 떠나는 여정이라고 할 수 있다. 미약하기 그지없는 우리는 가치 있는 인간성 실현을 위해 내적 부정과 자기 파괴를 하며 살아간다.

정온은 자신의 의지 반대편으로 휘어지는 세상의 귀퉁이에서 '죽음'이라는 절벽을 내다보고 있다. 그녀는 초월적 존재가 설정해놓은 순리에 완강하게 저항해본다. 하지만 이내 미약한 인간 실존의 두려움을 인식하고 인간 소외에 직면한 현실을 객관적으로 받아들인다. 인간은 절대자의 가슴에 달린 '코사지'가 되어 절대자를 빛나게 해주는 보조 역할을 하지만, 제 기능을 온전히 발휘할 수 있는 '코사지'의 역할은 절대자의 가슴에 달려있을 때에만 가능하다. 정온은 '당신'이 '코사지'를 떼어버리는 순간, 역할이 무용해지는 불완전한 인간의 존재를 인식한다. '당신의 코사지'가 될 수밖에 없는 운명을 거스르지 못 하는 것이다. 정온은 인간 내면에 기꺼이 동화되어 공의로운 세계에 고개를 조아리며 사과한다.

그녀는 외적 관계에 의한 내적 정서의 우발적 마주침에서 생성되는 욕망을 어떻게 극복하는지, 초월적 세계에 기꺼이 동화하려는 다음의 시 「당신의 코사지, 우리는」과 「슬픈 사과」에서 선명하게 드러난다.

1. 공의의 세계를 소원하는 실존적 인간

우리의 생육환경을 위해
부지런히 일하시는 당신
당신의 손목시계가 벌써부터 이를 갈고 있군요
중천에서 우릴 내려다보며 말입니다

-너희는 무엇을 먹을까 무엇을 입을까 염려하지 말라

귀담아두었습니다
꽃들이 색색의 풍선을 터트리고 새들이 자지러지는 봄이니까요
-「당신의 코사지, 우리는」 부분

　지금 '당신'은 "우리의 생육환경을 위해 부지런히 일하"고 있다. 그런
"'당신'의 손목시계"는 "중천에서 우릴 내려다보"며 "이를 갈" 정도로 열
심이다. 인간 존재의 속성은 공간과 시간이 정해진 대로 돌아가는 저 너
머의 세계에 운명을 의탁하는 주체다. 인간은 타자 없이는 살 수 없으며
'나'의 주체는 절대자에 부속된 존재다.
　'너희는 무엇을 먹을까 무엇을 입을까 염려하지 말라'는 마태복음 6
장 25절 성경말씀이다. 화자는 이 말씀을 "새들이 자지러지는 봄"날
"귀"에 "담아두었"다. 타락한 세상에서 실재적 가치를 요구하는 종교적
힘이 신을 증거하는 무의식의 독백이라고 한다면, 화자가 귀담아두었다
는 성경 구절은 천지를 창조하신 신 앞에 무릎을 꿇는 전언이다. 이 성
경 구절은 허위 공간의 도시에서 먼지 풀썩이는 3월의 건기 경보를 건
너가기 위해 세계와 현실을 구원하는 종교적 사유의 힘을 얻게 한다.
　'당신'은 오늘도 우리의 생장 속도를 맞추려고 '그늘'과 '태양'을 얹어
준다. 또한 '당신'은 생장온도에 필요한 해를 뜨게 하고 생육습도에 적당

한 적정량의 비를 내리게 하는 절대적인 능력을 발휘하는 존재다. 절대자인 아버지는 모든 것이 너희에게 있어야할 줄을 알고 있기 때문에 나라와 그 생명을 먼저 구하려는 것이다. 그런데 '당신'이 주는 그늘과 태양은 충분하지 않고 배고프거나 목마른 결핍의 베풂이다. 존재자와 동일시 될 수 없는 '우리'는 '당신'이 조정하는 대로 끌려 다니는 결여의 존재로 예속될 뿐이지만, 부족한 상태에도 불구하고 아무래도 괜찮다고 생각한다. 따라서 미약한 인간 의식의 주체성에 대한 자각은 절대적 존재가 부여하는 힘 앞에서 한계에 봉착하게 된다.

'코사지'는 '당신'이 떼어내 버리면 주체성을 상실하게 되는 부속품의 존재다. 그러므로 '당신'의 '코사지'인 '우리'가 귀담아두어야 할 성경 말씀은 무한과 초월의 세계에 의탁하고자 하는 종교적 의지다. 결국 화자는 자신의 향기를 터트리고 싶은 간절한 욕망이 해소되지 않아도 괜찮은 낮은 존재가 되기를 자처한다. '나'는 밤이 되면 이리저리 몸을 돌려 눕히며 밤잠을 설치면서도 기꺼이 "당신의 손목시계"에 밥을 주지만, '당신'과 '나'의 일치할 수 없는 욕망에서 발생하는 인간 본연의 슬픔이나 괴리감을 자연 세계의 일부로 기꺼이 수용한다. 절대자와 실존적 인간의 관계는 「슬픈 사과」에서도 이어진다.

당신의 단호함이 내겐 비수이듯이 당신의 배려가 나의 잘못을 낳았음을

기억은 늘 당신과 나 사이에 어긋나게 달리고 그래서 또 달릴 수밖에 없는 나는 당신의 피로를 불러 볼이 붉어집니다

습윤을 다한 말들이 귓등에서 말라가며 작은 바람에도 바스락댑니다

소란한 말들 슬그머니 밀어냅니다 그래도 남은 잎사귀는 눈 밑 그늘을
만들고

　깊어진 그늘은 웅덩이가 되고 웅덩이는 썩고 썩은 웅덩이엔 죽은피가
모여

　빨갛게 익기 위해 달리고 달리면 결실 하나 보겠지 온몸이 붉다 못해
까매지도록 달려왔는데 꼭지가 잘려지는 순간, 그것이 쓸모없음을 당신
의 가위가 예리하게 말해줍니다

　이 공의로운 세계, 이해하지 못한 것 진정 사과합니다
　-「슬픈 사과」전문

　'당신'의 단호함은 '나'에겐 비수가 되고, '당신'의 배려는 '나'의 잘못
을 낳게 된다. '나'에게 대타자가 되는 '당신'과의 갈등을 해결하려면 자
기 의식과 자아 집착을 버려야 한다. '당신'과 '나' 사이에는 늘 어긋나게
달리는 기억이 있지만 그래도 '나'는 달린다. 나의 볼이 붉어지는 이유는
'당신'과 '나' 사이에서 어긋나는 기억이 "피로를 불러"들이기 때문이다.
'사과'는 "빨갛게 익기 위해 달리고 달려"서 결실을 보고자 욕망하지만
'당신'의 절대 권력 앞에서는 자기 존재의 근원적 뿌리인 "꼭지가 잘려"
나가는 폭력을 당하게 된다. 그래서 쓸모없어진 '사과'는 '당신'의 예리
한 "가위" 앞에서 슬퍼질 수밖에 없다.
　'나'는 잘 익은 '사과'의 결실이 되기 위해 달려보지만 '나'도 모르는 사
이 만들어진 눈 밑 "그늘은 웅덩이가 되"고 어느새 썩어버린 웅덩이에
는 "죽은피가 모여" 있다. 좋든 나쁘든 우리에게 주어지는 생육 환경은

부지런히 일하시는 초월자인 '당신'이 만들어준다. 따라서 '사과'인 '나'
는 주어진 상황 속에서 절대자의 뜻에 따라 고통을 감내하면 결실의 만
족감을 맛보게 될 거라는 열망이 간절하다. 하지만 절대자가 휘두르는
가위의 권력 앞에서 배꼽처럼 연결된 생명의 꼭지가 잘려지는 순간, 달
리고 달려 얻고자하는 실재계의 욕망은 얼마나 허망한지 깨닫게 된다.

사람이나 그 행동이 공평하고 의로운 데가 있을 때 '공의롭다'고 말한
다. 지금껏 '나'는 공평하고 의로운 세계를 이해하지 못했거나 이해하려
들지 않고 살아왔다. 화자는 예리한 가윗날에 꼭지가 잘려나간 분리된
주체를 만나고서야 '슬픈 사과'인 자아를 성찰하면서 공의로운 세계를
이해하지 못했음을 진정으로 사과한다. 관계가 단절된 '당신' 앞에 엎드
려 공의로운 세계에 대해 진정으로 사과하는 것은 불가피한 자아 성찰
에의 귀결이다. 단절된 관계 회복을 위해 슬픈 '사과'가 공의로운 세계에
조아리고 '사과'하는 동일한 기표의 다른 기의는 슬픈 '욕망'이다.

2. 상징계의 숙명

인간은 언어(말)를 통해 세계를 사고한다. 언어를 습득하는 상징계
에서는 말도 사물을 살해할 수 있다(헤겔-Georg Wilhelm Friedrich
Hege). 말은 진정성에 닿지 못하고 계속 미끄러지면서 원래의 존재를
죽여 버린다. 「콩 심은 데 콩 나고 팥 심은 데 팥 난다」에서는 존재에 대
한 물음이 기호풀이를 통해 나아가는 말의 난장이 벌어진다. 다양한 말
에 이끌려가고 표명되는 미숙한 '나'는 삽을 든 채 상징계를 떠돈다. 무
의식은 언어로 구조화되어 있어서 내가 말하는 것이 아니라, 말이 나를

통해 행해진다(라캉-Jacques (Marie Emile) Lacan).

　　무서운 말 식칼을 들고 쫓아오는 말 피가 뚝뚝 흐르는 악착 같은 말 콩
가루 집안이라고, 고소하기는커녕 가소롭고 가증스러운 말, 아버지가 연
장을 쥐면 나도 쥐게 되고 아버지 그 연장으로 사람 죽이면 내 손에도 피
가 묻는다네 꽃을 심으려 했어요 어찌나 예쁘던지 화단에 심어놓고 오가
며 보려 했는데 삽질을 못했네 그만 꽃모가지 끊어버렸네 의도를 지근지
근 밟고 가는 행위에 심장이 팥알처럼 오그라붙었어요. 냉장고 속 동지
팥죽처럼 희고 매끄러운 내 의도는 검붉은 행위 속에 빠져 굳어버렸어요
손대기가 겁나는 나는 어디로, 어디에 숨어 있나요 내 아이는 내 손자는
그 손자에 손자는 꽃을 심을까요 목을 끊을까요 그 삽으로 말입니다
　-「콩 심은데 콩 나고 팥 심은데 팥 난다」 전문

콩가루 집안에서 떠도는 말은 "피가 뚝뚝 흐르는 악착 같은 말"이거
나 "식칼을 들고 쫓아오"는 포비아(phobia) 같은 말이다. 공포를 불러일
으키는 섬뜩한 말의 난장에는 '나'보다 힘센 존재자의 폭력이 숨어 있다.
'아버지'가 쥐는 연장을 어쩔 수 없이 쥐어야하는 '나'는 절대적 힘이 발
휘하는 폭력을 고스란히 당해야 한다. '나'는 '아버지'가 "사람"을 "죽이"
면 "내 손에도 피가 묻"게 되는 두려움 속에서 긴장하고 있다. 이 두려움
의 원인은 응보에서 비롯된다. 사회적 이데올로기인 아버지의 법을 비
난하고 거부해보지만, 자신도 모르는 사이 답습한다. 상징계의 존재는
아버지의 존재를 수용할 수밖에 없는 한계의 존재이므로, 환원되는 아
버지를 제기하는 자아는 오이디푸스 증후군(Oedipus complex)에 시달
린다.
　'나'는 꽃을 심으려 했지만 "삽질"을 잘못해서 "꽃모가지"를 "끊어버

렸"다는 죄책감에 "심장이 팥알처럼 오그라"든다. 또한 "냉장고"에 넣어둔 "동지팥죽" 속의 하얀 새알 같은 의도는 팥죽처럼 "검붉은 행위 속에 빠져 굳어버렸"다. "검붉은 행위"는 절대자와의 약속이 깨진 것으로 윤리적 반성을 동반한다. 화자는 자신의 죄를 인정하고 "나는 어디로, 어디에 숨"는지 자신도 모르는 자신의 행방을 '아버지' 앞에 고백하고 있다. 사회적인 약속인 '말'은 아버지의 법을 대변하는 오브제다. 콩을 심으면 콩이 나고 팥을 심으면 팥이 나는 것처럼 '아버지'가 심은 상징계의 '나'는 아버지의 법을 전승하여 싫든 좋든 어느새 아버지의 법이 되어 있다.

고난을 답습하게 될 거라는 두려움은 손자의 손자의 손자로 이어진다. 화자는 아버지의 일부분을 이미 가지고 있다. '콩 심은 데 콩 나고 팥 심은 데 팥 난'다는 속담처럼 내 후손에게도 뿌린 대로 거둘 수밖에 없다는 것을 인지하고 있기 때문에 두려운 것이다. 종과득과이며 인과응보처럼 사회적 금기들이 후대로 이어지는 부정의 상징은 인간이 극복하지 못하는 두려움의 표상이다. '나'에게선 억압에 의한 신경증적인 히스테리나 증후군은 발견되지 않는다. 오히려 '삽'이라는 도구의 사용에 대해 아버지의 법을 허락받으려 한다. 콩을 심으면 콩이 나고 팥을 심으면 팥이 날 수밖에 없는 것은 '무엇으로 심든지 그대로 거두리라'(갈라디아서 6장 7절)는 지고의 진리 앞에 엎드리는 것이다. 상징계의 법에 예속되는 운명적 존재로 누군가가 오려줘야만 형상을 갖게 되는 다음의 시 「종이인형」도 마찬가지다.

3. 욕망의 불일치에서 상실된 주체

납작납작 시간을 받아먹고 있는 동안 한 번도 뒤돌아보지 않았네 뒤를 보지 못하는 슬픔을 몰랐네 앞만 보느라 웃고 사느라 막다른 골목을 몰랐네 갑자기 비가 쏟아지는 저녁이 올 줄이야 우산도 없이 거리를 헤맬 줄이야 아스팔트에 붙은 유두 같은 벚꽃 자꾸 밟혀 미끄러질 줄이야 젖은 살갗에 찰싹 붙은 블라우스 벗기도 힘들어 누가 단추라도 풀어줬으면 누가 젖은 등을 닦아줬으면 누가 옷을 갈아입혀줬으면 누가 배후가 없는 내 이름을 불러줬으면, 누가, 누가, 이봐요, 내 손을 오려줘요 이것 봐요 내게 새 반지를 끼워줘요 나만 바라보며 나만 가꿔준다면 언제라도 웃고 말 테니까

　-「종이인형」전문

'나'는 배후가 없는 인물이다. 게다가 "누"구에게 배척당하는 정황에 놓여 있다. '나'는 "벚꽃"에 "미끄러"지고 "블라우스 벗기도 힘들"고, 단추를 풀 수도 없으며, 옷을 갈아입을 수도 없다. '나'는 주체성을 상실한 수동적인 존재일 뿐이다. 게다가 배후가 없는 '내 이름'은 호명되지 못한 채 소극적으로 살아가야 한다. 화자는 자신이 타자의 사랑을 받는 대상임을 확신하지 못하고 망상 속에 폐기된 자기 비하에 빠져 허우적댄다.

'나'는 "배후가 없"으며 뒤를 보지 못하는 슬픔을 안고 있다. 막다른 골목에서 비와 맞닥뜨린 저녁에 우산도 없이 헤매며 자괴감에 빠져 우울해진 종이인형 같은 존재다. 그 무엇도 스스로 쟁취할 수 없는 상실감에 빠져 그저 어떻게 해주기만을 기다리는 존재로 전락한다. 하지만 '나'는 나만 "오려"주고 가꿔주는 '누구'만 있다면 '그'에게 "언제라도 웃"어줄 것을 공표한다. 화자는 사랑하는 대상이 사라진 시험대에 자신을 올려

놓고 리비도(libido)를 부여잡기 위해 가위질을 요구하고 있다.

자신을 증오할 때도 자기애가 깔려있듯이 종이인형 같은 '나'라는 대상에도 리비도의 무게가 실려 있다. 화자는 그 무엇도 할 수 없는 나약한 자아를 끊임없이 폄하하고 기댈 대상(절대자, 남성, 엄마, 대타자 등)을 찾아 손을 벌리며 자존감의 추락을 극대화한다. 이 시에서 무한성을 지닌 신의 본질은 '나'의 유한성을 비추어보는 큰 거울 같은 존재다. 자신을 호명해주는 주체는 사유함으로써 무한성의 신과 같은 존재가 되는 것임을 알고(데카르트-Rene Descartes), "나만 가꿔준다"면 오려진다고 해도 기꺼이 수용하겠다고 선언한다. 다음의 시 「이 냄새의 기원」에서는 벗어날 수 없는 삶과 죽음을 절대자의 영역에서 들여다볼 수 있다.

4. 에로스와 타나토스의 경계

실존적 죽음은 현실의 한 부분으로 받아들인 죽음이 삶 속에 현재화되어 있다. 죽음과 불가분의 관계에 있는 실존의 인간은 죽음의 존재로 특징지어진다. 죽음에 대한 사유는 자신의 세계가 붕괴될 수 있음을 알아채고 삶의 진지함과 현존재의 가능성을 닫아버리기도 하지만, 죽음은 삶의 필수적인 한 부분임을 부인할 수 없다.

오래전 잊었던 냄새가 났다 내가 그 이름을 말하는 동안,

두 가닥 가는 잎을 촉수처럼 늘어뜨린 게 천기초라네 한 잎은 이생에

한 잎은 저승의 경계에 두고 있다네 두 이파리는 좌우로 상하로 늘 움직이는데 두 이파리 사이 단번에 코를 박아야 냄새를 맡을 수가 있네 허나 이 또한 쉽지 않아 어찌됐든 이파리들을 유심히 따르다 보면 코끝에 그 잎이 닿게 되는 때가 온다네 그 순간 오감을 접고 후각의 몸통을 확 들여야 하는 거네 씁쓰레한 맛이 급속히 퍼지고 온몸에 실금이 실실 가면서 살갗과 창자가 찌리리하는데 들숨 크게 한 번 날숨 한 번에 뒤꿈치를 타고 오른 흙냄새가 정수리에서 툭, 터진다네 그때라야 등골을 버석 물어뜯는 그러니까 골수 안에서야 맡을 수 있는 냄새, 죽음이라네

　－「이 냄새의 기원」 전문

　천기초는 두 가닥의 잎을 "촉수처럼 늘어뜨"리고 있다. 두 잎이 닿아 있는 경계는 이승과 저승이다. 천기초의 두 이파리는 타나토스와 에로스에 닿아 죽음과 삶의 경계에서 죽고 사는 것을 결정한다. 본능적 리비도에서 에로스가 작동하는 것은 결국 본능적으로 배태된 죽음 충동에 의해 타나토스로 가는 길이다. 남녀 교접에서 발생하는 절대 쾌락의 주이상스(jouissance-라캉)는 삶의 극치이면서 죽음의 충동이 발현되는 지점이다. 합일의 행위는 나에게 결여된 것을 타자에게서 얻으려고 한다. 합일되면 나에게 없는 것을 있는 것처럼 착각하게 되지만, 분리되면 개체의 의탁성은 사라지게 된다. 에로스와 타나토스는 이미 한몸 속에 배태되어 죽음을 거쳐 죽음을 극복하는 불멸을 보여준다. 운명의 흐름 속에 떨어져 죽음을 맞는 것은 죽음으로 삶의 종결을 맞는 인간의 실존적 모습이다.

　화자는 좌우상하로 움직이는 두 이파리의 냄새를 맡고자 애쓰고 있다. 그런데 그 냄새는 화자가 오래 전 잊었던 냄새이며 '내'가 그 이름을

말하기도 하던 냄새다. 화자는 이 냄새의 기원에 대해 원래부터 알고 있었으며, '천기초'에서 그 냄새의 기원을 재발견한 것으로 보인다. 화자는 "오감을 접"고 들숨날숨까지 쉬어가면서 그 "냄새를 맡"아보려 한다. 이는 안온하게 거주했던 현세계가 불안으로 다가올 때 예측할 수 없는 죽음을 대면해보고자 하는 적극적인 방어기제다. 죽음은 예측할 수 없지만 존재가 새롭게 각성되는 계기를 마련한다.

죽음은 인간이 떠맡아야할 존재 가능성이며 본래적 실존 가능성을 회복시킨다(하이데거-Martin Heidegger). 화자는 죽음 체험으로부터 관조의 태도를 취하는 것이 아니라, 고통 받는 타자를 끌어와서 새로운 주체의 자리를 확립하고자 한다. "등골을 버석 물어뜯"고 "골수 안에서야 맡을 수 있"는 죽음의 냄새를 통해 부여받는 삶의 세계질서를 확인하는 것이다. "골수 안에서야 맡을 수 있"는 저 "죽음"의 냄새는 오래전 잊었던 냄새라고 말하지만 결코 잊을 수 없는 필연적인 우주의 법칙이다. 절대자에 귀속된 우리는 죽음의 냄새 안에서 죽음을 거쳐 죽음을 극복하는 존재다.

우리는 절대자의 부속품이 되어 살아간다. 의식과 무의식의 경계에서 실재계의 금기를 어기면 돌이 되거나 재가 되어버리는 불완전한 존재이기 때문이다. '코사지'와 '종이인형'과 '슬픈 사과'처럼 우리는 아버지의 법을 거역하지 못하는 공의로운 세계 안에 녹아들어, 자신도 모르는 사이 아버지의 법이 되어 아버지의 연장으로 피를 묻히며 살아간다. 이렇게 죽음을 예감한 상징계의 소용돌이에서 아버지의 법을 답습하며 초월적 세계에 도달하고자 끝없이 달려간다. 우리가 그토록 소원하며 좇아가보지만 결코 가 닿을 수 없는 허무한 욕망 너머의 공의로운 세계로.

2

프로메테우스와 달, 그 상상력의 접점

- 이동백, 『대구선』
- 송민규, 『다트와 주사위』

성실한 개인적 추구의 시가 궁극적으로 이르는 곳은 시인 내면의 역사와 합류하는 지점이라고 할 수 있다. 시 속에 깔려있는 일상과 내면의 자아가 만나게 되는 접점은 드러내고 싶든, 감추고 싶든, 시인 자신의 역사라고 명명할 수 있는 시점에서 비롯된다. 이동백은 『대구선』을 통해, 송민규는 『다트와 주사위』를 통해 탈영토적이거나 탈권위적인 시어로 그들만의 새로운 시세계를 유인해낸다.

이동백의 시집 『대구선』과 송민규의 시집 『다트와 주사위』에서는 직관적 이성과 과학적 성찰로 현실을 감당한 그들만의 상상력과 마주할 수 있다. 상상력은 '지각의 현재성'과 '기억의 과거성'을 근거로 미래를 열어주는 역할을 부여한다(흄-Thomas Ernest Hulme). 이동백은 삶에서 발견한 프로메테우스(Prometheus)의 신화적 상상력을 확산시키고 있으며, 송민규는 오래된 새로움에 함몰되지 않고 월광에 물든 유년의 바닥을 환하게 건너뛰는 과학적 상상력을 도약시키고 있다.

1. 프로메테우스의 영혼

낮아서 더 쓸쓸한 그는 누구인가? 지금 이동백은 흙바람 이는 '대구선'에서 탕자처럼 서성이고 있다. 시인은 먼 데서 우는 천둥소리를 들으며 이젠 자신이 위로해야 마땅하다고 생각하는 낮고 쓸쓸한 그대를 찾는다. 시간을 거스르는 벤자민의 자벌레와, 이방인과, 물의 어머니와, 죽음의 경계에서 맞닿은 자신과 아버지의 등, 그리고 한 사내의 슬픈 목구멍에 갇힌 둥근 감옥! 이들은 신화적 상상력을 바탕으로 천형의 업을 벗어 던지거나 짊어진 채 시적 주체가 굴리는 시간의 바퀴가 되어 끝없이 굴러간다.

'신화'는 누구도 경험한 적 없는 상상력의 세계다. 신화 속에 함축된 이야기는 현재와 연관되어 있지만 해석하는 작업이 없다면 신화의 현재 의미를 해석할 수 없다(후설-Edmund Husserl). 신화는 인식의 질이 아니라 생활세계 그 자체를 의미한다. 이동백은 제우스의 권력에 맞서 불굴의 의지로 자유를 수호하고 인간에게 문명의 길을 열어준 선견지명의 프로메테우스를 통해 신화적 상상력의 불을 지핀다.

'프로메테우스'라는 신화적 인물은 '먼저 생각하는 사람'이다. 프로메테우스 신화는 고통을 감내하고 투쟁하는 인간 정신을 상징하고, 인간에게 '불'이라는 문명을 일으키게 한 원형적 이미지를 제공해준다. 따라서 이동백의 프로메테우스 연작시를 통해 드러나는 일상은 다채로운 면모를 지닌 프로메테우스처럼 앞날을 내다보는 '선지자'와 고통을 당하는 '희생자'를 담고 있다.

누군가 우산도 없이 종일 봄비를 맞으며

테니스장 귀퉁이 우두커니 서 있다
잔뜩 움츠린 머리와 모가지가
어깨 속으로 파묻혀버린 것 같다
무슨 생각 저리 골똘할까
낡아빠진 검붉은 코트를 걸친 저 사내

겨울 새벽녘 사람들에게 빙 둘러싸인,
벌겋게 달아오른 몸 본 적이 있다
잠깐이었다 박제된 듯
싸늘하게 식은 재와 붉은 껍질만 남았을 뿐

노천露天의 저 장場
코트는 법정처럼 엄격하다
잡풀 한 포기 허용치 않는다
흰 선이 금줄처럼 쳐 있다
득점과 실점을 확연히 구분한다

무승부란 없다
장외의 저 사내,
한때 세상을 향해 치켜세우곤 했던 엄지,
손톱을 하염없이 되씹고 있다
- 「프로메테우스2」 전문

한 사내가 "테니스장 귀퉁이"에서 "종일 봄비를 맞으"며 우두커니 서
있다. "낡아빠진 검붉은 코트를 걸"친 사내는 "잔뜩 움츠린 머리와 모가
지"로 골똘한 생각에 잠긴다. "어깨 속으로 파묻혀버"린 사내는 승부와

경쟁의 세계에서 기울기를 조절하지 못하고 "장외"로 밀려난 자아를 돌아본다. 사내는 "벌겋게 달아"올랐던 한 시절이 있었지만 "박제된 듯 싸늘하게 식"은 몸으로 코트 밖에서 움츠리고 있다. 위로 더 위로 솟구치며 타올랐던 불의 형상에서 현실의 역경을 극복하고 한계를 초월하려 했던 시적 주체를 발견하게 된다.

겨울 새벽, 사람들에게 둘러싸인 불은 열정적으로 타오르는 잠깐 동안 누군가의 언 몸을 녹여주기도 하겠지만 이내 "싸늘"한 재와 "붉은 껍질만 남"을 뿐이다. 사내는 "식은 재와 붉은 껍질"의 형상으로 "박제"된 자신을 들여다본다. 인간에게 '불'이라는 문명을 전해주고 형벌의 감옥에서 고통 받은 선지자 프로메테우스처럼, 모두 내주고 재가 될 수밖에 없었던 자신에게서 한 걸음 빠져나와 객관화된 현재적 존재의 자화상과 마주한다. 시적 주체가 발돋움하고 싶은 세계는 자신의 존재성과 실존을 획득할 때 가능해진다.

"장외의 저 사내"는 득점과 실점을 구분하는 엄격한 흰 선 안으로 스미지 못하고 한때나마 "세상을 향해 치켜세웠던 엄지"를 하염없이 되씹고 있다. 사내는 실점으로만 점철된 잡풀 신세의 자신이 선 안팎에서 엄격하게 득실을 구분하는 코트로 허용될 수 없다고 인식한다. 사내는 승과 패로 나뉘는 이분법의 경쟁 사회에서 쪼아 먹힌 자신이 중심으로 진입할 수 없는 상황을 되씹어보지만, 이미 아래로 향한 엄지는 다시 세울 수 없는 처지다. 무승부를 배제한 냉혹한 현실세계에서 좌절을 경험한 사내는 간을 쪼아 먹힐 수밖에 없었던 프로메테우스처럼 더 나은 존재성을 획득할 수 없음을 확인한다.

멀리 동해다 푸른 가을 삼정리 오목한 바닷가 맨발로 서니 대청마루에

누워 옹알거리는 내가 보인다 허우적거리던 청춘도 잠시 보인다 오랜만
에 돌아온 옛집, 깜깜하게 쪼그라든 것들 부스스 일어선다 달빛 별빛 다
투어 지샌 집 지붕이 없어 바람이 싱싱하다 벽을 무너뜨리고 수없이 손
흔들며 떠나간, 수없이 되돌아와 게거품 물고 쓰러진 문지방 빠질하다 나
무 한 그루 풀 한 포기 자라지 않는 뜨락 흙먼지 이는 샵짝 너머 길 앉아
서도 훤히 보인다 떠난 것도 머문 것도 아니어서 늘상 반쯤 젖은 모래 위
주저앉은 집 먼바다가 쌓인다 파도가 인다

－「프로메테우스3」전문

'나'는 오랜만에 옛집에 돌아왔다. 동해가 바라보이는 '삼정리' 바닷
가. '나'가 바닷가에 "맨발로 서"서 바라보는 옛집은 지붕도 없는 "쪼그
라"든 "깜깜"한 것들이 "부스스 일어"서는 곳이다. 옛집 대청마루에 누
워 "옹알거리"는 어린 '나'와 "허우적거리"던 푸른 청춘이 잠시 보인다.
이동백의 시에서 실존적 상상력의 공간은 "먼바다가 쌓"이는 "젖은 모
래 위"의 집이다. 언제 무너질지 모르는 사상누각에는 밀려온 "먼바다가
쌓"이고 "파도가 인"다. '나'가 오랜만에 돌아온 옛집은 궁극적으로 회귀
하고 싶은 고향의 포근한 품이다. 그 곳에선 '나'라는 존재를 오롯이 감
각할 수 있다.

'나'는 속도와 경쟁의 세계에 저항하면서 내적 분열을 겪었던 기억을
벗어나 고향의 품으로 돌아가려 한다. 그러나 오랜만에 돌아간 삼정리
바닷가 옛집은 치열했던 현실에서 벗어나 평안한 근원으로 회귀하여
새로 시작하고 싶은 공간이 되어주지 못 한다. 그 안에서 펼쳐지는 실존
적 상상력은 "옹알거"리는 유년과 "허우적거리는 청춘"의 불완전한 모
습을 환기하게 한다. 또한 '나'는 "반쯤 젖은 모래 위"에 "주저앉은 집"

으로 먼 바다와 파도를 불러들인다. 소멸될 수 없는 삶의 고통을 신화적 상상력으로 확산시키는 것이다.

'나'는 옛집에 와서 "벽을 무너뜨리"고 수없이 흔들며 떠나간 손과 "수없이 돌아"와 문지방에 쓰러진 견딜 수 없는 시간들의 존재를 실감한다. 세상을 떠돌다 돌아간 고향 집 뜨락은 "깜깜하게 쪼그라"든 것들 부스스 일어서고 나무도 풀 한 포기도 자랄 수 없는 흙먼지만 일고 있다. '나'는 "바닷가"에 "맨발로 서"서 시간 속에 실존하는 기억들을 하나둘 헤집어보지만, '나'의 옛집은 세상의 중심에서 내려놓은 나를 품어줄 재생공간이 될 수 없다. '나'는 '지붕'도 '벽'도 사라진 옛집을 바라보며 떠난 것도 머문 것도 아닌 흙먼지 같은 자아의 영혼을 달래야만 한다.

2. 유년의 바닥을 비추는 월광

바닥의 시간이 이어지는 삼월. 세면대 마개를 만지작거리는 송민규의 유년이 보인다. 깨지는 유리창을 자주 교체하는 시대에 살고 있는 그의 시에서 시인 내면 역사의 발단은 달이 바닥을 가득 채운 쓸쓸한 유년에서 시작된다. 그에게 달은 아직 도착하지 않았거나 이미 도착했거나 앞으로 도착할 '너'의 말을 품고 있다.

시에 등장하는 '달'은 무수한 경험을 통한 반복적 이미지로 다양한 감정이나 정서를 투영하는 대상이 되어 왔다. 또한 '달'은 이미지와 상징을 통해 체험된 시적 자아와 세계를 상호교감하게 만드는 재현공간이 된다. 구체적 실상의 상징적 공간이 되어주는 '달'은 인간의 복잡한 내면정서에서 발생하는 심리학적 결합들이 시적 이미지로 투영된다.

송민규의 유년에는 '달'이 유난히 자주 등장한다. 궁금하면 문틈으로 '달'을 보거나(「월사병」), '달'이 담쟁이를 그림자에 몽땅 싸서 가져가거나(「달과 담쟁이」), 아침햇볕은 '초승달' 모양으로 흙의 모서리에 모인다(「강낭콩」). 그런가하면 밤새도록 만든 고무동력기 글라이더를 친구가 부쉈을 때 달랑 남아있던 노란 고무줄은 하늘에서 땅까지 늘어진 '달빛'을 꼬아서 만든 것이거나(「탄성계수」), '달'은 노려보아도 아프지 않은 대상이 되기도 한다(「빛의 메아리」). 때론 반으로 접힌 '달'이 비행기 유리상자 안으로 들어오기도 하고(「나비들을 위한 변명」), 깎아내도 다시 자라는 '달'이거나(「알」), 둥근 '달빛'에 잠이 깨기도 한다(「토끼풀」).

송민규의 시에 등장하는 '달'이미지는 시적 자아의 경험을 과학적 상상력으로 발현시키는 정신세계와 밀접한 관련이 있다. '달'은 현실과 비현실의 경계를 넘나드는 환상성의 재현공간이다(앙리 르페브르-Henri Lefebvre). 그의 시에 등장하는 '달'의 재현공간은 상상력을 변화시키고 내면세계로 몰입을 지향하는 물리적인 공간까지도 내포한다. 시적 공간은 주체로부터 떨어져 나온다고 볼 때(클레-Klee), 과학적 상상력에서 발현된 송민규의 '달'은 감정적 표현으로부터 떨어져 나와 주변대상을 가시화한다.

이처럼 송민규의 시에서는 종종 과학적 상상력과 조우하게 된다. '은하문명시대'가 책상 위에 도래하거나(「책상 위의 은하문명시대」), 고무동력기 글라이더가 부서지고 남은 고무줄의 탄성계수를 이용해 유성을 태양계 밖으로 튕겨낸다(「탄성계수」). 백혈구 시체 같은 구름은 기침할 때마다 헤모글로빈이 흐르는 하늘에서 나오고(「헤모글로빈이 흐르는 하늘」), 세면대에서 빠지는 물을 보며 해류의 방향을 짐작하는(「삼월의 날씨」) 형상은 송민규의 시적 상상력이 과학적 사유에 뿌리를 두고 있다는 사실을 확인하게 해준다.

나르시시즘(narcissism-자기애)은 혼자 있음을 절대적 신념으로 하는 모더니즘 예술의 특징으로 볼 수 있다(김준오). 현실에서 체감하는 실존적 허위성과 부정이 순수성을 간직한 어린 시절로 빠져들게 한다. 이는 현 세계와의 불화를 기피하는 심리로 볼 수 있다. 순수성을 간직한 어린 시절의 은밀한 기억을 통해 현세계의 불만을 해소하고 심리적 안정을 얻으려는 경우다. 송민규는 고독했던 어린 시절을 반복적으로 들여다보며 자신의 시세계를 완성해나간다. 유년을 통해 현실을 기피하고 현세계의 불만을 해소한다기보다는, 유년기에 대한 실존적 자각의 시적 행로를 심각하지 않게 웃고 즐기는 혁명(로렌스-D. H. Lawrence)의 시적 행로를 과학적 상상력으로 드러낸다.

과학적 상상력으로 시와 거리를 좁히려면 과학이 지니는 도구적인 성격에 대한 비판을 수행해야 한다는 주장도 있다. 하지만 송민규는 세밀하게 관찰한 대상에 적재적소의 과학적 상상력을 입혀 자신만의 독특한 시세계를 펼쳐 보인다. 때로 송민규의 시는 과학적 상상력을 동원해 자기세계 바깥의 생각을 지향하는데, 이런 개방성은 시적 대상을 과학적 상상력으로 탐사한 심층세계를 전해주기도 한다.

좋은 시를 쓰게 하는 원동력이 새로움을 발견하는 눈이라면, 과학의 창조적 기능을 시의 창조적 기능으로 접합시키는 송민규의 시적 인식은 새로움을 놓치지 않고 발견하는 데서 시작된다. 그의 시 전체를 감싸고 있는 이미지는 과학적 상상력을 동원하여 '오래된 새로움'의 매너리즘에 빠지지 않는 것이다. 송민규는 의식적으로 시를 생성하지 않고 과학적 상상 속으로 끌어들인 자신만의 대상과 세계를 촘촘한 언술로 엮어낸다.

연못가에서 태어난 절름발이 아이
물과 흙의 경계선을 따라 걷는다

맷돌 손잡이처럼
아이는 불구의 왼발을 경계선에 꽂는다
절름발이 아이는 달린다
맷돌이 돌아가듯 연못이 돈다

연못 깊은 곳
정중앙에 보름달이 있다
달이 갈린다
연못 가득 퍼져나가는
달빛 가루
하늘의 달이 작아진다 사라진다
안개가 핀다 크림스프의 김처럼
연못은 달이 된다

절름발이 아이는 불구의 다리를 땅에 꽂고
전력으로 달린다
달화산이 터진다 연잎이 증발한다
화산이 터진 듯
용암이 튀어 오르는 듯
잉어들이 몸부림친다

달빛 가루의 물을 긷는 아이
두 다리를 달에 담근다
– 「월식을 만드는 아이」 전문

송민규의 시에는 온전하지 못한 아이의 모습이 많이 표현된다. 그의 유년은 말을 더듬거리던 시절이거나(「기와공」), 항상 피가 모자라서 하루의 1/3은 누워있거나(「가시고기」), 바닥과 타협하며 지낸다(「평면 거미집」). 담 밑에서 담쟁이를 당기며 혼자 외롭게 딱지치기를 하거나(「달과 담쟁이」), 참새무리의 오케스트라가 끝날 때까지 새에 이름을 붙이며 외톨이로 논다(「오선지의 문소리」). 또는 발뒤꿈치 없는 동물처럼 자라거나(「알」), 이불에 차고 묽은 오줌을 싸거나(「야광별의 쥐」), 발굽이 가슴에 찍히는 날은 혼자서도 뒤로 넘어지는(「발자국이 지워지는 순간」) 불완전한 형상이다.

이처럼 위 시에서 '월식을 만드는 아이'는 '절름발이'다. 절름발이 아이는 "불구의 왼발"을 "맷돌 손잡이"처럼 "경계선에 꽂"고 전력을 다해 연못을 달리기 시작한다. 연못도, 달도 절름발이 아이도 자전축을 돌리듯 돈다. 세상의 주변부에서 절룩이는 유년의 화자는 얼마나 전력으로 달리고 싶었을까. "절름발이"이기 때문에 온전하지 못한 자신의 처지를 지구에 가려진 '달'에 비유하고 있다.

월식은 지구의 그림자에 달이 가려지는 현상이다. 월식을 만드는 아이는 앞으로 당당하게 나설 수 없는 세상에서 그림자 뒤편으로 숨는 '달'이 된다. 연못 정중앙에 뜬 보름달이 갈리면 연못 가득 "달빛가루"를 퍼트리던 "하늘의 달"은 점점 작아지다가 연못으로 "사라진"다. 결국 깊은 연못은 '달'로 변화한다. 숨은 달처럼 위축된 연못 같은 유년의 자신은 '달'이 되어 환한 세상의 중심이 되고 싶은 것이다.

'달'이 된 절름발이 아이가 전력으로 달리는 절정의 순간에 "달화산이 터지"고 "연잎이 증발"하고 "잉어들이 몸부림"친다. 마침내 절름발이 아이는 온전하지 못한 다리까지 달이 된 연못에 담그고 온몸을 비추는 "달빛가루의 물을 길"어 올린다. 아이가 길어 올리는 "달빛가루의 물"은 결핍된 자아의 절름발이를 치유할 수 있는 생명의 물이 되어준다. 아이가 만드는 월식은 과학적 상상력으로 재현된 환상적 치유의 기운을 담지한다.

> 밤새도록 만든 고무 동력기 글라이더
> 친구가 부쉈다
> 친구 얼굴도 함께 부서진다
> 글라이더에 달았던 노란 고무줄만 남았다
> 내 노란 고무줄은
> 하늘에서 땅까지 늘어진 달빛을 꼬아서 만들었다
> 겨울동안 달빛이 얼었을 때
> 썰어서 만들었다
> 달빛 고무줄의 탄성은 봄에 생겼다
> 지구까지 도달한 달빛 고무줄이 지구를 당긴다
> 썰물이 일어나고
> 유성은 달빛 고무줄에 감긴다
> 지구는 달에서부터 당긴 고무줄의 탄성으로
> 유성을 태양계 밖으로 튕겨낸다
> – 「탄성계수」 전문

친구가 '고무 동력기 글라이더'를 부쉈다. 심혈을 기울여 만들었으니 화가 날 만도 하다. 그러니 내가 날린 주먹에 "친구의 얼굴도 함께 부서"지지 않았을까? '나'는 '고무 동력기 글라이더'라는 비시적 물질을 통해 물질적 상상력(바슐라르-Gaston Bachelard)을 발휘한다. 밤새 만든 글라이더는 친구의 장난에 의해 사라지고 "노란 고무줄만 남"는다. 글라이더에서 프로펠러에 연결하는 고무줄은 장력과 수축의 힘을 이용하여 프로펠러를 돌리는 고무동력기의 원동력이 된다. 그러나 글라이더가 부서지고 남은 고무줄은 돌려야할 프로펠러가 사라졌으므로 존재가치를 상실해버린다.

화자는 존재 가치를 상실하고 무용지물이 되어버린 노란 고무줄을 보면서 과학적 상상력을 가동한다. 남아있는 노란 고무줄은 "하늘에서 땅까지 늘어진 달빛을 꼬아서 만들었"거나 "겨울동안" 언 달빛을 "썰어서 만들었"다. 달빛을 꼬아서 또는 썰어서 만든 고무줄은 "달빛 고무줄"이 될 수밖에 없다. 그런데 재미있는 것은 겨울동안 얼어붙은 달빛을 썰어 만든 "달빛 고무줄의 탄성"이 "봄에 생겼"다고 표현하고 있다. 탄성물질이 응력을 받았을 때 압력에 저항하는 변형율의 정도를 나타내는 것이 탄성 계수라면, 봄이 되면 얼어있던 뻣뻣한 달빛은 녹을 것이고 한층 유연해진 달빛 고무줄은 탄성이 더 강해졌을 것이라는 과학적 상상력을 유추해볼 수 있다.

송민규의 과학적 상상력은 달의 중력에 가 닿는다. 달빛 고무줄이 지구를 당겼으므로 달과 지구가 가까워지게 되면 달의 중력에 의해서 바닷물이 빠지는 현상이 나타난다. 따라서 "달빛 고무줄이 지구를 당"기자 "썰물이 일어나"면서 "유성이 달빛 고무줄에 감"기게 된다. 고무줄의 탄성에 대한 상상은 소행성에서 떨어져 나온 별똥별로 나아가고, 달에서 당긴 고무줄의 탄성으로 눈 깜짝 할 사이 떨어지는 유성을 태양계 밖으로 튕겨버린다는 데까지 과학적 상상력이 확장된다. 시적 주체의 유년을 흥건히 적시는 '달'이나 '달빛'이나 '달빛가루'는 가까이서 혹은 멀리서 과학적 상상력을 동원해 보편적 인식을 초월하는 경지에 다다르고 있다.

3. 프로메테우스와 달, 그 상상력의 변주

이동백의 작품 속에서 만나는 실존적 대상들의 영혼은 맑다. 그는 관습적인 의사 소통의 언어로 시적 진실을 드러낸다(사르트르-Jean-Paul Sartre). 이동백은 프로메테우스의 신화적 상상력을 차용해 비 상투적인 세계의 존재를 알려주며, 보편성으로 개별성을 부각시키는 실존적 상상력의 변주를 보여준다. 그가 불러내는 기억들은 지친 영혼을 달랠만한 재생공간이 되어주지 못한다.

승부의 세계에서 중심으로 진입하지 못한 이동백의 내적 고통은 실존적 상상력에서 프로메테우스의 신화적 상상력으로 확장된다. 이동백이 풀어내는 신화적 상상은 시적 주체가 세계의 주변을 아웃사이더로 맴도는 데서 시작된다. 신화적 상상력의 발단은 중심과의 간극을 좁히기 위해 움츠린 자신을 불태우는 프로메테우스의 내면적 형상으로 확장되는 것이다. 어쩌면 이동백은 신화적 상상으로 생성한 근원적인 시세계를 통해 대구선에서 탕자처럼 서성이는 자아의 영혼을 달래고 있는 것은 아닐까?

송민규의 작품을 들여다보면 그의 세밀화에 입혀진 과학적 상상력을 발견하게 된다. 시와 과학은 은하계처럼 광대해서 좀처럼 다가설 수 없는 두 개의 별세계와도 같다. 따라서 송민규의 시가 과학이 지닌 객관성을 흠모한다고 해도 객관적 사물의 발견을 통해서 시와 과학 사이에 놓인 거리를 좁히기는 쉽지 않았을 것이다. 특히 과학적 상상력으로 구축된 자신만의 시세계에는 소외된 유년의 형상이 자주 드러난다. 송민규의 유년은 바닥과 바닥을 비추는 달을 통해 조금씩 자신을 드러내며 성장해왔음을 간파할 수 있다. 시에 등장하는 '달'이미지는 다양한 과학적 상상력으로 변주되는데, 그 상상들에 기대보면 과학적 대상들이 보인다. 그의 시세계는 비시적이라고 할 수 있는 대상들을 통해 물질적 상상력이나 과학적 상상력을 풀어내는 힘을 유감없이 발휘한다. 송민규는 자신만이 생성할 수 있는 광활한 우주에 과학적 상상력의 피뢰침을 세우고 시의 번갯불을 호명하고 있다.

/ 3 /
규율에 갇힌 사랑

– 김복희, 「수인학교」

돌로 눌러놓은 신발을 가지러 간다
착하게 살자
바르게 살자

그런 큰 돌에는 마을 이름이나 학교 이름도 새겨져 있는데

사람을 사랑해야지
그렇게 말한 것이 친구였는지 선생님이었는지 모를 정도로
눈감고 들은 말은 캄캄했고
사람이 들을 수 있는 말은 참 많다

사람을 사랑해야지

커다랗거나 너무 작은 신발을 끌고 우리는 방으로 돌아간다
모포를 혼자 덮고 싶다는 말은 못하고

선생님은 자신을 친구처럼 대해 달라 했고

누구에게나 친구가 있다고 말했다

죄와 죄인을 분리할 수 없다는 것을 롤링페이퍼에 쓰면서

사람이 사람을 오래 사랑했고...

해야지 돌로 흙바닥을 문지르면서

-「수인학교」 전문

'에피스테메'는 특정한 시대를 지배하는 이데올로기에서 새롭게 등장한 인식틀이다(미셸 푸코-Michel Foucault). 이런 인식의 무의식적 체계는 사물에게 특정한 방식으로 질서를 부여한다. 현대의 권력은 눈에 띄지 않을 정도로 섬세하게 개개인의 행동을 통제하는 계급적 구조로 되어 있다. 규제 방법은 바로 '규율과 지도'다. 우리의 행동은 규정된 규칙에 따라 저항을 불러일으키지 않을 정도의 권력에 복종하고 통제되도록 효율적으로 길들여진다.

지금, 화자는 "신발을 가지러 간"다. 사회로 진입하기 위해 신어야하는 그 신발이 하필이면 돌에 눌려져 있다. 돌에 깔려 납작해진 신발은 어떤 효용적 가치를 발휘하기엔 역부족이다. '돌'이라는 권력의 힘에 찌그러진 신발은 억압이나 모멸감을 초래할 상황이지만, 화자는 저항은커녕 복종하고 통제되도록 길들여져 있다. 이는 정상이라고 간주되는 상황이 오히려 불안정한 상태임을 역설적으로 보여준다.

화자가 가지러 가는 신발을 짓뭉개는 "큰돌"에는 마을 이름이나 학교 이름 대신, "착하게 살"자고 "바르게 살"자고 읍소하는 잠언 같은 규율이 새겨져 있다. 교도소나, 폭력이 자행되는 세계의 입구에 떡하니 세워진 돌! 그 '큰돌'에 새겨진 교화문구의 규율이 뒷덜미를 물고 놓지 않는

다. 착하게 살지 못해, 바르게 살지 못해 갇히는 '수인들의 학교'는 외형적인 감옥인 동시에 정의와 양심이 사라진 비인간적인 세계의 표상이다. 그 세계는 권력이 저지르는 폭력의 죄를 양산하는 온상이 된다. 화자는 인간성이 말살된 폭력의 세계에서 바르고 착하게 살아갈 수 있을 것인지 침묵으로 되뇌어본다. 권력에 의해 눌러진 자아들과, 그로 인해 침묵에 갇힌 자아들의 목소리를 에둘러 끄집어낸다.

"사람을 사랑해야지"는 화자가 여러 번 듣고 되짚어보는 말이다. 친구로 다가오는 선생님인지, 친구인지 모를 그들이 읊조린 "사람을 사랑해"야 한다는 말은 그윽하게 아름다운 말이다. 그 말은 친구가 했는지 선생님이 했는지 분명하지 않다. 하지만 "눈 감고 들"은 그 말은, 사람이 들을 수 있는 많은 말 중 "캄캄했"던 것만은 분명하다. 그런데 "사랑해"야 한다는 근원적으로 환한 그 말이 왜 "캄캄"하게 가 닿은 것일까? 구체적 현실에 관하여 제도적으로 실천되는 언어는 '담론'이다. 담론을 통해 권력이 작용하므로 선택과 배제의 힘을 발휘하게 된다. 권력으로 작동하는 시대를 초월하는 진리는 고유 담론에 의해 구성된다고 볼 때, 자신을 암묵적으로 전제하는 문장 "사람을 사랑해야지"에는 말하는 선생님이 "자신"에게 무엇을 해달라고 하는 실질적 의미의 명령이 담겨 있다. 여기서 발화 주체의 의도는 대상을 마음대로 주무르거나 변절시키려는 횡포를 부린다.

'우리'는 "커다랗거나 너무 작은 신발을 끌"고 방으로 돌아간다. 커다랗거나 너무 작은 신발은 맞지 않는 제도권의 폭력이나, 역할에 충실할 수 없게 만드는 장애요소다. 화자는 그 폭력에 의해 이미 자격을 상실하고 발에 맞는 신발을 신을 수 없는 상황에 처해 있다. 게다가 발에 맞지 않는 신발을 끌고 돌아가는 그 방은 '우리' 중 '나'가 "모포를 혼자 덮고 싶다는 말"을 뱉을 수 없고, 어쩔 수 없이 모포를 같이 덮어야 하는 폭력이 자행되는 장소다. 화자는 모포조차 혼자 덮을 수 없는 방에서 내면의 독립성을 박탈당하고 있다. 결국 '우리'가 돌아가야 하는 그 방은 자유롭게 문을 열고 나갈 수 없는 억압의 공간인 셈이다.

선생님은 "누구에게나 친구가 있다고 말"한다. 또 "친구처럼 대해 달라"고 강요한다. 선생님은 가르치고 인도해주는 선도자가 돼야 하지만 권력을 휘둘러 화자가 "죄와 죄인을 분리할 수 없"다고 쓰게 강요하는 존재가 되고 있다. 권력이 작동하는 언표는 신체적 속박에서 정신적 속박으로, 외적 폭력에서 내적 폭력으로 대체된다. 물론 선생님이 친구가 되지 말란 법은 없다. 하지만 화자에게 굴복이나 순종을 강제하는 선생님을 친구처럼 대하기는 쉽지 않다. 선생님은 악행을 선의로 미화하면서 친밀함을 가장한 부정의 세계를 지속시키고 있다. 세상엔 스승이지 않은 것이 없다고 하지만, 악행을 위장하는 인간의 양면성에서 스승이지 않은 것이 없다고 말할 수 있을까?

방으로 돌아가는 '우리'는 친구도 되고, 친구처럼 대해달라는 선생님도 된다. 자신을 "친구처럼 대해달라"는 선생님은 진짜 친구 같은 선생님일 수도, 교도관일 수도, 교도소에 먼저 수감된 재소자일 수도, 세계 안에서 폭력을 남발하는 권력자일 수도 있다. 여기서 방은 '수인학교'라 불리는 폭력이 자행되는 세계다. 화자는 혼자 덮고 싶은 모포를 혼자 덮을 수 없는 불편함을 체득하면서 "죄와 죄인을 분리할 수 없"다고 "롤링 페이퍼"에 쓴다. 그리고 "사람이 사람을 오래 사랑했"다고 곱씹어본다. 화자는 기껏 롤링 페이퍼에 쓰는 한 문장으로 자신의 억울함이나 제도에 대한 불만을 소극적으로 드러낼 뿐이다. 죄와 죄인을 분리할 수 없다는 것은 악행을 저지르는 주체인 '죄인'과, 그 자체의 악행인 '죄'에 대한 전반적인 파토스다. 화자는 '죄는 미워도 사람은 미워하지 말'라는 아포리즘에 딴전을 피운다. '사람이 사람을 오래 사랑했'으나, 그 사랑이 진실을 은폐한 가식이라면 숨길 수 없다.

화자는 "돌로 흙바닥을 문지르"고 있다. 흙바닥을 문지르는 돌은 다면성의 얼굴을 가지고 있다. 그 돌은 신발을 눌러놓은 돌과 착하고 바르게 살자고 피력하는 큰돌과 같은 돌이면서 다른 돌이다. 화자는 '선생님'을 친구처럼 우호적으로 접근하는 '가해자'로 인식하고 있다. 화자가 불안함을 증명하듯 "돌로 흙바닥을 문지르"는 행위는 '죄인'과 '죄'를 분리할 수 없다고 생각하는 자신의 심경을 대리하는 모습이다. 흙바닥을 문지르는 행위는 가해자인 죄인을 단죄하지 못하는 나약한 심리를 해소하고자 노력하는 소극적 기제가 된다.

'수인학교'는 착하게, 바르게 살아야할 자들로 채워진 제도권 집단이다. 올바른 양식이 있어야 한다고 가르치는 '수인학교'는 권력이 난무하는 사회 전체를 나타내는 감옥이라고 할 수 있다. 감옥은 규율에 의해 법적 주체로 훈련시키고, 학교는 교육에 의해 지식적 주체로 훈련시킨다. 학교와 감옥은 구체적 제도를 통해 실질적 권력을 행사할 수 있기 때문에 긴밀한 상호관계를 가진다. 우리는 지식과 규율의 유착 관계가 강조된 '수인학교'에서 서로의 감시자가 되어 면밀한 통제의 대상으로 떠오르게 된다. '수인학교' 안에서 혹은 밖에서, 감춘 듯 드러낸 듯 조곤조곤 또박또박 뱉어내는 젊은 시인의 저항을 들추어보다 문득 생각한다. 우리는 이 거대한 '수인학교'에서 사람을 진정 오래 사랑할 수 있을까?

/ 4 /
환유적 반복의 단절

– 조말선 론

1. 기웃거리기, 혹은

이해를 거부할 때 우리는 단절된다. 서로의 말에 귀를 닫아걸거나 전해지는 의미를 왜곡하는 것은 소통의 가치를 거부하는 행위다. 분열된 자의식에서 야기되는 갈등은 타자를 신뢰하지 않는 억압적 알레고리를 내포한다. 바슐라르의 지적처럼 단절은 끝없는 굴레가 아니라 자신의 열망을 실현화하는 적극적인 활동일 수도 있다. 따라서 역동적인 단절이 중단되지 않고 끝없이 반복되는 것은 도무지 알 수 없는 한 세계에 대한 실험적 기웃거림이다.

조말선의 시적 발화에서는 '환유적 반복'의 충동으로 억압의 증상이 발현된다. 조말선은 반복되는 통사구조의 형식을 통해 전략적 단절을 취하고 있다. 끊임없이 기웃거리는 시적 정체성을 발견하듯, 조말선은 '보일러연통'을 기웃거리고 '쓰레기봉투'를 기웃거리고 '불행한 영화'와 '치명적인 연애'를 기웃거리며 환유적 반복을 이어나간다. 때로 자신 스스로 기웃거림을 당하는 대상이 되어 스스로를 단절시키는 사유의 진정성을 보여주기도 한다.

조말선은 몽환적인 주술처럼 숨어서 '내가 기웃거리는 자아'와, 숨어서 '나를 기웃거리는 자아'의 경계를 허물어뜨린다. 시의 곳곳에서 꽃이, 나무가, 햇빛이 자신을 기웃거리도록 또는, 한 아름다운 예감이, 죄의식에 시달리는 라스콜리니코프(Raskolnikov)를 기웃거리는 소냐가, 인간성 회복의 염원이, 죄와 벌이, 전혀 유쾌하지 않은 불쾌까지도 자신을 기웃거리도록 온전히 자신을 열어놓는다. 조말선은 잡탕 피로 꽉 막힌 머리를 떠받들고 길을 닦듯 그릇을 닦으며 연대가 불가능한 상태의 해체된 주체를 몽환적 리듬으로 연속해서 이어간다.

조말선의 시 공간을 가득 메우는 이미지는 펼치자마자 폭발하는 '한 다발 폭탄'(「너의 시집」)처럼 그로테스크하다. 그로테스크에는 정체성에 대한 반성적 물음이 담겨져 있다. 그로테스크한 정체가 모호해질 때 불안과 공포가 엄습해오듯, 그로테스크한 문장에는 혐오와 배척, 묵인 등의 분열된 자의식이 지뢰가 되어 웅크리고 있다. 조말선의 시에는 전도되는 불안을 맹목적으로 가시화하는 환몽적 반복의 문장들이 부표처럼 표류한다. 그렇다면 갈등과 대립의 반복으로 상징적 질서를 일사분란하게 분화시키는 조말선의 시 이면에는 어떤 욕망의 괴물이 숨겨져 있는가?

조말선의 파편화된 시세계는 안티 돔 속에 갇혀 있다. 특히 그는 문제적인 '아버지'라는 상위 주체의 잠재된 폭력으로부터 서발턴이 되는 하위 주체를 보호받지 못하는 안티돔 속에서 무차별적 공격을 당한다. 하지만 조말선은 형식과 전략을 뛰어넘는 반복된 단절을 통해 비틀린 자의식의 표출을 전면으로 부각시킨다. 보이지 않게 부패된 세계(「행렬」)

에서 이성적이지 못한 가부장적 매커니즘이나 수용이 거부되는 비이성적 증상들을 도착적이고 환상적인 이미지로 용기 있게 부정한다. 조말선의 시세계는 은폐된 상처 안팎에서 꿈틀대는 억압을 표출하기 위해 '환유적 반복'의 단절을 전략적으로 이어간다.

2. 가족서사의 분열, 혹은 균열

시적 이미지는 스스로의 논리로 끝없이 분열하거나 균열한다. 조말선의 시세계는 파편화된 이미지들을 환유적 반복 구조로 나열하여 의도적인 단절을 꾀한다. 연속적 단절은 불안한 심층 심리의 반복적 침잠을 보여준다. 이는 자신을 배반한 이데올로기와 관습 앞에 탈주 의지를 앞세워 단호하게 저항하는 태도로 볼 수 있다. 조말선이 풀어내는 언어 속의 아버지는 "아버지를 얘기하고 싶었다"고 고백한 후 '프로크루테스(Procrustes)'적 폭력을 휘두르는 권력자로 표현된다. 아버지로 비유되는 권력과 은폐된 모순에 저항하고 도전하며 전통적인 가족 관계를 거부한다.

환유적 반복을 통한 단절은 균열된 가족 서사를 해체시켜 원점으로 회귀하려는 맥락으로 이해할 수 있다. 실존적 개인의 성장을 억누르는 불화를 환상적 이미지로 내세워 전복된 가족 서사와 정면승부 하려는 것이다. 조말선의 가족 서사는 프로크루테스의 침대처럼 엽기적이거나 혹은 간절하다. 특히 관계의 절실함을 알게 된 후 터득하게 됐다는 간절함은 그래서 더 절실하게 다가온다.

평상을 차린다 아버지 옆에 엄마 엄마 옆에 나 내 옆에 커다란 국수다
발 가족들은 얌전히 신발을 벗기우고 상 위에 차려져 있다 평상 위에 차
려진 평평한 상차림 한 상에 다 올라간 평등한 상차림 아버지는 아무도
안 보는 저녁마다 평등한 상차림을 즐기신다 / 〈중략〉 / 아버지 엄마는
이미 대머리가 되었어요 나는 세상의 길이란 길은 다 읽었어요
　-「아무도 안 보는 저녁」 부분

　　현재의 '나'는 과거의 숱한 뿌리를 근거로 구축된다. '나'라는 현존재
는 과거의 한 순간으로부터 시작하지만 끊임없이 흐르는 시간의 굴절
로 인해 과거로부터 단절되고 망각된 처지에 놓인다. "평상" 위에 "평등
한 상차림"이 올라가 있다. '아버지'와 '엄마' 그리고 '나'의 서열은 지극
히 평등한 차례가 되어 다소곳이 차려진다. 그런데 이 상차림은 평등을
가장한 전혀 평등하지 않은 상차림이다. '아버지'는 "구름을 휘저어 국
수를 뽑지"만, '엄마'는 "구름을 휘저어 머리카락을 뽑"고 '나'는 "구름을
휘저어 흰 길을 뽑"고 있다. 그렇다면 구름을 휘저어 국수를 뽑아 상을
차릴 수 있는 권력이 '아버지'에게만 주어지는 이유는 무엇인가? '아버
지'가 굳이 아무도 안 보는 저녁마다 상차림을 즐기는 이유는 또 무엇인
가? 이들의 가족서사에서 아무에게도 보여줄 수 없고 감춰야하는 께름
칙한 비밀은 대체 무엇인가?
　　은폐되는 폭력은 평등한 상차림을 앞세운 '아버지'의 독단적 질서에
서 암묵적으로 자행된다. 더 이상 뽑을 머리카락이 없을 만큼 머리카락
을 다 뽑힌 "대머리 엄마"와 더 이상 "읽을 길이 없는 나"는 "캄캄한 어둠
속으로 후루룩 빨려 들어갈" 수밖에 없다. 그러므로 당신의 코앞에서 문
을 닫으면 당신의 코앞에서 세계가 닫혀버리거나(「투명한 이웃」), 보이

지 않게 부패하는 세계에서(「행렬」) 엄마와 내가 백년에서 백일 년으로 소실되거나(「메아리」), 아예 차라리 태어나지 않았으면(「서명」) 하고 존재를 부정할밖에 도리가 없다.

한 접시 요리를 관통하는 맛 한 접시 요리를 더럽히는 소스 한 접시 요리 안에 어울리게 자리한 식구들 얼굴 위로 찍익 미소가 연고를 짠다 한 접시로 마감된 요리 자주 한 접시로 때우는 끼니 안방에는 소스에 더럽혀진 아버지 얼굴 부엌에는 소스에 더럽혀진 엄마 얼굴 마루에는 소스에 더럽혀진 내 얼굴 / 〈중략〉 / 이 소스는 공통으로 늙은 상처의 고름? / 〈중략〉 / 친절한 이웃처럼 포크와 나이프가 폼나게 훼손하는 한 접시 이놈의 집구석 엎어버리면 그만이지 으름장이 난무하는 한 접시 깨지기 쉬운 한 접시
  -「한 접시」 부분

한 접시 불안한 가족의 일원인 화자는 "이놈의 집구석 엎어버리면 그만이"라고 "으름장"을 놓는 아버지 앞에서 불길한 구급차를 맞듯, 취객을 맞듯 (「달맞이꽃」) 쨍그랑 깨져버린다. "한 접시 요리"와 "소스"가 충돌하고 있다. 이 소스는 "한 접시 요리를 더럽히는 소스"다. 그 한 접시 요리에는 아버지와 엄마와 화자가 차려져 있다. 안방에서 더럽혀지는 아버지와 부엌에서 더럽혀지는 엄마와, 마루에서 더럽혀지는 화자가 소스 앞에 무릎 꿇고 있다. 이 소스는 공통으로 "늙은 상처의 고름"이며, 또한 이 소스는 "공통으로 늙은 미래"다. 늙은 미래와 늙은 상처의 고름은 아버지를 지나서 엄마를 지나서 언제나 그렇듯 평등한 순서대로 화자를 더럽히는 폭력적인 '소스'인 것이다. 식구들이 "연고"처럼 "미소"를

짜놓은 한 접시의 마감된 요리는 "포크와 나이프"의 폭력으로 무참하게 훼손된다.

아버지 자신도 소스에 더럽혀지고 균열이 번져간다. 태어나기 전부터 상처인 따뜻한 한 그릇 가족. 화자가 수프를 끓일 때 "빙글빙글 냄비를 저"으면, 아버지와 엄마와 화자가 섞이고 "빙글빙글 섞이"는 얼굴 사이에서 아무도 모르게 아버지와 엄마가 되는 상처 한 그릇의 가족. 화자는 무성한 아버지의 '아'와 단호한 아버지의 '버'를 떼어낼 수밖에 없지만(「이식」), 오히려 그 아버지들을 심고 경작해 "찢어진 아버지"와 뿌리 없는 "불구의 아버지"를 재탄생시키는 아이러니한 상황을 연출하고 있다. 화자는 폭력적이고 억압적인 외부 세계를 온전히 부정할 수는 없다. '아버지'라는 세계는 우리를 먹여 살리기 위해 일 년 내내 씨를 뿌리거나(「아버지는 종묘상에 가셨네」) 아버지의 직업은 '씨 뿌리는 사람'이기(「섬」) 때문이다.

결국 조말선의 시공간에서 일탈하는 아버지의 전형은 내가 부수어야 할 문이거나(「구두」), "애야 나뭇잎 새를 죽일 시간이구나"(「뻐꾸기가 운다」)라고 가르치는 사람이다. 또는 너를 팔아 새 눈알을 사겠다거나(「거울」) 모자를 벗기고 내 목을 자르며(「화분들」) 무한 증식하는 욕망의 세계로 볼 수 있다. 나는 태어나지 않았으면 하던 말더듬이로(「서명」) 탄생했지만, "뭐가 걱정이에요 아버지"(「오아시스」)라며 되려 불화할 수만은 없는 아버지를 안심시킨다. 그리고 화자는 가장 욕되고 우울한 서명을 하면서도 뿌리 잘린 새 아버지를 경작해야만(「이식」) 하는 이중적 위선의 가치 앞에서도 흔들리지 않는다.

3. 장소 정체성, 유토피아 혹은 디스토피아

조말선에게 시의 표상 공간은 시인의 내적 세계를 반영하고 정서를 형상화하는 데 외면할 수 없는 요소로 작용한다. 시의 표상 공간은 상상력에 의해 표출되는 것으로 결국은 시인이 겪은 공간성의 체험에서 발현되는 고유의 내면 공간이 되기 때문이다. 정체성은 내부자가 긴밀하게 연결된 완벽한 개성으로 그 공간에 길들여진 주체가 지니게 된다. 따라서 내부경험이 깊어질수록 장소정체성은 더 명료해지는데, 조말선에게 장소 정체성은 렐프(Edward Relph)가 논의한 내부성과 연관이 깊다.

우리는 영화 속의 장소나 그림을 통해 상상이나 환상의 세계로 진입하게 된다. 이때 장소 정체성은 특정장소의 간접적인 경험이 직접 경험과 동일할 때 가장 명확해진다. 조말선은 스스로 경계를 설정한 특별한 세계에 열중하지만 굳이 그 세계를 발견해내려고 하지 않는다. 그 장소에 자신의 감각을 활짝 열어두고 장소의 의미와 장소의 상징을 확장하며 본래 그 안에서 태어난 것처럼 자연스럽게 밀착되어 있다. 조말선이 발화하는 시적 표상 공간은 가상의 낯선 공간에도 환상적 상상력이 투영되어 유토피아를 가장한 디스토피아로 잠입하는 장소 정체성의 광활한 스펙트럼을 보여준다.

나는 얼음의 집에서 태어났다 태어나자마자 흘러가는 나에게 함부로 흐르지 마! 라고 경고하는 집이었다 흘러서 투명해지며 풍경을 담고 싶은 나에게 아무 것도 담지 마! 라고 경고하는 집이었다 멀어져서 어느 한 적한 강가에서 낯선 두 손을 씻고 싶은 나에게 절대 씻지 마! 라고 경고하는 집이었다……마!, ……마!, ……마! 하루종일 ……마!가 비처럼 쏟아지는 집

이었다 / 〈중략〉 / 나는 드디어 얼음의 집의 꿈과 내 꿈이 일치한다는 사
실에 경악하였다
　－「마비」 부분

　가족의 거처인 집은 안락한 안식의 공간이어야 한다. 하지만 조말선
이 풀어내는 장소는 구속과 억압이 중첩된 분쟁의 공간이다. 하필이면
'나'가 태어난 집은 녹으면 사라지는 차디찬 "얼음의 집"이다. "경고"를
멈추지 않는 "얼음의 집"은 불안한 상상력을 증폭시키는 공간이 된다.
하루 종일 "마!"가 비처럼 쏟아지는 '얼음의 집'은 인간의 구체적 삶에
열려있는 체험 공간이지만, 삶이 불시착 할 수밖에 없는 불안한 장소다.
이 집에서 '나'는 종일 귓바퀴에서 맴도는 "마!"에 마비된다. 모두 얼음
이 돼버린 집에서, 마비된 채 녹는 꿈만 꾸는 집에서, '나'는 단절을 강화
하는 반복적 서술을 감행한다. 그리하여 '나'는 최초의 '나'로부터 점점
희박해진다(「메아리」).
　지금 '나'는 자기 속에 자신이 갇힌 걸 축복해주고, 아무 것도 비추지
않게 된 걸 '행운'이라고 여겨주는 역설적인 집에서 경고를 받으며 갇혀
있다. '나'는 얼음의 집의 꿈과 자신의 꿈이 일치한다는 사실에 경악하며
디스토피아적인 단절을 경험하게 된다. 이처럼 조말선의 시에서는 자기
인식에 대한 고통스러운 확인이 감행된다.

　　저건 숲이 아니다
　　푸른 의자와 노란 책상이 줄을 선 교실이다
　　가위를 들고 다니는 조경사가
　　유행하는 두발을 손질하는 중이다

푸른 의자는 노랗게 부분염색을 하고
노란 책상은 싹둑싹둑,
지금 망상을 오려내는 중이에요
나는 나무 밑에서 혼자 중얼거린다
저건 사랑이 아니다

〈중략〉

한번도 둥지를 틀지 않은 새여
의자에는 책상에는
가랑이가 없다는 것을 알고 있었니?
저건 숲이다 아니다 숲이다
—「송림조경원」부분

　조경원에서는 정원을 아름답게 꾸미기 위해 키워진 나무들이 팔려나
가기를 기다린다. '나'는 지금 송림조경원에서 '푸른 의자'와 '노란 책상'
이 줄을 서서 "망상을 오려내"고 있는 그 '숲'을, 아니 그 '교실'을 보고
"저건 사랑이 아니"라고 중얼거린다. 부권이 전제하는 집은 교실과 다르
지 않다. 가위를 든 조경사, 아니 선생님은 뾰죽뾰죽 튀어나오는 학생들
의 불규칙한 사유의 모서리를 상징적 규칙과 질서의 틀에 맞추어 "오려
내"고 있다. 아직 다 자라지도 않은 어린 새는 "가랑이도 없"는 '푸른 의
자'와 '노란 책상'에 둥지를 틀 수 없다. 그래서 "저건 숲이다 아니다 숲
이다"라는 아이러니한 반복으로 단절의 의미를 곱씹는다.
　'나'는 대리적 내부성의 장소가 되는 '송림조경원'에서 나무를 바라보
고 있다. '나'는 잘려나가기 위해 사지를 절단하고 곱게 다듬어진 나무
들을 바라보며 유토피아로 가장된 디스토피아의 비극적 현장을 교실로

환치한다. 정해진 규율 속에서 싹둑싹둑 잘린 창의성은 발가락이 허물어지는(「오이디푸스 나무의 꽃」) 교육현장의 암울한 미래인 것이다. 조말선은 눈을 뜨고도 안 보이는(「테이블 위, 테이블 아래」) 암흑천지의 세계를 부정하며 자꾸 무덤 위에 자신의 몸을 눕히고(「내 초록색 벨벳 원피스를 입혀놓은 경주 오릉」)싶어 하는지도 모른다. 조말선이 바라보거나 딛고 있는 그 곳은 혹, 유토피아(Utopia)를 가장한 지옥향의 디스토피아(Distopia)이거나, 노란 리본이 펄럭이는 팽목항 같은 헤테로토피아(Heterotopia)인 것은 아닐까?

4. 미로의 단절, 혹은 연속

조말선은 비틀린 이미지로 비틀린 세계를 탐색한다. 환유적 반복이라는 문장 구조의 치밀한 전략으로 억압의 증상을 표출한다. 이창민은 조말선의 시를 이상과 김춘수에 근접해 있기는 하나 이상 시처럼 도설이나 퍼즐에 접근하지는 않고, 김춘수 시처럼 무의미나 기상에 경도되지는 않는다고 분석한다. 조말선의 시에서는 지시적 의미와 비유적 의미가 대응하는 작품은 드물지만 양자를 상응시키는 약호가 제거된 경우는 없다. 이처럼 조말선의 시세계에서는 환유적 반복 구조를 통해 언어의 상징적 기능을 강화하고, 미로의 출구가 의도적으로 단절된 암시적 알레고리를 발견할 수 있다.

억압이 반복되는 단절의 안티돔 한가운데 양손으로 얼굴을 가린 조말선이 서 있다. 한쪽 손을 내릴 때마다 반쪽의 코와 반쪽의 입술과 온전히 감은 하나의 눈이 보인다. 결코 태도를 바꾸지 않는(「오이디푸스나무의 신발」) 조말선의 두 손은 수용할 수 없는 것에 대한 불만이나 부정성의 한쪽 얼굴을 감추며 끝없이 오르내린다. 이처럼 조말선의 시에 드러나는 파편화된 이미지의 환유적 반복은 시금치나 멸치를 먹고 태어난 질문들(「매우 가벼운 담론」)의 가벼운 담론에 경도되지 않고, 전위적이고 환상적인 시세계의 개성을 확보하는 데 결정적인 역할을 한다.

치명적인(「오이디푸스나무의 꽃」) 시업詩業을 이어가는 조말선은 불명료하고 다원화된 미로 속에서도 주체로서의 자신을 발견하는 시인이다. 그는 착시를 일으키는 '루빈의 컵'을 볼 때처럼 두 사람의 얼굴을 보든, 컵을 보든, 객관적 맥락에 선행하는 개성적 관점을 발견하는 시세계를 펼쳐나간다. '모든 정신 현상은 의도를 갖고 있다'는 브렌타노(Franz Clemens Brentano)의 말처럼, 조말선의 시세계가 의도하는 정신 현상은 기억이나 경험 또는 습관을 토대로 한 선입견의 범주를 벗어난다. 그래서 조말선은 세상의 벽을 다 가졌지만 절망하지 않고, 그 높은 벽을 열어줄 문을 주문하는(「재호 문집」) 확신에 찬 자신감을 보여준다.

조말선은 분명함과 분명함 사이에서 모호한 뉘앙스(「커튼」)의 난해한 시세계를 독특한 시선으로 끌고 간다. 조말선은 사실과 허구를 분간하는 것만으로도 감각의 고투를 앓는다. 사소한 꽃잎을 구별하는 눈과 곤충채집의 목록처럼 손가락 하나하나 부를 수 있는 감각(「이름이 뭐지?」)적 시인이기 때문이다. 하지만 고통이나 상처의 트라우마에 마비되는 시적 정체성의 자기인식 과정에서, 말을 위한 말의 유희를 뛰어넘어야 현상적 세계와 긴장을 유지하는 시세계를 확장해 나갈 수 있을 것이다. 조말선은 너무 빨리 고장나버린(「더러워지는 목련들」) 반복의 운명을 아름답게 노래하면서, 끝이라고 생각하면 시작되는 생각(「내 생각의 내장」)을 지긋지긋하게 되뇌이면서, "나는 텅빈 새장이야"(「앵무

새」)라고 오래도록 같은 말을 반복하고 있다. 찌그러진 시의 얼굴을 쳐
들고 대답의 양쪽 끝을 리본으로 묶어 두지는 말기를 당부하면서.

/ 5 /
무덤덤하게 던져놓은 중간자의 저편

– 강성은, 『Lo fi』
– 한보경, 『덤, 덤』

    강성은과 한보경. 그녀들의 시편은 의식 이면의 세계를 덤덤하게 던져놓고 있다. 두 시인의 시집에서 눈여겨봐야할 점은 시에서 펼쳐내는 의식을 누구에게도 강요하지 않는다는 사실이다. 강성은과 한보경은 윤리를 강요하지도, 사회비판도 하지 않는다. 그저 담담하게 덤 하나를 얹어주듯 의식의 저편 심리를 저음질의 목소리로 툭, 던져놓을 뿐이다. 이는 한보경과 강성은의 시를 읽는 내내 생각이 많아지면서도 편안해지는 이유다. 강성은의 시집 『Lo fi』에서는 '유령'과 '생각' 속에 잠재된 내면의식의 환상성을, 한보경의 시집 『덤, 덤』에서는 언어의 급경사에서 미끄러지는 양가적 언어의 기표(시니피앙-signifiant)가 품고 있는 흥미진진한 기의(시니피에-signifié)를 발견할 수 있다.

1. 계면을 넘나드는 환상성

강성은은 『구두를 신고 잠이 들었다』(창비, 2009)와 『단지 조금 이상한』(문학과지성사, 2013)에 이어 최근 세 번째 시집 『Lo-fi』(문학과지성사, 2018)를 출간했다. 세 권의 시집을 발행하는 동안 그녀는 동화적, 초현실적 상상력으로 불가해한 시공간을 창조하고 있다. 강성은의 시를 읽는 일은 이편의 세계에서 저편의 세계로 건너가는 일이 아니며, 그동안 살아오던 세계가 통째로 무너져 내리는 일에 가깝다는 해설을 통해 알 수 있듯, 시편 곳곳에는 삶과 죽음이 공존하는 정체불명의 '유령'이 포진하고 있다. 그녀는 '유령'이 상주하는 불확실한 세계에서 상상력을 자극하는 자신의 내면을 환상성으로 풀어낸다.

문학에서 환상성은 현실에 대한 전복성(로즈메리 잭슨-Rosema ry Jackson)으로 부재와 상실로 경험되는 것들을 추구한다. 강성은의 시편에서 발견되는 환상성은 삶과 죽음이 하나인 것처럼 현실과 비현실의 층위가 분리되지 않는 특징을 보인다. 강성은의 시집 『Lo-fi』에 드러나는 환상성은 '경이로움과 기괴함 사이에서 유발되는 주체의 망설임'이라는 토도로프(Tzvetan Todorov)의 주장과 일치한다. 최근 시집 『Lo fi』에서는 삶과 죽음의 의지가 서로 맞닿은 '계면'에 인간실존이 충돌하는 시편들이 여기저기 던져져 있다.

나는 식판을 들고 앉을 자리를 찾는 아이였다
식은 밥과 국을 들고 서 있다가
점심시간이 끝났다
문득 오리너구리는 어쩌다 오리너구리가 된 걸까

오리도 너구리도 아닌데
이런 생각을 하며
긴 복도를 걸었다
교실 문을 열자
아무도 없고
햇볕만 가득한 삼월
─「Ghost」 전문

　『Lo fi』에서는 「Ghost」라는 제목의 시 6편 외에도 「악령」이거나 「안식일의 유령들」에서 유령이 자주 출몰한다. 그녀가 많은 시편에 등장시키는 유령은 환상성을 드러내는 데 유효적절하게 쓰인다. 강성은의 시에 자주 등장하는 '유령'은 현실과 무의식의 반응으로 심리적 내면을 보여준다. 유령은 죽은 사람의 영혼이나 혼령이다. 유령은 현실세계에서 이상세계로 넘어갈 수 있는 초월적인 역할을 한다. 그녀의 시에 나타나는 '유령'은 현대인의 실존을 극단적으로 표현하는 존재로 볼 수 있다. '유령'의 세계는 죽은 것도 살아있는 것도 아닌 존재가 현세와 내세 사이를 떠도는 중음_{中陰}의 세계이다. 살아 있을 땐 죽은 것 같고 죽고 나선 산 것 같다는(「Ghost」) '유령'의 세계는 현대인의 정체성 상실과 고립과 부재의 세계를 단적으로 대변하는 세계라고 할 수 있다. 현대를 살아가는 우리는 불가능하고 불가해한 시간 속에 영원(「Ghost」)히 존재하는 '유령'인지도 모른다.
　현대인의 표상을 집약시켜놓은 위 시 「Ghost」에는 '아이'와 '식판'과 '복도'와 '점심시간'과 '교실'이 등장한다. 화자인 '나'는 '시인의 유년'이거나 '우리 모두의 유년'이거나 '현실세계의 아이들'일 수도 있다. 현실

세계에 덩그러니 놓인 아이는 몹시 불안하다. 아이는 "식판을 들고 앉을 자리를 찾"지만 점심시간이 끝날 때까지 앉을 자리를 찾지 못한다. 그 시간 동안 밥과 국은 식어 버릴 것이다. '나'는 함께 먹을 자리를 내줄 친구가 없어서 '유령' 취급을 받는다. 따돌림을 당하는 외로운 아이인 '나'는 현실을 극복하지 못 하는 유령 같은 존재가 된다.

　위 시에서는 "문득 오리너구리"라는 동물표상이 등장한다. 화자가 생각하는 '오리너구리'는 '오리'도 아니고 '너구리'도 아닌 '오리너구리'이다. 오리너구리는 정체성을 상실한 '유령' 같은 인간의 실존적 모습이다. 정체성 불명의 '유령' 같은 '오리너구리'는 화자의 의식을 이입한 동물표상을 상징한다. 시에서 드러나는 동물표상이 작가가 전달하고자하는 의식세계를 규명하는 데 중요한 역할을 한다면, 이 시에 등장하는 '오리너구리'라는 동물표상은 소통부재의 환경에서 정체성의 혼돈을 겪는 화자의 고립된 내면심리를 대변하는 역할을 한다.

　"교실 문을 열자 아무도 없"고, 삼월의 텅빈 교실에는 "햇볕만 가득"하다. '유령'인 화자는 누구에게도 보이지 않는 존재이며, '나'를 유령 취급하는 존재들도 보고 싶지 않다. 이는 '유령'처럼 살아가는 인간들이 즐기는 고립의 단면이다. '나'는 볼 수 없거나 보지 않거나 보이지 않는다. '나'는 보여도 보이지 않아도 결국 관계를 맺을 수 없는 '유령' 같은 존재로 살아가야하는 고립된 현대인이다. 강성은의 시에서는 '유령'을 빌려와 가득해야할 교실을 텅 비워버린다. 화자는 질서를 해체시키는 부조리를 환상성으로 드러난다. 다음의 시 「여름일기」에서도 비슷한 양상이 나타난다.

　　장마가 끝나고 물이 불어난 개울에서 아이들은 물고기를 잡았다 팔뚝

만한 메기를 잡은 아이를 둘러싸고 모두 낄낄거리며 긴 수염을 잡아 당겼다 메기는 뻐끔거리며 말했다 나는 그것을 들었는데 아무에게도 말하지 않았다 / 〈중략〉 / 나는 그곳을 빠져나오려고 했는데 나가는 길이 보이지 않았다 아이들이 너무 많았다 시간이 갈수록 더 모여들었다 물속에 아이들이 물고기가 어둠이 물소리가 가득했다 그해에도 물에 빠져 죽은 아이가 있었다 옆집 아이였다

　　-「여름 일기」 부분

　이 시는 어린 여름날의 물놀이 기억이다. "아이들은 물고기를 잡"으며 놀고 있다. 그 물고기는 "팔뚝만한 메기"다. 아이들에게 잡혀 놀림을 당하는 메기는 조롱을 받는 '나'다. '아이'인 '나'는 '개울'이라는 공간에서 '아이들'과 같이 물놀이를 하고 있지만 놀림감이 되기만 하고 배제되는 익명의 섬 같은 존재다. 이 시에서 환상성의 주체인 '메기'는 경험적 현실을 극복하지 못하고 '유령' 같은 존재로 조롱감이 되는 '나'를 의미한다. '나'는 '아이들'이 긴 머리카락을 잡아 당겨도 입만 "뻐끔거"릴 뿐 저항할 힘이 없고, 그곳을 "빠져나오"고 싶지만 나가는 길을 찾지 못하거나 동굴에 갇혀 지도에 없는 길을 맴돌(「야간비행」) 뿐이다. 현실을 극복하지 못하는 주체는 초월적인 역할을 수행하지 못하고 부조리한 세계를 역으로 드러낸다.

　'나'를 괴롭히기 위해 연대하는 아이들은 시간이 지날수록 많아진다. "긴 수염을 잡아당"기며 "낄낄거리"는 아이들 틈에서 메기는 "뻐끔거리"며 연신 말을 한다. 그 호소를 들은 사람은 '나' 뿐이지만 누구에게도 발설하지 않는다. 물속에 가득한 것은 "아이들"과 "고기"와 "물소리"와 "어둠"이다. 소통의 부재가 일어나는 '개울'은 해마다 익사하는 아이가

생기는 어둠의 공간이자, 누군가는 피할 수 없는 죽음의 공간이다. 이 시
에서는 화자의 모습을 이입한 '메기'라는 상징적인 동물표상을 통해 내
면심리의 환상성을 보여준다. 소통부재의 공간에서는 '나'도 죽은 아이
와 다를 바 없는 존재다. 살아 있을 때나 죽어서나 유난히 큰 입으로도
침묵해야 하니까. 다음 시 「계면」처럼.

k는 죽은 후에도 가끔 산책을 한다
p는 죽은 후에도 가끔 시를 쓰고 담배를 핀다
r은 술을 마시고 꿈도 꾼다
어제는 오래전 죽은 친구를 만나 강에서 수영을 했는데
죽었다는 사실을 잊었다
b는 살아 있는 사람인 척 온종일 카페에 앉아 있었다
아무도 신경 쓰지 않았다
옆 테이블에서 떠드는 사람들도
살아 있는 척하느라 그런 것 같았다
도시에는 사람들이 너무 많아서
누가 죽은 사람인지 산 사람인지 구별하기 어려웠다
m은 아이를 낳고 나서 자신이 죽었다는 사실은 잊기로 했다
생각해봐야 좋을 것이 없었다
h는 죽은 애인과, y는 산 애인과
결혼식을 올렸다 모두의 축복을 받으며
죽음이 그들을 갈라놓을 때까지 함께하기로 맹세했다
g는 죽었다가 일 년에 한 번씩 깨어나
자신의 개가 잘 지내는지 확인하고 다시 죽었다
z는 매일 해산물 요리를 먹으며

죽어서도 이걸 먹을 수 있다면 죽음 따위 문제될 게 없다고 확신했다
w는 죽음을 앞두고 있었다
오직 완전한 죽음을 바랐다
한밤중 불 켜진 사무실

〈중략〉

삶과 죽음이 다르지 않다면
죽음이 무슨 소용인가요
—「계면」 부분

계면은 삶과 죽음의 관점에서 본다면 중음中陰같은 중간자의 세계라고 할 수 있다. 삶과 죽음이 교차되어 걸쳐진 세계다. "죽은 사람인지 산 사람인지 구별하기 어"렵기 때문이다. 강성은의 시세계는 살아있거나 죽은 것이 구분되지 않는(「0℃」) 경계면을 보여준다. 이 계면의 세계에서는 잠재된 내면의식을 초현실적 이미지로 풀어내는 '환상성'의 정서적 특질이 발견된다. 이 시 전반에 걸쳐진 죽음은 신비롭다. 죽었는데 살아 있는 상징적 역설을 보여준다. 삶과 죽음이 걸쳐진 계면의 세계에서는 삶과 죽음이 다르지 않으니 죽음도 삶도 의미가 없다. 이 시에서 이니셜(k,p,r,b 등)이 하는 행동은 기이하다. 분명 죽었는데 살아있는 존재만이 할 수 있는 행위들을 한다. 죽은 이들이 "가끔 산책을 하"고 "시를 쓰고 담배를 핀"다. 죽었는데 "술을 마시고 꿈도 꾼"다. 죽었다는 사실을 잊고 "오래전 죽은 친구를 만"나 강에서 "수영"을 한다. "살아 있는 사람인 척 온종일 카페에 앉아 있"다. 화자는 "살아있는 척하느"라 "떠드"는 사람도 있다고 생각한다.

살아 있는 산 자들은 죽음을 앞세우고 있지만 이미 죽은 시체(「악령」)일지도 모른다. 그들은 산자도 죽은 자도 아닌 '유령'의 존재이다. 우린 다 죽었지만 우리가 죽었다는 걸 아무도 모르기(「유령선」) 때문이다. 살아있지만 죽은, 죽었지만 살아있는 '유령'이나 오이디푸스(Oedipus)의 딸 '안티고네(Antigone)'처럼, 오늘 죽은 자는 영원히 죽지 않고 오늘 산 자는 영원히 살지 않는다(「안티고네」). 화자는 누가 죽은 사람인지 산 사람인지 구별하기 어려운(「계면」) 계면의 공간에서 '유령'은 아니, '산 자와 죽은 자'는 '끝나지 않는 겨울과 빨래'처럼 다시 죽지 않을 것을 확신한다.

2. 동어반복으로 미끄러지는 기표들의 저항

한보경의 시에서 눈여겨봐야할 부분은 끝없이 미끄러지는 상처의 기표들이다. 이 미끄러짐은 비상구가 없는(「내부 수리 중」) 내면의 저항이다. '내부 수리' 중인 그녀의 내면 상처는 의도적인 동어반복이나 대구, 꼬리를 물고 늘어지는 말꼬리를 통해 발견된다. 한보경이 불러들이는 언어의 밀도는 촘촘하다. 이 기표들은 시인의 자의식을 담아내는 잘 구워진 그릇이다. 그녀가 내놓는 그릇에는 자아를 탐색하는 동어반복의 언어들이 가득 담겨 있다. 한보경의 시에서 무수히 '되풀이되는 기표'는 내면 심리에 가닿는 언어의 징검다리가 된다. 『덤, 덤』에서는 언어의 진흙을 뭉쳐 '소'를 만들고 말의 진흙을 궁글려 '강아지'를 만든다.(「선재 일기2」) 한보경의 '시의 나비'는 시니피앙의 진흙뭉치가 말과 의도의 적절한 거리(「의도는 사라지고 헐벗은 말만 남아」)를 유지하여 탄생한다.

한보경은 세계와의 거리에 대한 주관적 의견을 한 걸음 뒤에서 객관적으로 극복하고 있다.

뜬금없이 폭설이 쏟아지는 4월. 한보경이 맺고 있는 소심한 관계들이 조심조심 녹아내리기 시작한다. 늦은 감이 있지만 그녀가 들려주는 새해 첫 소식을 담담하게 만나보기로 한다. 그 소식은 반려동물인 '바라미'의 죽음에서 발견한 '영혼'에 관한 이야기다.

> 죽은 짐승의 눈 속에서 영혼을 만났다
> 한 번도 만난 적 없는 죽음이
> 한 번도 믿은 적 없는 영혼을 데리고 왔다
> 죽음 속에 영혼이 산다는 믿음을
> 당분간 믿기로 했다
>
> 〈중략〉
>
> 감히 나는
> 죽어버린 눈 속에서
> 방금 숨이 끊어진 짐승의 깊어진 눈 속에서
> 힘겹게 물고 있던
> 한 줄기의 바람 같은 영혼을 잠깐 만났다 할 것이다
> 그래야 할 것이다
> ─「새해 첫 소식, 바라미에게」 부분

인간은 동물에게는 '영혼'이 없다고 믿는다. 동물은 인간의 지배적 외부로 '벌거벗은 생명'인 호모 사케르(Homo Sacer-아감벤)가 된다. 위시는 반려견의 죽음에 관한 이별이야기를 들려준다. 화자에게 '바라미'

는 가족이다. 화자는 방금 숨이 끊어진 반려견의 눈과 마주한 채 함께 지내던 '바라미'의 죽음을 애통해하고 있다. 화자와 마주한 개의 눈은 '삶'으로써의 화자와 '죽음'으로써의 반려견의 관계가 닿기도 전에 쉬이 풀리는 눈처럼 절망으로 흔들린다. '바라미'와 가족이었던 화자가 이미 죽어버린 반려견의 눈에서 '영혼'을 만나는 건 필연이다. 죽어버린 눈 속의 '영혼'은 자신과 함께 할 것을 믿고 싶을 뿐이다.

화자와 반려견이 힘겹게 물고 있던 연의 끈을 놓기는 쉽지 않을 것이다. 생각날 때마다 스치는 바람처럼. "당분간" 믿기로 했다는 약속에서 '바라미'를 떠나보내고 싶지 않은 내면심리가 고스란히 묻어난다. 화자는 '바라미'의 죽음을 떠나보내는 대신 '영혼'은 곁에 두겠다고 작정한다. 굳건하게 믿는 '바라미'의 영혼은 극단의 상실감을 치유할 한 줄기 빛으로 존재한다. 화자는 "한 번도 만난 적 없는 죽음"이 데리고 온 '영혼'을 받아들인다. 이제 그 '영혼'을 보았으니 '죽음'과 '영혼'은 분리될 수 없다는 것을 믿고 있다. '영혼'은 반복적으로 출현하는 낱말이다. 화자가 아홉 번이나 애타게 불러대는 '영혼'이라는 기표에는 간절한 기도가 스며 있다. 짐승이 힘겹게 물고 있던 '영혼'(기표-signifiant)에는 '바라미'의 죽음 이후까지도 함께 하겠다는 내면의식(기의-signifie)이 내포되어 있다.

꽃은 구순염을 앓고 있어 꽃의 혀끝에서 울혈된 꽃의 말이 터지기를 기다리다 나는 차라리 꽃이 되기로 했어 / 〈중략〉 / 꽃의 말은 까마득히 멀어 이미 꽃이 진 줄도 모르고 나는 하염없이 절정의 꽃말을 기다려 거룩한 화룡점정을 기다려 / 〈중략〉 / 무수한 거두절미들이 얼마나 많은 머리를 포기해야 꽃을 키우는지 모르고 이적 같은 꽃이 머리를 내밀기를

기다려 한바탕의 난장을 기다려
　　-「화두」 부분

　　화자는 구순염을 앓는 꽃의 말이 터지기를 손꼽아 기다린다. 꽃이 되기로 결심하고 아침마다 목구멍 안으로 물을 준다. 이 시의 화두는 '시의 배설'이다. 인간에게 가장 중요한 일은 '잘 먹고 잘 싸는 일'이며 시인에게 가장 중요한 일은 '깊게 사유하고 잘 쓰는' 일이다. 위 시에서는 "꽃이라 부를 수는 없어"라는 구절이 변용된 문장으로 반복된다. 웅크린 꽃을 "꽃이라 부를 수는 없"고 파란만장을 "꽃이라고 부를 수 없"고 역겨운 향기를 "꽃이라 부를 수 없"다. 화자는 꽃의 여러 상황 묘사를 열거하여 '꽃'이라고 불러줄 수 없음을 단언한다. 세 구절은 조사를 변용한 기표의 반복으로 꽃이라 부를 수 없는 화자의 내면의식을 강조하고 있다. 꽃은 배설과 창작의 고통을 상징한다. 화자는 한바탕 난장을 치러야 하는 힘겨운 배설의 상황과 시창작의 고충을 병치하고 있다.
　　화자는 "구순염을 앓"는 입술처럼 시작詩作의 배설에 문제가 생긴 것이다. 시의 말은 "울혈된 꽃의 말이 터지기를 기다리"지만 까마득하다. 화자는 구순염을 앓는 꽃이 진 줄도 모르고 하염없이 절창의 꽃말을 기다린다. 배설은 근원적인 '싸는 일'이지만, 이 시의 화두는 시가 배설하지 못하는 창작의 고통에 집중한다. 인간의 배설은 꽃으로 말하는 시인의 발화다. 꽃이라 부를 수 없는 상황에 "파란만장"하게 "웅크린" 그리고 "역겨운" 향기의 꽃을 중첩시켜 인간에게 중요한 배설이자 시의 윤활한 창작의 흐름에 대해 일갈한다. 배변은 소통의 문제를 던져준다. 막히지 않고 시원하게 뚫리는 일은 모든 인간사의 화두다. 신의 힘으로라도 이루어지는 "이적 같은 꽃이 머리를 내밀기를 기다"리고 있다.

말과 의도의 거리는 아주 적절했다
평화로웠다
꽃이 지천으로 필 때가 지금이라는
한 때의 의도에 대해
모두 의심하지 않았다

〈중략〉

무성한 눈흘김들이
말과 의도 사이를 오고 갔다
의도는 사라지고 헐벗은 말만 남아
몹쓸 거리는
헐벗은 말과 사라진 의도의 거리는
그래도 적절하다고 했다
　　　　　－「의도는 사라지고 헐벗은 말만 남아」 부분

　말은 의도를 품고 있다. 말은 '말하는 사람'의 의도가 잘 전달됐을 때 성공적인 역할을 수행한다. 그러기 위해 말과 의도의 거리는 중요하다. "꽃이 지천으로 필 때가 지금이라"에서 '꽃'의 기표는 '말'과 '의도'의 '적절한 거리'라는 기의를 품고 있다. 말과 의도의 거리가 생각보다 길거나 짧을 때 소통에 경보가 울릴 것이다. 말이 정직하지 않거나 거짓말이 난무할 땐 "무성한 눈흘김들"이 생겨난다. 의도를 벗어난 말은 듣는 이에게 가닿지 못하고 헐벗게 될 뿐이며 깨진 꽃에서처럼 입을 열 때마다 썩은 냄새가 진동할 것이다. 원래의 의도는 그게 아니었는데 생각과 다른 말은 의도를 벗어나는 순간부터 속살이 물러터지듯 깨지는 꽃의 말이 된다. 질서가 깨지기 시작한 말은 떠도는 말(「떠도는 말」)의 근원을 담던 주머니에서 흘러버릴 것이다.

이 시에서 "말과 의도의 거리"는 약간씩의 변화를 가진 동어의 구절로 반복되고 있다. "말과 의도의 거리"는 "말과 의도의 미묘한 거리"로, "말과 의도에 대한 낭설"로, "서로의 거리였던 거리"로 "말과 의도 사이"에서 미끄러지며 스쳐간다. 「숟가락 하나가 있다」에서 '숟가락'이라는 시어는 6번 반복되고 「감자」와 「식탁」과 「옆구리」에서는 '감자'와 '식탁'과 '옆구리'가 8번씩, 「꼬리 내리기」와 「뒷설거지를 하다」에서는 '꼬리'와 '뚜껑'이 13번, 「마더」에서는 '표절'이 「다음」에서는 '다음'이 17번씩 반복된다. 동어반복의 시어가 가장 많은 경우는 「선재일기2」이다. '진흙'이라는 시어가 18번 반복된다. 또는 "너는 상투적인 밥을 먹는다"에서 "너는 밥을 상투적으로 먹는다"(「상투적인 밥」)이거나. "덤이 되어버린"에서 "덤이 아닌"(「덤, 덤」)으로 변화 양상을 보인다. 한보경의 시는 "홀로 남기로 한 것"과 "홀로였던 것"이거나, "속도를 멈춘 시간"과 "시간이 멈춘 속도"(「진개장의 무늬들」) 등의 양상으로 미끄러지는 언어 변용을 연속적으로 구사한다.

「처용의 사랑」에서는 "빼앗은", "빼앗기면", "빼앗긴"의 시어들이 비슷한 시어나 변용된 구절로 반복되고 있으며, 이런 기법은 「달의 저편」에서도 마찬가지다. 관계를 맺고 명명되는 대상의 '달'은 "이편과 저편으로 기울기도 하"고, "이편과 저편을 나누기도 하"고, "이편과 저편을 바꾸기도 하"고, "이편과 저편을 뭉개기도 하"며 다양한 문장으로 변주된다. 「기러기가 날아간다」에서도 "매우 주관적인 객관이 날아"가거나, "매우 객관적인 주관이 날아"간다는 두 문장이 대구를 이루며 미끄러진다. 『덤, 덤』의 많은 시편에서 '말'은 적절한 거리를 유지한 채 꼬리에 꼬리를 물고 의도적인 동어반복이나 각 구절의 대구로 언어의 존재를 탐구하는 기의를 발견할 수 있다.

한보경의 시에서 특이점은 말의 꼬리이다. 말꼬리는 단순한 말의 생산이 아니라, 새로운 시니피앙의 묘미가 길어지게 한다. 시인들이 동어반복을 지양하는 시창작 양상을 생각해본다면, 이는 한보경 고유의 특징적 기법이 될 수 있다. 한보경이 동어반복이나 대구법 반복으로 들려주고 싶은 내면심리는 반전을 위한 마지막 복선(「스토리텔링」)이다. 그녀의 시세계는 "딱 거기까지"에서 문을 열고 "딱 여기까지"로 문을 닫는 과정이 반복된다. '여기'와 '거기'나 '이편'이나 '저편'에서 형상화하고 싶은 내면은 막혀있지만 뚫린 기의를 덤덤하게 건네주는 '덤'의 마음이라는 것을 알 수 있다. 시인이 정해둔 테두리 안에서 비슷비슷하게 반복되는 기표의 변주는 "여전히 여전한"(「시인의 말」) 기의를 향해 처음의 자리로 돌아간다. 소멸하는 세상사는 피차일반이며 마음먹기에 달렸다. 이는 한보경의 첫 시집 『여기가 거기였을 때』에서도 잘 드러난다. '피안'이나 '차안'도 '여기'에서 '거기'로 지향하는 원을 세우고 하나씩 이루어가는 마음의 과정이다.

/ 6 /
너머, 그 너머의 발견

– 송진, 『미장센』
– 고명자, 『그 밖은 참 심심한 봄날이라』

정신이나 존재의 세계는 의식과 무의식으로 이루어져 있다. 의식이
우리가 사고하고 인식하는 모든 것의 총량이라면, 무의식은 인간 마음
의 깊고 넓은 층을 포괄하는 개념이다. 의식은 주어진 순간순간마다 인
식하는 모든 것들을 즉각적으로 끊임없이 반영하면서 변화한다. 이에
비해 무의식은 늘 주체로 있으면서 스스로 자신을 재생산한다. 재생산
의 유일한 주체는 생산의 순환 형식을 고수하는 무의식 자신이다.(들뢰
즈-Gilles Deleuze, 프로이트-Sigmund Freud) 무의식은 '모르는 것'이
나 '끝까지 알 수 없는 것'이나 '우리가 알고 있는 너머의 알 수 없는 정
신세계'로 이해할 수 있다.(융-Carl Gustav Jung)

의식과 무의식의 시세계는 '발견'과 '발명' 사이에 서식하는 현대시의
특징으로 구분한다(남진우). 고명자의 『그 밖은 참 심심한 봄날이라』를
낯익은 대상에서 낯선 의미를 찾아내는 공감의 의식세계라고 본다면,
송진의 『미장센』은 대상과는 무관하게 낯선 의미를 빚어내는 상상과 환
상의 무의식세계라고 말할 수 있다. 따라서 고명자의 『그 밖은 참 심심

한 봄날이라』를 소통 가능한 서정성의 '발견'으로 본다면, 송진의 『미장
센』은 소통 불가능한 비서정성의 '발명'으로 볼 수 있다.

송진은 『미장센』을 통해 고명자는 『그 밖은 참 심심한 봄날이라』를
통해 의식이나 무의식의 정신세계 그 너머에 있는 환상이나 공감의 세
계로 치닫는다. 송진과 고명자가 시를 탄생시키는 발화점의 상상이나
환상이나 공감은 무의식의 이편과 저편, 혹은 의식의 이편과 저편에서
탄생한다. 그들이 달려가는 '그 밖'의 정신세계에 귀 기울여보면 '해체되
는 영상, 그 너머의 이미지'와 '대상에게로 이입되는 공감, 그 너머의 이
야기'를 만날 수 있다.

1. 해체되는 영상, 그 너머의 이미지

송진에겐 시의 서랍이 있다. 그녀의 서랍을 드나드는 모든 호흡은 얼
쑤! 춤추고 노래하는 무형의 아름다움이다. 송진은 자신의 시를 '췌장처
럼 생긴 살굿빛 화덕 깊이 잠들어있는 닫혀있는 서랍'이라고 정의한다.
깊이 잠든 닫혀있는 서랍 그 너머의 영상 속에서 무의식의 경이로운 시
세계를 펼쳐든 송진. 그녀가 총괄 지휘하는 미장센(mise en scene)의 다
채로운 이미지들은 저 너머의 세계에서 미학적으로 연출된다. 그 곳에
는 자신이 물고 늘어지는지도 모르게 집요하게 물고 늘어지는 무의식
세계 그 너머의 이미지들이 배열되어 있다.

시의 서랍 그 너머엔 송진만이 불러낼 수 있는 환상과 상상의 이미지
가 2/3의 알몸인 호박고구마처럼 나신으로 뒤섞이고(「분홍 패랭이꽃
접시에 담긴 호박고구마 3분의 2의 알몸, 반쯤 짓이겨진 딸기 그리고 스

물 네 개의 포도알」) 있다. 그녀의 시에서는 황사사막의 메뚜기 떼처럼 출몰하는 로봇시인이(「이후의 시간」) 미래구상의 출발점에서 몇 걸음 앞서 달려나간다. 가장자리의 여백이나 행간에서 새로운 사유논리를 찾아내려 애쓰는 데리다(Jacques Derrida)처럼 해체시를 지향하는 송진의 무의식 세계는 어떤 중심사유를 해체하고 싶은 걸까? 무의식이 언어처럼 구조화되어 있다면, 그녀의 시가 획득하는 무의식 세계는 언어에 포획되기 이전의 이미지의 집합이거나 아무 것도 없지만 모든 것이 있는 무의 세계가 되는 것은 아닐까?

> 나는 울지 않습니다 운 지가 언제인지도 모르겠습니다 엄마가 공장에서 손목이 잘렸고 아빠가 교통사고로 죽었습니다 그러나 나는 울지 않습니다 나는 울면 안되니까요 울면 불행해진다고 할머니는 내 팬티에 울면 안돼 라고 적힌 부적까지 달아주었습니다 그래서 나는 씨익 웃습니다 / 〈중략〉 / 그래도 나는 울지 않습니다 할머니가 비뚤비뚤 써준 부적이 팬티에 붙어 있으니까요 건들건들 건들건들 건들거리는 것은 다 마음이 아픕니다 그래서 나는 만나는 사람마다 건들이라고 이름을 불러줍니다 사람들은 길을 가다가 멈추고 건들이라고? 어디서 나는 소리야? 하며 한 발자국 두 발자국 다가와 나를 건드려봅니다 나는 그들의 사그락 사그락 발자국 소리가 참 듣기 좋습니다
>   -「건달바」부분

건달은 '건달바'에서 파생된 말이다. 건달바는 음악을 맡은 신들의 악사로 '간다르바'라고도 불린다. 우리나라의 정서는 악사나 배우 같은 직업을 '딴따라'로 천하게 여겼기 때문에 음악을 맡은 신의 악사는 무위도

식을 하는 부정적인 의미로 인식되어 하는 일 없이 건들건들 놀기나 하는 사람을 '건달'이라고 부르게 된 것같다. 위 시에서는 '건달바'에서 파생된 '건달'에 내재된 이미지를 비극적 정황으로 채워놓고 있다.

'나'의 아빠는 "교통사고로 죽었"고 엄마는 "공장에서 손목이 잘렸"다. 하지만 '나'는 결코 "울지 않"는다. '나'는 "울면 불행해진"다는 할머니의 말씀을 무조건적으로 믿는다. 할머니가 자신의 "팬티에 울면 안" 된다는 "부적까지 달아주었"고, 불행해지면 안 되기 때문에 울 수 없다. '나'는 "울면 불행해진"다는 할머니의 말씀과 부적에 쓰인 주술적 언어로 끝없는 자기 최면을 걸고 있다. 그런데 '나'가 "건들건들 건들거리는 것"을 보면 만나는 사람마다 "마음이 아"파서 '건들이'라고 이름을 붙여주지만, 길을 멈춘 사람들이 '건들이'라는 소리를 찾아 한 발자국씩 다가와 보니 건달처럼 무위도식하며 건들거리는 것은 바로 '나' 자신이다.

지금 '내'가 가진 건 할머니가 "울면 안돼"라고 써준 부적이 달려있는 팬티 한 장 뿐이다. 그러니까 사람들은 힘없고 보잘 것 없이 건들거리는 '나'를 주저 하지 않고 건드려볼 수 있다. '내'가 붙여준 건들이라는 이름은 자신에게 스스로 붙여준 자기명명이다. '나'는 왜 '나'를 건드려보는 그들의 사그락대는 발자국 소리가 귀찮기는커녕 참 듣기 좋은 걸까? '나'는 그렇게밖에 주어지지 못한 운명을 주어진 대로 수용하고 있다. 비합리적이고 초인적인 힘이 운명이라면 '나'는 이 운명 앞에 무릎 꿇을 수밖에 없다. 부적이 달린 팬티를 입고 울지 않으려고 이를 악무는 '나'에게 꽃이 피고 열매가 열리듯 사랑이 (「사랑」) 찾아올 수 있을까?

　　개업한 과일가게 앞에 서 있던 나무 세 그루가 사라졌어
　　편의점을 오가던 사람들은 나무의 안부를 묻지도 않았어

기껏해야 비둘기만 구구거리지
정유된 기름이 더 필요해
팔톤 덤프트럭이 달려간 셀프주유소에는
백로들이 시베리아로 떠날 차비를 하고 있었어
이 지구는 어긋나는 연인들을 위해 배려 깊은 곳
도시는 우울증을 앓아
자주 돌아누워 베갯잇을 적시지
가끔씩은 임신한 배를 쓰다듬으며
도루코 면도날로 불두덩을 깎으며
짬뽕우동볶음을 주문하지
음모를 두 손으로 쓸어모아
고명처럼 솔솔
뿌리는 손가락 끝으로 피가 다 빠져나간 듯한
창백한 너를 맛본 적이 있어
-「매화에게」 전문

매화는 봄을 알리는 전령의 꽃이다. 매화에게 전언하는 "도시"는 심각한 "우울증을 앓"고 있다. "개업한 과일가게 앞에 서" 있다가 홀연히 사라진 세 그루의 나무가 매화나무였을까? 겨우내 얼었던 세상을 녹여줄 봄 세 그루가 사라졌으니 "도시는 우울증을 앓"게 되는 것처럼 보인다. 하지만 사람들은 그 세 그루의 나무에 도통 관심이 없다. 무수히 "편의점을 오가는 사람들"은 나무가 있든 나무가 잘렸든 상관없이 자신의 목적을 달성하고 안위만 추구할 뿐이다. 구구거리는 비둘기만도 못한 이기적인 자기애에 갇혀 살아간다.

인간의 욕망은 끝없이 채워도 부족하다. 욕망은 "정유된 기름"이 넘쳐

나도록 더욱 더 필요하고, 사랑이 "어긋나는 연인들"에겐 무관심이 오히려 배려가 되어버리는 역설로 넘쳐난다. 중심이 될 수 없는 주변인들은 승리하고 패하거나, 도 아니면 모가 되는 이분법의 냉혹한 경쟁사회에서 스스로 간을 빼버린 채 살아간다. 간을 쪼아 먹힐 수밖에 없는 프로메테우스(Prometheus)보다는 차라리 간도 쓸개도 없는 것이 더 편안하다고 생각한다.

"두 손으로 쓸어 모"은 "음모"를 "고명처럼 솔솔 뿌리"는 이들이라니! 이런 비정상적인 행위에서 김영하의 단편소설 「비상구」가 오버랩된다. 「비상구」에 등장하는 '우현'과 그의 '여자친구'는 제대로 된 삶을 꾸리지 못하는 연인이다. '우현'은 아무 생각없이 '여자친구' 음부의 털을 밀어버린다. 그런데 몸을 팔아 살아가는 '여자친구'가 음부의 털이 없다는 이유로 상대남성에게 곤욕을 치르게 된다. 「비상구」는 그 사실을 알게 된 '우현'이 '여자친구'의 상대남성을 찾아 죽이게 되고 경찰의 추격을 피해 지붕 위로 달아나는 결말의 소설이다. 위 시 「매화에게」에 등장하는 연인들이 「비상구」에 등장하는 연인들과 다른 점은 무엇인가? 그들은 "자주 돌아누워 베갯잇을 적시"고 가끔씩은 "임신한 배를 쓰다"듬는다. 이기적인 도시의 무관심은 돌아누운 그들의 베갯잇을 적시는 슬픔을 증폭시키는 매개가 된다. 우울한 도시의 일부분이 되는 그들은 "도루코 면도날로 불두덩을 깎"고 "짬뽕우동볶음" 같은 일회성의 배달음식을 먹으며 매순간을 때우는 창백한 생의 주인공일 뿐이다.

도시는 우울증을 앓느라 누구도 돌아볼 겨를이 없다. 김혜순의 시에서 폭력적이고 위악적인 세계를 뚫고나가는 힘의 근원은 서로를 두 손으로 좍좍 찢어가며 가학적인 자세로 먹어치우는(「빵의 대화」) 잔혹한 해체임을 알려주듯, 가끔씩 임신하고 가끔씩 낙태도 하는 연인은 손가

락 끝으로 피가 다 빠져나간 듯한 창백한 너와 나를 서로 맛보며 살아가
는 역설적 전략을 시화한다. 그래서 없는 이를 악물고 살아가도 피범벅
이 되는(「보리차의 시간들」) 순간들이 낫다고 생각한다. 단편소설 「비
상구」의 주인공들과 「매화에게」의 주체들은 자신들의 존재성과 실존을
인정받고 싶은 살만한 세상에서 발돋움하고 싶은 것이다. 문학은 현실
을 반영하는 거울이다. 시와 소설 속에 자리한 그들의 공감대는 불안이
늘 불안을 엄습하는(「관습과 간섭」) 불온한 세상에서 외면당한 마이너
리그들의 극적인 비극이라 할만하다.

　　새들의 발가락 사이에 심어져 있는 스위치를 공중으로 들어 올리자 새
　　들은 모두 지하세계로 걸어 내려갔다 새의 머릿속에 입력되었던 전자회
　　로는 모두 지워졌다 공작새는 기차가 달려오는 방향의 선로로만 달렸고
　　앵무새는 터무니없이 진화하여 인간의 모양을 갖추고 있었다 하마가 운
　　영하는 로봇술집은 로봇의 인권이 중요시되는 곳이었기에 인간들은 로
　　봇의 검열을 거쳐 들어갈 수 있었다 지구를 돌던 행성들이 놀러와 가끔
　　인간을 불러내 지구를 돌고 있는 자신의 처지에 대해 고민을 털어놓기도
　　했다 인간과 로봇으로 자유롭게 변형 가능한 택시는 어디나 인기 만점
　　이었다 특히 맛집을 좋아하는 인간과 로봇 사이에 태어난 간봇들에게는
　　낙원의 심야식당으로 불리기도 했다 그들은 인간의 말랑거리는 혀와 로
　　봇의 탱글탱글한 눈알을 주재료로 심어둔 당근 밭을 산책하는 것을 큰
　　위안으로 삼을 지경이었다 누구든 누구에게든 달려들지 않고는 견딜 수
　　없는 감성의 근육들이 달빛처럼 이글거리는 로봇시인들이 황사사막의
　　메뚜기 떼처럼 출몰한 것도 푸른 보름달이 노란바다 속에서 솟아오르는
　　손목시계가 초침으로 다가가기 이전의 시간의 순간이었다
　　 -「이후의 시간」 전문

송진이 여닫는 서랍 이후의 화면 속에는 이미 스위치 하나로 많은 것을 변화시키는 힘의 미래가 도래했다. 우리가 맞닥뜨리게 될 미래는 로봇의 검열이 필요한 시간이라고 단언한다. 「이후의 시간」에는 지구를 도는 행성들이 가끔 인간을 불러내 지구를 돌고 있는 자신의 처지에 대해 고민을 털어놓기도 하고, 인간과 로봇으로 자유롭게 변형 가능한 인기 만점의 택시도 등장한다. 특히 맛집을 좋아하는 인간과 로봇 사이에 태어난 '간봇'은 상상 이후의 환상을 초월하는 존재다.

2018년 5월 마이크로소프트(Microsoft)가 중국에서 선보인 세계 최초의 로봇시인 '샤오빙(Xiaoice)'이 『햇살은 유리창을 잃고』라는 첫시집을 발간한 이후, 2022년 8월 AI모델 '시아(Sia)'가 『시를 쓰는 이유』라는 시집을 발간해서 화제가 되고 있다. 이렇게 상상이 현실 속으로 뛰어드는 세상에 발맞추듯, 송진의 상상력은 「이후의 시간」 속에서 걷잡을 수 없는 환상세계로 달려간다. 어쩌면 송진이 생성한 인공지능 로봇시인들은 "푸른 보름달이 노란바다 속에서 솟아오르는 손목시계가 초침으로 다가가기 이전의 순간"에 메뚜기 떼처럼 출몰할 수도 있지 않을까? 송진은 그 "이전"을 넘어선 그 이후의 무의식 세계로 종횡무진 건너뛰고 있다. 내일의 미장센을 뛰어넘는 어느 방향이든 무작위로 자신을 내던지며.

2. 대상에게로 이입되는 공감, 그 너머의 이야기

고명자가 안부를 묻는다. 그녀는 뒤가 없는 사람. 고명자는 「그 밖은 참, 심심한 봄날이라」 자서에 자신의 몸 하나가 다 들어간 봄날 풍경을 펼쳐놓고 있다. 그 환한 풍경을 마주하니 문득 묻고 싶은 게 많아진다.

고명자의 안부엔 '그'라는 나무 한 그루가 자라고 있다. '그'는 그녀의 바깥세상이며 '그' 밖은 그녀의 두꺼운 적막이다(「안부」). 발톱이 평평한 인간(「엄마의 발톱」)과 범람하는 붉은 절정(「사랑」) 그 너머에서 불의 함정을 만들고 있을 두꺼운 적막 너머의 이야기가 궁금하다. 도무지 심심할 것 같지 않은 봄날에 대해서도.

　고명자는 실존적 삶의 흐름을 통찰하는 큰 품으로 미학적 시세계를 성취한다. 「그 밖은 참, 심심한 봄날이라」에서 그녀는 대상에 이입시킨 자아의 정서를 '그 밖'이라는 너머의 세계를 통해 발화한다. 고명자는 대상의 이면을 투시하는 사유와 감수성의 깊이를 사랑의 힘으로 표출하고 있다. 그녀의 시에는 상처와 연민을 서정으로 승화시키는 '진술'로 정점을 찍는 「사랑」 이야기가 담겨 있다.

　　　이것은 불의 함정
　　　범람하는 붉은 절정
　　　엉겨 붙은 목덜미에 찬물을 끼얹었으나
　　　젖은 그림자마저 화염에 휩싸이고 말았다
　　　마른번개가 치고 뜰의 꽃들은 타들어간다
　　　가시 돋친 짐승의 피에서 단내가 났다
　　　혀는 달콤하고 뜨겁고 사나웠다
　　　하여 그들은 전속력으로 고꾸라졌다
　　　눈을 감고 가혹한 그의 이름을 부른다
　　　으깨진 장미들처럼
　　　제의祭儀 대신 서로의 살점을 나눠 먹었다
　　　-「사랑」 전문

고명자가 형상화하는 시세계에는 '그'라는 나무 한 그루만 있다(「안부」). 오직 그 한 그루의 나무는 "불의 함정"이며 "범람하는 붉은 절정"이다. 그녀는 '사랑'이라는 관념어를 거역할 수 없는 운명적 진술로 세계의 한 중심에 심어둔다. 시인에게 사랑은 "찬물을 끼얹어도 화염에 휩싸이는 함정"'이며 "범람하는 절정"이다. 여기서 '사랑'은 '자신'이거나 또는 '시'이거나 언제든 착석 가능한 '자리'다.

고명자의 사유 그 너머에 존재하는 '사랑'은 전속력으로 "고꾸라"지고 "으깨"져도 간절한 운명으로 다가온다. '사랑'은 "배때기 터진 생선" 같고, 아무리 도망쳐도 "되받아치는 파도에 쓸려가"야 하는 "닳고 닳은 물결무늬 은빛레이스"(「은빛 레이스」) 같다. 또는 "명자나무" 옆에서 "처음인 듯 만난 엄마의 발톱을 마음을 다해 깎아주"는 것이다(「엄마의 발톱」). 그 '사랑'은 서로를 몰라볼 때까지 "동구 밖"에서 "삼천갑자를 기다리"고 있을 엄마와 딸의 모습으로 형상화된다. 그래서 사랑은 서로의 살점을 나눠먹을 수밖에 없는 '지독한 함정'이며, 기꺼이 그 함정에 빠져드는 미스터리다.

소매 끝 실밥만 같아서
떼어주려고 헛손질했는데
새끼손톱만큼 자라
바람을 거슬러 오른다

춥다 춥다 던져놓은 겨울말씀들
연두로 번져간다
처음인 듯 어긋나서 우리는

들여다볼 게 많아 좋다
손아귀 뿌리칠 만큼 힘찬 지느러미
아직 손끝이 시린데
저 비린 것들 헤엄쳐 닿으려는 곳 궁금하다
햇살 한짐 이고 물비린내 번지는 흙길을 걷는다
모르는 자의 나쁜 꿈이 옮겨 붙어 어지럽던 머리맡
천리만리 에둘러 오는 연두
오늘이 손닿는 높이에서 오늘만큼 반짝인다
-「연두」 전문

    고명자는 이성과 감정과 의지가 적절하게 조화를 이룬 균형 잡힌 그
너머의 시세계를 조곤조곤 들려준다. 그녀는 자기세계 바깥의 사유를
지향하는데, 이런 서정적 개방성은 자신의 정서가 이입된 시적 대상에
서 한 걸음 떨어져 객관적으로 탐사한 심층세계를 전해주기도 한다. 고
명자의 시적 인식은 합리주의적 헤게모니를 벗어나 이성적 감성에 충
실한 자신만의 대상과 세계를 촘촘한 언술로 엮어낸다.
    고명자의 시는 들여다볼 게 많다. 그런데 그 들여다 볼 것이 "처음인
듯 어긋나는 우리" 때문에 생겨난다. 그녀에게 '우리'는 "연두로 번져"가
는 '겨울말씀들'이다. 그 연두는 천리만리 에둘러 오지만 오늘이 손닿는
높이에서 늘 "오늘만큼 반짝인"다. 가끔씩 나쁜 꿈이 옮겨 붙는 머리맡
은 한 박자씩 엇나가는 사람들(「느티나무 꿍꿍이」) 덕분에 어지럽지만,
마음을 내려놓은 고명자의 의식 세계는 공감의 감정으로 다시 "오늘만
큼 반짝"일 수 있다. 다음의 시에서 그녀의 공감은 그 너머의 세계 어디
까지 닿을 수 있을까?

너는 들키고 싶지 않은 너만의 울음을 가졌고
때아닌 천식 앓듯 숨길이 막혀
수건 한 장 구겨 산으로 내달린다
누구든 펑펑 울려보겠다는 고약한 심사가
언 저수지에 돌을 던진다
돌아앉아 너는 펑펑 울고 싶은 것이다
누구는 속울음 있어 노래가 된다 하지만
너는 화가 치밀어 돌을 던진다
그런 네가 맹수만큼 무서워
옷깃을 당겨 머리끝까지 덮씌우지만
돌로 내리쳐도 터지지 않는 울음
산을 따라 걷는다 핏발 선 너도 산에 갇히고
돌림노래 혼자 부르는 것 같아
썩은 나무둥치 옆에 산짐승처럼 울음주머니를 푼다
수건 한 장 다 젖고 발등 덮은 낙엽이 축축해지고
갑자기 찾아든 한기에 재채기가 터지고
달거리 끝낸 여자마냥 헬쑥해져 너는
땀 젖은 능선 몇 개 등으로 떠받치고 앉아 있다
-「울음산맥」 전문

   울음산맥은 땀 젖은 능선 몇 개를 등으로 떠받치고 앉아 불화하는 세계에서 **빠져나오려고** 몸부림친다. 이렇게 실컷 울고 나면 치밀어 오르던 분노를 치유하고 심리적 안정을 얻을 수 있을까? '나'는 천식 앓듯 숨길이 막히는 현재 상황을 돌파하기 위해 맹수 같이 "핏발 선" 자신을 산에 가두고 '울음 주머니' 속에 스스로 갇힌다. '너'는 "들키고 싶지 않는 너만의 울음을 가"지고 있다. '너'라는 대상에 '나'를 이입한 '울음산맥' 은 감정의 경사가 가파르다. 누구든 "펑펑 울"려보겠다는 고약한 심사 는 뒤틀린 '나'의 속울음 때문이다. '너'는 아니 '나'는 화가 치밀어 저수 지에 "돌을 던"져보지만 '언 저수지'는 미동도 하지 않는다. 그래서 이젠 어쩔 수 없이 혼자 부르던 "돌림노래"도 치워버리고 "썩은 나무둥치 옆" 에서 "산짐승처럼 울음 주머니를 푼"다. 울음주머니에 젖기 시작하는 것 은 "수건 한 장"과 "발등"을 "덮은 낙엽"과 온몸이겠지만, 결국 흠뻑 젖 는 것은 '나'의 높디높은 울음산맥이다.

우리는 누구나 들키고 싶지 않은 '속울음' 하나쯤 품고 살아간다. 대 개 그 속울음은 우리와 관계를 맺고 있는 대상이나 타자에게서 촉발된 다. 공감은 반드시 공유할 대상이 존재해야 한다. 대상과 자신의 관계에 서 발생하는 의존적 감정인 '공감'은 이런 감정들을 일으키는 힘으로 작 동한다(흄-Hulme). 고명자는 시적 대상에 자신의 감정을 이입하여 대 상이 되어버린 자아가 스스로에게 공감하게 만든다. 그녀의 시세계에는 '자기 자신은 축소된 타자'이거나 '타자는 확대된 자기'라는 의식이 짙게 깔려 있다. 공감은 타자를 이해하는 방식이다. 고명자는 지성을 통한 이 해와 공감이 하나가 되는 그 너머의 이야기를 객관적으로 형상화하는 힘을 보여준다. 이제 온 세계를 열어 그녀의 감정과 정서에 공감할 때다.

얼굴의 부재, 혹은 부정

– 조말선 ,「외모」

4차선 도로를 닦아놓고 얼굴이라고 했다 장미꽃을 꽂아놓고 얼굴이
라고 했다 서문을 써놓고 얼굴이라고 했다 밤을 새워 준비했지만 얼굴을
밟고 가는 날은 말이 없었다 얼굴을 밟고 갔지만 아무도 얼굴인 줄 몰랐
다 얼굴은 들고 다니는 거라고 했다 얼굴을 밟고 가면서 똑바로 얼굴을
들라고 했다 모든 사람이 얼굴을 들고 사열을 했다 4차선 도로를 들고 사
열을 했다 장미꽃을 들고 사열을 했다 서문을 들고 사열을 했다 좋았어,
얼굴은 이렇게 손에 들고 다니고 옆구리에 끼기도 하고 어깨에 둘러맬
수 있다고 했다 얼굴을 들어 올렸지만 굴러 떨어졌다 한꺼번에 들어 올
린 얼굴은 얼굴끼리 부딪쳐 굴러 떨어졌다 바닥에 있는 것은 얼굴이 아
니라고 했다 외모는 충분히 갖췄는데 얼굴이 아니라고 했다 얼굴을 타고
비가 흘러내렸다 4차선 도로가 젖고 있었다 젖은 얼굴이 찢어지고 있었
다 얼굴이 찢어지는 것은 얼굴이 아니라고 했다 장미꽃을 꽂아놓고 얼굴
이 아니라고 했다 서문을 써놓고 얼굴이 아니라고 했다 감출 수 없는 것
은 얼굴이 아니라고 했다 닦을 수 없는 것은 얼굴이 아니라고 했다 두 손
이면 충분하다고 얼굴을 들었다 놓았다 명백히 안면을 몰수한 얼굴이라

고 했다 얼굴은 맡기는 거라고 했다 눈 깜빡하는 사이에 얼굴은 모르는
것이라고 했다 자라목 위에 그의 얼굴을 올려놓고 그녀의 얼굴이라고 했
다 자라목 위에 다수의 얼굴을 올려놓고 내 얼굴이라고 했다 두 손이면
충분하다고 얼굴을 가렸다

　-「외모」 전문

　오늘 우리는 얼마나 다양한 얼굴을 만났을까? 나와 당신들은 낯설고
낯익은, 또는 익명인 타자의 무수한 얼굴들을 만나거나 스쳤을 것이다.
이렇듯 '얼굴'은 일상 속에서 날마다 반복해서 만나는 현상 가운데 있다.
우리에게 얼굴은 무엇일까? 얼굴의 상징적 의미는 그 사람의 일부분이
면서 전체다. 또한 우리는 자신의 의지와는 무관하게 숙명적으로 타고
나는 선천적인 자신의 얼굴을 거울을 통해서만 볼 수 있다. 이런 아이러
니가 발생하는 현상은 얼굴에 달린 일방향의 눈이 오로지 타인을 향하
고 있기 때문이다. 그래서 얼굴은 스스로를 이미지로만 볼 수 있는 진眞
과 허虛의 이중성까지 간직하고 있다.(라캉-Jacques Lacan:얼굴의 이중
성).
　얼굴은 그 사람을 대변하는 사물의 형상이자 표면이다. 여기서 '사물'
은 단순하지 않은 양가적 존재다. 얼굴은 외형이나 신체의 일부로 보는
표층과, 내면이나 인격을 표상하는 심층의 이중적 알레고리로 볼 수 있
다. 얼굴은 피상적인 껍데기에 불과한 것 같지만, 내면을 비춰주는 심적
인 가치를 동시에 지니고 있다. 얼굴을 '내면의 거울'이라거나, '자신의
얼굴에 책임을 져야한다'는 말을 하는 이유도, 얼굴이 양가적 존재의 의
미를 내포하기 때문이다.
　얼굴을 가진 우리는 또 다른 얼굴을 가진 타인을 만나며 살아간다. 우

리의 일상에서 얼굴을 만나는 일은 반복된다. 이런 일상 속에서 직접 체험하는 얼굴은 도구성의 얼굴을 띤다.(하이데거-Martin Heidegger) 얼굴의 현상학으로 말한다면 우리가 일상에서 보는 모든 얼굴은 타자의 얼굴이다. 심지어 거울을 통해 나 자신을 보는 것조차도 대상화된 타인을 보는 것과 동일하다. 우리는 규범에 편입되거나 또는 규범에 편입되는 것을 거부하면서, 자신의 얼굴로 타인을 바라보고 복잡다단한 세상과 관계한다.

「외모」에는 '얼굴'이라는 시어가 서른 번 넘게 등장한다. 정확하게는 서른 세 번이나 출현하는 '얼굴'이라는 존재의 암시적 알레고리로 화자가 풀어나가고 싶은 의미는 무엇일까? 화자는 서술구의 반복을 통해 발화하는 주체의 말을 전언한다. 화자는 불가해한 얼굴의 세계에 대해 비틀리고 굴절된 이미지들을 반복적으로 발현시킴으로써, 자신만의 독특한 은유를 외형적, 내면적 상징으로 확장시키고 있다. 이 시에서 얼굴과 동일시되고 있는 것은 '4차선 도로'와 '장미꽃'과 '서문'이다. 화자는 얼굴에 대해 낯선 호명으로 시니피앙 놀이를 하면서, 삶의 현 세태에 관한 시니피에를 고민하는 색다른 각도의 접근을 시도한다. 얼굴은 개인적 선호에 따른 판단으로 섣불리 객관성을 담보할 수 없으며 절대적 가치로 나눌 수 없다. 얼굴을 명명하는 주관적 표상에 따라 얼굴의 가치와 태도는 달라진다.

화자는 도입부에서 "4차선 도로를 닦아놓"고, "장미꽃을 꽂아놓"고, "서문을 써놓"고 '얼굴이라고 했'다고 들려준다. '4차선 도로'와 '장미꽃'과 '서문'은 원형적 상징을 내포한 또 다른 얼굴들이다. '4차선 도로'의 실질적 상황은 '편도'가 생략된 단어로 차들이 오가는 여덟 갈래로 뻗어 있는 주행의 다양한 행로가 된다. 여기서 4차선 도로의 심층적 정황을 살펴보면 여러 갈래로 뻗은 도로는 복잡하거나 다양한 도생圖生의 길로 볼 수 있다.

장미는 꽃 중에서도 아름다움을 대표하면서 로맨틱하고 사랑스럽지만 가시를 감춘 꽃이다. 장미를 사회학적으로 볼 때 가시를 숨기고 현혹하는 얼굴로 대치할 수 있다. 장미는 바깥에 드러나는 표면적 인식으로 좋은 면만 보이려는 가식의 얼굴이 된다. '서문' 또한 예외가 될 수 없다. 서문은 책의 앞머리에서 그 책 전체를 이해할 수 있도록 책을 대변하는 얼굴의 상징이다. 화자가 '얼굴'이라고 전언한 '4차선 도로'와 '장미꽃'과 '서문'은 탐색을 통해 획득한 상상력 확장의 명명이다.

화자는 "얼굴을 밟고 갔지만 아무도 얼굴인 줄 몰랐"다고 말한다. 더구나 "얼굴을 밟"고 가면서 "똑바로 얼굴을 들"라고 했으며, "얼굴은 들고 다니는 거"라고 했다고 들려준다. "얼굴은 들고 다니는" 거라는 전언은 정형적이고 관습적이며 관용적인 말법으로, 주관적 사고와 객관적으로 검증할 수 없는 일들의 얘기다. 그들은 "아무도 얼굴인 줄" 모르는 얼굴을 함부로 밟고 가고, "얼굴을 밟고 가면서 똑바로 얼굴을 들"라는 잔인하고 역설적인 행위를 서슴지 않는다. 차들이 4차선 도로에서 여러 갈래로 나아가듯 그들은 자신의 무의식적인 행동은 돌아볼 생각도 없이 타인의 행동에만 책임을 전가하거나, 타인에 대한 가치존중 없이 무심코 또는 의도적으로 타인의 인격을 내치는 행동을 주저하지 않는다.

모든 사람이 '사열'을 하고 있다. 그냥 사열을 하는 것이 아니라 '얼굴'과 '4차선 도로'와 '장미꽃'과 '서문'을 들고 사열을 한다. 사열은 '조사하거나 검열하기 위하여 얼굴 하나하나를 쭉 살펴보는 일'이다. 화자는 하급자가 고개를 돌려 상급자의 얼굴과 마주보게 되는 사열을 통해, 검열을 마친 얼굴을 "손에 들" 수도 "옆구리에 낄" 수도 "어깨에 둘러맬" 수도 있다는 말을 듣고 "좋았어"라고 환호한다. 얼굴은 마땅히 존중할 가치가 있는 주체의 대상이다. 그런데 사열을 마친 얼굴이 가방이나 비닐봉지처럼 들거나 끼거나 맬 수도 있는 '얼굴의 사물화'가 되어 수단이나 도구로 전락하고 있다. 화자는 얼굴이 내면과 동일 시 됐을 때 타인에게 내 얼굴을 뭐라고 판단하든 응전할 수 없음을 비아냥거린다.

"얼굴이 얼굴끼리 부딪혀 굴러 떨어"지고 찢어진다. 화자는 외모를 충분히 갖춰도 "굴러 떨"어진 바닥의 얼굴, "찢어지"거나 "감출 수 없"는 얼굴, "숨기"거나 "닦을 수 없"는 얼굴은 얼굴이 아니라고 전언한다. 얼굴과 인격을 동일시 할 때 피상적인 존재의 모습은 얼굴의 주체에 대한 무한한 사유를 필요로 한다. 얼굴에 대해 인정했던 가치 기준이 얼굴에 대한 부정으로 바뀌고 있다. 이는 객관성을 담보할 수 없는 세태에 대한 부정이며, 얼굴을 함부로 까뭉개고 조롱하는 인격체에 대한 조소다. 화자는 얼굴이었던 얼굴이, 얼굴이 아닌 얼굴이 되는 편리한 이중적 잣대의 부조리한 세태를 질타한다.

얼굴은 두 손으로 들기에 충분하므로 마음대로 조종할 수 있는 대상이 된다. 두 손으로 들기에 충분한 얼굴은 "명백히 안면을 몰수"당하기도 하고, "눈 깜빡하는 사이"에 "모르는 것"이 되기도 한다. 그들은 자라목 위에 올려진 "그의 얼굴"을 "그녀의 얼굴"로 바꾸고, 자라목 위에 올려진 "다수의 얼굴"을 화자의 얼굴이라고 단정하고 있다. 자라목은 짧고 밭아서 언제든 몸통 속으로 숨길 수 있는 기회를 엿보는 '목'이다. 그런 자라목 위에 올려진 얼굴에 대한 다양한 척도의 판단은 거짓이거나 가짜이거나 과장된 언술일 가능성이 크다.

그들이 사회적 제스처로 내세우는 잘나가고 때깔 나는 내 얼굴은 존재에 대한 의구심을 불러일으킨다. 그녀의 얼굴이 되어버린 '그의 얼굴'

이나, 다수의 얼굴로 단정된 '내 얼굴'은 진정한 주체의 얼굴이 아니므로 언제든 포장될 수 있다. 이는 국정농단의 주역이 비선 실세로 대통령의 얼굴 행세를 한 것처럼, 압력을 행사하는 제 삼자가 호가호위하기 위해 포장한 얼굴의 부당한 행실로 볼 수 있다.

얼굴이 없다. 화자는 "두 손이면 충분하다고 얼굴을 가"린 얼굴 없는 그를 보고 있다. 얼굴을 가리는 두 손은 눈가림의 역할을 하는 페르소나다. 가변적인 얼굴은 붙였다 뗐다 할 수 있는 허위얼굴이거나 가짜얼굴이거나 없는 얼굴인 셈이다. 우리는 자신과 타인의 얼굴에 대해 성급한 일반화의 오류를 범하며 살아가고 있는 건 아닌지, 얼굴의 존재 가치에 대해 진중해져야 한다. 얼굴을 가린 두 손을 벗고 당당하게 얼굴을 드러내기 위해 나도 당신들도 페르소나를 벗어던질 때다.

제3부

존재론적 열망의
산책자들

/ 1 /
소멸과 허무의 시학

– 김민부 론

1. 가을의 시학

김민부는 요절한 천재시인이다. 김민부는 자기自乘와 일모日暮를 훑으며 노인이 되어 가리라던 다짐을 지키지 못하고 우리 곁을 떠났다. 하지만 그는 환영처럼 사라진 신과 천재의 중간쯤인 청년시인으로 영원히 살아 있다. 장일남 작곡의 '기다리는 마음'은 대중에게 많은 사랑을 받는 가곡이다. 기다리는 마음'의 노랫말은 부산 출생의 시인 김민부가 썼다는 사실이 잘 알려지지 않았지만, 1995년 김민부의 유고시집인 『일출봉에 해 뜨거든 날 불러주오』가 발간된 후 조금씩 알려지기 시작하였다. 김민부 시인의 부인 '이영수' 여사는 대중가요로 알려진 조용필의 '창밖의 여자' 노랫말이 김민부의 시였다고 주장하고 있다. 지금이라도 '창밖의 여자' 노랫말에 대한 정확한 사실이 밝혀져야 할 것이다.

김민부의 문학적 자질은 어릴 때부터 뛰어났다. 그는 니체(Nie-tzsche), 보들레르(Baudelaire), 김춘수에 경도되어 시적 사유와 시세계를 확장해나갔다. 김민부는 1956년 고등학교 1학년 때 《동아일보》 신춘문예에 시조 「석류」가 입선되면서 어린 나이에 당당하게 문단에 데뷔했다. 또한 1956년 보건여고 학생문예콩쿨에서 「봄노래」로 장원하였으며, 1957년에는 부산 문필가 공동주최 백일장에서 「아침」이라는 시로 차상을 수상했다. 당시 심사위원이었던 김춘수와 유치환 등은 김민부의 문학적 천재성을 극찬하였다. 김민부는 1957년에는 고등학생의 나이로 1시집 『항아리』를 발간했으며, 1958년에는 한국일보에 시조 「균열」이 당선되어 주위 사람들을 놀라게 했다.

김민부의 시집은 일반인에게 공개되지 않았고 희귀본인 까닭에 그에 대한 연구가 제대로 이루어지지 않고 있었다. 하지만 김민부의 첫시집 『항아리』(한글문예사, 1956)와, 제2시집 『나부와 새』(향린사, 1968)를 수소문 끝에 기적처럼 찾았고, 2011년 부산에서 강달수 위원장을 주축으로 김민부 문학을 추모하는 추진운영위가 발족된 이후, '김민부'에 대한 관심이 커지면서 연구자들의 연구도 활발해지고 있다.

김민부의 두 시집은 12년의 간극을 두고 상재되었다. 첫시집 『항아리(1956)』는 십대에 상재되었고, 두 번째 시집 『나부와 새(1968)』는 현실적 삶에서 자기인식을 시작한 이십대에 상재되었다. 두 시집을 살펴보면 그 변모 양상이 현저한 차이점을 보인다. 첫 시집을 상재했던 시기에는 경험을 배제한 발레리(Paul Valery)의 순수시론에 경도된 작품을 창작하였고, 두 번째 시집에서는 세계의 균열과 단절을 확인한 존재론적 현실에서 내면화된 체험세계를 탁월한 언어감각으로 정제시켰다.

김민부는 첫 시집 『항아리』 후기에서 산문적인 요소와 감각적인 경험세계를 배제한 시세계를 보여준다. 제2시집 『나부와 새』의 후기에서 목숨을 줄이더라도 몇 편의 시를 쓰고픈 충동에 몸을 떨었다"고 밝히고 있다. 또한 그는 순수한 시세계의 경지에서 우러나는 감동의 미를 추구하기 위해 서정적 시정신의 고뇌인 궁극의 심상을 찾아 방황한다. 그의 유고 시집이 된 『나부와 새』에는 죽음과 관련된 정서의 시어가 자주 등장한다. 김민부는 절실한 시창작 갈망에도 불구하고 시를 오래 쓰지 못하고, 시를 써야 한다는 강박관념과 극심한 죽음 충동에 사로잡혀 있었다. 김민부는 유사종교의 광신도 노릇만큼 지난한 시업이지만, 가을이 올 때마다 목숨을 줄여서라도 시를 쓰고픈 충동에 몸을 떨었다고 고백한다.

　김민부의 작품을 살펴보면 계절의 이미지로 형상화된 시편들을 자주 발견하게 된다. 박성민의 김민부 연구를 살펴보면 두 권의 시집에서 봄과 관련한 시가 4편, 여름과 관련한 시가 3편, 겨울과 관련한 시가 4편인데 비해 가을과 관련한 시는 27편이라는 것을 알 수 있다. 특히 두 번째 시집을 분석한 결과 가을과 관련된 심상이 드러난 시편은 27편 이상으로 거의 전편에 가깝다할 정도의 시편이 '가을'이라는 계절과 연관성을 띠고 있다는 것을 알게 된다. 더군다나 '가을'의 심상과 연관성이 있는 시는 첫시집에서 보이는 서너 편을 제외한 거의 모든 시가 제2시집 『나부와 새』에 편중되어 있다.

　김민부의 시에 드러나는 시간 이미지는 계절 이미지로 형상화되어 나타난다. 이런 계절 이미지는 죽음에 대한 인식과 관련이 있다. 유독 '가을'을 많이 노래한 김민부의 시는 죽음, 소멸, 밤의 이미지를 동반한다. 김민부가 시종 노래한 가을은 '불붙는 음악을 등에 지고 산책하던 계절'이다. 그는 한 움큼의 단풍처럼 불붙는 음악과 함께 비로 떨어져 내린 소멸과 허무의 가을을 노래한 것이다. 김민부의 시에서 '가을'을 형상화한 시편은 첫시집에 상재된 한두 편에서 생명력을 추구하는 상승 이미지가 드러나기도 하지만, 대부분은 암울한 죽음의 하강 이미지로 변모되는 양상을 발견할 수 있다. 이는 두 번째 시집을 상재할 당시 이십 대의 김민부가 처한 시대적·사회적 상황이 녹록치 않았음을 단적으로 보여줌으로써, 그가 첫 시집에서 밝혔던 순수시론에서 벗어날 수밖에 없었던 것을 확인할 수 있다.

시인의 삶에서 '시간'이란 시인의 주관에 의해 의미가 바뀔 수 있다. 그럼에도 불구하고 변하지 않는 것은 '탄생—성장—소멸'이라는 거역할 수 없는 흐름이다. 탄생에서 성장으로, 다시 성장에서 소멸로 이어지는 시간의 흐름 속에서 시에 자신의 삶을 적극적으로 수용하는 시인의 의식은 그 흐름의 궤적을 따르지 않을 수 없다. 김민부 시세계의 궤적을 따라가 보면 폭넓게 구현되는 실존적 소멸의 미학과 존재론적 허무의 시학을 만날 수 있다.

2. 실존적 소멸

키에르케고르(Kierkegaard)는 '실존은 본질에 선행한다'고 주장한다. 이처럼 이십대의 김민부는 십대에는 겪어보지 못했던 실존적 삶을 처절하게 인식하게 된다. 그는 자신이 시달렸던 치열한 삶에 대한 인식과, 비극적 현실과는 단절될 수 없는 자아의 내면세계를 표출한다. 김민부가 고백한 '가을'의 이미지는 소멸과 허무의 내면세계를 담지한다. 이는 니체에 심취한 김민부의 태도와 현실적 번민이나 상실감에서 발현되는 내적 갈등의 정직한 결과로 보인다.

'가을 더위와 노인의 건강'이라는 속담이 있다. 이는 가을의 더위가 오래가지 못하는 것처럼 노인의 건강이 오래갈 수 없다는 뜻으로 끝장이 가까워 그 기운이 쇠하고 오래 가지 못함을 비유적으로 이르는 말이다. 따라서 가을은 풍성해지고 거두어들이는 계절이기도 하지만, 겨울을 대비하기 위해 자신의 몸을 비워내고 남아있는 것들을 털어내야 기운이 쇠하기도 하는 이중적 의미를 내포한 계절이기도 하다. 김민부에게 '가을'은 존재론적 탐구를 통해 비워내고 털어내야 하는 소멸과 상실의 계절이다.

인간은 누구나 죽음을 피해갈 수 없다. 그러나 우리는 죽음의 운명을 타인의 것으로 여기고 자신의 죽음에 대해서는 회피하는 경향을 보인다. 하지만 김민부는 쇠락하는 '가을'을 통해 죽음을 수용하는 시세계관을 자조적 어조로 풀어낸다.

> 시방은 가을
> 죽어버린 사람의 그림자와
> 비 젖은 램프의 등피가 떨고 있는
> 박암薄暗의 술집에서
> 술을 마시면
> 비는 길바닥에서 탄다
>
> 이제는 돌아가리
> 전차를 타고
> 반쯤 부식한 얼굴을 들고
> -「비가悲歌 I」부분

인식의 연장으로 언어를 썼던 시인 김춘수는 사무치는 외로움 속에서 오직 한 사람의 이름을 부르면서 죽어가는 「가을저녁의 시」를 노래했다. 김춘수가 가을저녁의 슬픈 눈과 함께 흘러가는 것처럼, 화자는 지금 비 내리는 가을밤에 "비 젖은 램프의 등피가 떨고 있"는 희끄무레하게 어두운 "박암의 술집"에서 술과 함께 흘러가고 있다. 그는 '축축한 영혼의 주인'이었던 "하수구 속의 자신"과 '하녀'였던 "배고픈 저녁답"을 논하지 말라며 스스로를 다독이는 중이다. 화자는 "길바닥"에서 타는 비를 바라보며 돌아가겠다고 선언한다. 길바닥에서 타는 비는 자신을 다 태우고 나면 하수구 속으로 스며들어 소멸되고 말 것이다. 화자는 가을이 되면 "길바닥에서 타"는 비의 고뇌하는 모습을 닮는다. 그는 한 걸음 물러서서 자신의 심장을 태우고 난 후, "반쯤 부식한 얼굴"로라도 돌아갈 수밖에 없는 죽음에 대한 객관적인 시선을 드러낸다.

시비하지 말라
그 가을
내 구두에 밟힌 귀뚜라미
그 귀뚜라미의 잔해 위에
빛나던 일모를
레일 위에
무수히 그리운 얼굴을 치고
질주하던
밤차의 처참한 차바퀴 소리⋯⋯
　　　　　　　　-「비가悲歌 Ⅱ」 부분

　지금 들려오는 밤차의 바퀴소리는 처참하게 슬픈 노래다. "시비하지 말라"고 당부하는 가을. 밟혀 죽은 "귀뚜라미의 잔해"는 자신의 구두로 깔아뭉갠 조락하는 가을날의 화자 자신이다. 그는 "무수히 그리운 얼굴을 치"고 질주하던 '밤차의 바퀴소리'를 들으며 이미 밟혀 죽은 "귀뚜라미의 잔해 위"에서 "빛나는 일모"를 시비할 수 없다는 결언을 전하고 있다. 버리고 싶지만 마음대로 버리지도 못하는, 살아있는 나날에서 꽃 행상을 나간 아내를 기다리며(「추일秋日」) 술을 마시는 삶의 고투는 숭고하다.

「추일秋日」에서 화자는 살아있으나 살아있는 것이 "능욕" 같은 또는 "슬픈 가랑잎" 같은 힘겨운 자아를 인식하기에 이른다. 불우하다고 느껴지는 가을날. 산책을 하던 화자는 "날개에 불을 적신 새가 되"어 하늘로 날아오른다. 하지만 불붙는 새가 태워버린 하늘에선 비가 내리고, 어쩔 수 없이 한 움큼의 재가 되어버린 화자(「엽서 I」)는 당신의 창가에서 떨어져 내리며 쇠락하는 가을처럼 소멸해간다. 김민부는 다음의 시 「단장斷章 I 」, 「단장斷章 II」에서 실존적 소멸의 시학을 드러낸다.

지우산을 펴면
포말로 튀는 가을......
가을비 속에서
난 비 젖은 아랫도리부터
죽어 오는데

도시의
헝클어진 전선에선
가을에 감전된 새 한 마리
떨어져 오고 있었다
－「斷章 I 」 전문

도미에의 목탄화 속

에서였을까

그런 골목길……

살아도

여망餘望이 없는

황혼에

어디선가

개가 짖는다

여자는 창문을 열고

자꾸 기침을 하고

하수도 속엔

지난밤의

가을비가 울고 있었다

가로수 아래

금방 죽은 새 한 마리의

눈동자가

황혼을 빨아들이고 있었다

　　　　－「斷章Ⅱ」전문

　가을비는 종이우산을 펴면 "포말"로 흩어지고, 그 가을비에 젖은 새 한 마리는 도시의 '가을'에 감전된다. 가을비에 "헝클어진 전선" 위에서 "감전되"는 한 마리 새는 김민부 자신이다. 감전된 그는 "비 젖은 아랫도리부터 죽"어간다. 화자는 젖으면 찢어지는 종이우산처럼 완전한 형식을 갖추지 못한 단편의 문장이 되어 불완전한 산문체의 삶을 영위해왔으며, 앞으로도 '단장斷章'의 시간을 살아내야 한다는 불안한 정서를 극적 이미지로 형상화하고 있다.

19세기 사실주의 화가 도미에(Daumier)가 그린 목탄화 속의 골목길에 황혼이 진다. 김민부는 '황혼'과 '짖는 개'와 '기침을 하는 여자'와 '하수도 속의 가을비'와 '금방 죽은 새 한 마리'의 사실적인 느낌을 상승시키기 위해 목탄화를 도입한 것이다. 어디선가 개가 목탄화 속의 골목길 끝을 향해 컹컹 짖고 하수도 속에서는 아직도 지난밤의 가을비가 울고 있다. "창문을 열"고 "기침을 하"는 여자의 갈라터진 쉿소리는 가을비 소리에 묻혀버릴 것이다. "가로수 아래 금방 죽은 새 한 마리"는 "눈동자"로 "황혼을 빨아들이"고 있다. 죽어서도 눈을 감지 못하는 저 새의 눈동자는 빨아들인 황혼 속에서 무엇을 하고 싶은 것일까.

김민부는 가을비가 울고 있는 가을 황혼녘에 죽어가는 새가 되어 자신의 앞날을 들여다본다. 실제로 그가 31세에 요절한 것을 보면, 예사롭지 않을 만큼 예지적인 시로 짐작된다. 「단장斷章 Ⅲ」에서도 소멸의 이미지들이 빼곡하게 표출된다. 하녀는 반쯤 죽은 얼굴로 램프를 들고 나오고, 화자는 삐걱이는 층층계 위로 자신의 그림자만 올려 보내고 나가버린다. 가을에 등장하는 최초의 것부터 최후의 것까지 모든 것이 소멸한다. 목관악기의 음계마다 가랑잎이 지고 술 취한 여자들의 비틀거리는 그림자와 빈사한 지전과 파랗게 질린 몇 움큼의 가을이 포켓 속에 들어 있을 뿐이다. 이 시에서 가을을 형상화하기 위해 나열된 '지고', '비틀거리고', '빈사하고', '질리는' 등의 하강이미지를 내포한 서술어들은 소멸의 한 가운데에서 쇠락의 분위기를 생생하게 조성하고 있다.

3. 존재론적 허무

김민부가 창작한 시편 대부분에는 '가을'을 배경으로 한 심상이 녹아 있다. 그의 '가을시편'에서는 자신이 마주하는 삶의 깊은 허무감이 표출된다. 존재론적 허무주의는 이제껏 자신의 삶을 규제하던 가치 박탈과 의미 상실에 기반을 둔 인식의 징후다. 그가 가을을 표출하는 양상 중 존재론적 허무주의를 드러내는 시편들을 살펴보면, 긍정적 생으로의 비약을 방해하는 허무주의의 극복을 위해 별다른 방도를 모색하지 않는다는 것을 알 수 있다. '김민부'에게 맞닥뜨린 비극적 삶속의 시세계는 존재론적 허무주의를 수용할 수밖에 없었던 듯하다.

삶과 죽음, 생성과 소멸, 변화와 영원 등을 포함하는 의식은 본질에 앞서 실존을 함의한다. 실존이 본질에 선행하는 의식의 흐름은 시인이 과거, 현재, 미래가 통합된 상태의 세계에 던져진다는 것이다. 김민부는 존재론적 허무가 현상의 장에서 하나로 흐르는 순간을 죽음과의 관계 속에서 발견한다. 죽음은 시간과 생명의 한계 속에서 운용되기 때문에 한계에 대한 절망감이 죽음과의 관계 속에서 더욱 강렬하게 작용한다.

김민부는 '무'의 의지가 '삶'의 의지보다 우세해 불안감에 시달리고 허무주의에 빠져들게 된다. 특히 니체에 경도되었던 그는 가을이 오면 흩뿌리는 '가을비'나 우수수 흩어지는 '가랑잎'을 보며 외로움과 공허, 실존적 삶의 내면적 고뇌의 절대적 회의에 빠져 존재론적 허무의 시학을 추구한다.

나는 때때로 생각한다
태어난 대로 살아가리라

구르는 가랑잎의 행지行止......
술잔 속의 귀뚜라미 울음
배척에 우는 겨울
타구 속에 뱉는 오수를
대낮에도 소매를 잡는 죽음을
자정 가까이 짖는 개를
힐책하지 않고
마른 노을 속에서
우계를 기다리며
퇴락한 술집에서
친구를 기다리며
짚단 같은 무식과
오양간 냄새 나는
자기自棄와
일모日暮를 핥으며
나도 노인이 되어가리
-「나는 때때로」 전문

   허무주의(Nihilism)는 어떠한 존재 가치도 갖지 못하는 비존재, 즉 무無를 뜻한다. 無는 존재하지도 않고 존재하지도 않았던 어떤 것을 지칭하는 단어로 어떠한 형태의 존재가능성도 가지고 있지 못한 것을 가리킨다. 위 시에서 화자는 때때로 존재가치를 갖지 못하는 무의 존재들을 생각한다. 김민부는 허무주의적 세계관을 고집하며 생명이 있는 대상은 태어난 대로 살아가는 것이라 믿고 있다.

   그는, 가을날 바람이 부는 대로 가랑잎이 구르는 행동과 술잔 속에서 들려오는 "귀뚜라미 울음" 그리고 "배척"에 흐느끼는 얼어붙은 "겨울", 가래나 침을 뱉는 그릇 속에 "뱉는 오수", "대낮에도 소매를 잡는 죽음"과 "자정 가까이 짖는 개"의 울부짖음을 통해 위기의식을 느낀다. 이는 "오양깐' 냄새나"는 자신을 자포자기하게 만드는 자멸감과 불안의 정서에서 발현된다. 더 이상의 의욕을 상실한 채 그저 저무는 어둠을 "핥으"며 "노인이 되어가"겠다는 허무한 다짐을 한다. 그는 노인으로 늙어가는 것도 마음대로 못하고 불의의 화마에 요절했지만, 박제된 천재시인으로 우리 가슴 속에 살아 있다.

> 밤 두 시에도 켜져 있는 창
> 구두 밑에 깔려서 울던 가을
> 찻잔 속에 죽어 있던 저녁
> 사르비아 꽃이 져버린 사르비아 꽃 대궁
> 우에 식어 있던 하늘
> 거기 떠돌던 몇 마리의 새
> 시방 어디쯤 밀려갔을까
> 포이에르 바흐의 형법서를 읽는 밤에……
> -「엽서Ⅱ」 전문

「단장斷章Ⅰ」과 「단장斷章Ⅱ」에서 '가을비에 감전되어 죽는 새'나, '가로수 아래 금방 죽은 새 한 마리' 그리고 「비가悲歌Ⅱ」에서 '화자의 구두에 밟혀 죽은 귀뚜라미'. 이들 모두는 '시인' 자신이다. 그는 자신의 처참한 죽음을 드러냄으로써 소멸해가는 자신의 모습을 관조적 시각으로 바라본다. 때로는 「비가悲歌Ⅱ」의 귀뚜라미처럼 '자신'이 '자신'을 처참하게 밟아 죽이는 자학을 통해 한 움큼의 재로 소멸해가는 모습을 드러낸다. 주권적 개인은 인간의 자기 부정, 생명의 자기 부정을 극복하고 자신의 삶과 의지의 주인이 된다. 김민부는 허무주의에 경도된 심연의 언어를 통해 자기부정의 시적 세계관을 수용함으로써, 얼룩진 내면의 상처가 투영된 파토스(Pathos)적 비애를 보여주기 위해 심혈을 기울인다.

위 시 「엽서Ⅱ」에서 화자는 자기 부정의 시적 세계관에서 의지의 주인이 되려고 시도하지만 존재론적 허무를 극복하지 못 한다. 가을이 귀뚜라미 대신 "구두 밑에 깔려서 울"고 있는 밤에 "포이에르 바흐의 형법서를 읽"는다. "사르비아 꽃"은 져버리고 대궁만 남은 꽃대를 "떠돌던 몇 마리의 새"는 어디론가 밀려가버리고 사라진다. 몇 마리의 새가 되어 날아다니던 그는 꽃이 지는 가을을 배경으로 식은 하늘을 떠돌며 바람이 부는 대로 자신의 의지와는 상관없이 밀려난다.

많이 시든 꽃
좀 덜 시든 꽃
증발하여 하늘을 덥히는 가을 꽃 층층계의
충일한 울음으로 채워진
나의 외곽에서

꽃처럼 붕괴하던 눈물의 황혼을
자기의 별들을
거두어 가버린 회양나무엔
암담한 회한의 바람이 일고
육체 속의 풍금 소리와
육체 속의 달빛과

소원히 가버린 사람들의 의미를 울고 있는
무명의 역두驛頭……

집 밖에
램프를 내다 거는
전정사의 조용한 발걸음 소리만
뜨락을 울리는
밤에
나의 살결은 너무 창백하였다
꽃향이 돌에 스미듯
빈 데를 채워가는 밤바람 속에서……
-「11월에」 전문

  가을이 깊어가는 11월. 화자의 외곽은 "꽃 층층계의 충일한 울음으로
채워"져 있다. 회양나무가 "눈물의 황혼"과 "자기의 별들"을 "거두어 가
버"리고 회한의 바람에 휘청이는 역 앞. 거기엔 자신의 몸속에 풍금 소
리와 달빛을 가두고 "소원히 가버린 사람들"을 생각하며 의미를 되새기
는 울음만이 있을 뿐이다. 화자는 깊어가는 가을밤의 뜨락에서 "집 밖에
램프를 내다 거는 전정사의 발걸음 소리"를 듣는다. 그의 살결은 램프
불빛에 가을밤이 환해지는 뜨락에서 그리운 이를 떠올리는 기억처럼
창백해진다. 기다림은 그리움이 끝나는 데서 시작되듯, 빈 데를 채워가
는 밤바람 속에서 기다림에 지친 "꽃향이 돌에 스"밀 것만 같다. 그렇게
가을은 "들메뚜기의 비취빛 눈망울" 속에서 "등불을 켜"기도 하고 "죽은
가랑잎을 갉는 들쥐"의 "어금니에 번쩍거"리기도 한다. 또한 가을은 묘
비를 적시는 몇 줄기 비로 내려 하룻밤 슬픈 외도에 욱신거리는 통증으

로 찾아온다.(「가을은」) 가을은 들메뚜기나 들쥐의 외부 대상에서 내부 세계의 욱신거리는 통증으로 전이된다.

4. 정결한 감성

　김민부는 그의 정서를 주로 '가을'이라는 계절에 담아낸다. 그 세계는 실존적 소멸과 존재론적 허무의 시학이다. 김민부의 시 쓰기는 목숨을 건 운명적인 창작 작업이다. 그의 시 쓰기는 의무를 넘어서서 죽음을 예지한 자의 마지막 시업처럼 처절하다. 불의의 화마로 천재시인은 우리를 떠났지만, 그가 남긴 탁월한 언어감각과 시적 정서는 문학적 유산으로 남아 있다. 그의 시에서 확연히 발견할 수 있는 것은 죽음이 드리워진 소멸과 허무의 시학이다. 죽음과 조우한 김민부의 시세계에는 현대인의 불안과 절망이 짙게 녹아 있다.

　'킨츠 쿠로이'는 공예기법이다. '금 꿰매기'라고도 하는 이 기법은 깨진 도자기의 손상된 부분을 옻칠로 접합하고 금가루를 뿌려 수선하는 기법이다. 이 기법의 특징은 수선 후의 도자기가 깨진 상처들을 숨기지 않고 드러낸다는 데 있다. 도자기의 금간 상처들은 황금을 칠하고 뿌려 오히려 깨지기 전보다 더 새로운 예술 작품으로 승화된다. 이처럼 김민부는 내면의 상처나 상실감을 굳이 감추려하지 않고 진솔하게 드러내는 '킨츠쿠로이' 정신으로 상처 부위를 옻칠로 접합하듯 정직하고 진솔한 시업으로 자신만의 시세계를 승화시켜 나간 것이다. 그는 의식과 무의식을 넘나들던 자신의 외롭고 힘겨운 생의 정서를 소멸과 허무를 지향하는 시적 세계관으로 보여준다. 김민부는 이런 부정적 세계관과 비극적 세계인식을 실존적 소멸의 시학과 존재론적 허무의 시학으로 치열하게 확장해나간다. 자신의 아픔을 감추지 않고 드러낸다는 것은 쉬운 일이 아니다. 하지만 그는 시대적 삶의 비극과 내적 상처를 시적 세계로 승화시켜 나갔다. 김민부는 화재사고로 죽기 전 친구 박태문에게 "진실로 참글을 쓰고 싶다. 단 한 편이라도"라는 유언 같은 말을 남겼다. 이 한 마디에서 정결한 감성의 천재 시인 김민부의 시에 대한 진정성을 엿볼 수 있다.

2

홀로 또 같이 부르는 반지하 블루스

– 신현림 론

1. 여백의 시학

맞장 떠보겠다는 선전포고였을까? 신현림은 「나의 싸움」과 「황혼아
리랑」에서 자신의 누드사진을 과감하게 보여준다. 그녀는 해질녘 아픔
을 딛고 분연히 일어나 희망의 트럼펫을 불며 침대를 타고 달린다. 슬픔
도 괴로움도 7분만 씹고(「슬픔도 7분만 씹고 버려」) 버릴 줄 아는 담대
함으로 영혼의 소리를 당당하게 외친다. 언제 버려질지 두려워(「곳곳에
쓰레기 장송곡이」) 감히 맞설 수 없는 세상과의 전면전에서 자신의 삶
을 통째로 한판 내다꽂는 그녀의 용기는 솔직함에서 솟아난다. 신현림
에게 그 용기를 지탱하게 해주는 반지하 블루스! 멈추지 않는 마지막 희
망의 춤이다.

포스트모더니즘을 추구하는 21세기 젊은 시들은 불구의 유령 같은
균열의 언어를 창조하며 세계와 불화하겠다는 의지를 표출한다. 해체문
학의 시대. 지배적 정황의 장면과 장면들을 감쪽같이 오려 붙인 기술적

시 읽기에 공허해질 즈음, 신현림 시세계 곳곳에 펼쳐진 여백의 시학을 만났다. 관통하는 핵도 없이 기교의 교합으로 조립된 문장들에 비해, 삶의 여백을 공글리는 신현림 시는 세렌디피디(Serendipity)였다. 보들레르(Baudelaire)와 셰스토프(Chestov)에 경도되었던 이형기가 "시는 누군가를 이해시키기 위해 쓰는 게 아니"라고 주장했던 것처럼, 시가 공감이나 이해의 문학이어야 할 필연성은 없다. 그러나 현란한 비틀기나 해체 없이 감정을 움직이고 공감을 불러일으키는 것은 시의 소중한 가치가 될 것이다.

시는 낯익은 대상에게 낯설게 다가갈 때 새로움의 미학적 의미가 생성된다. 이때 얻게 되는 새로움은 두근거리는 호기심과 설레는 생명력이다. 신현림의 시는 기술적 감각으로 가공되는 타율적 쾌락에 비해, 불화하는 세계의 부정성을 극복하고 체험에서 비롯되는 본질적 언어로 자율적 쾌락을 선사한다. 신현림의 시가 에세이를 넘나드는 서술적인 일기 형식을 빌려 쓰거나, 솔직함을 앞세우다 시적 긴장을 놓치는 일부분은 경계해야 한다. 하지만 그녀의 시는 문단 흐름의 강박에서 벗어나 자신만의 건강한 언어를 영위하는 마력이 있다. 신현림은 '내 이웃'과 '나' 자신에 대한 공감을 솔직담백하게 풀어내는 여백의 공간을 여기저기 툭툭 던져놓는다. 관습과 유행을 벗어던진 새로운 인식의 시세계로 우리를 안내하여 어떻게 살아가야 하는지에 대한 질문과 답을 동시에 던져준다.

신현림의 고통은 지켜줄 아무것도 없이(「사랑의 하루」) 견뎌냈어야 할 슬픔을 견딤으로써 슬픔의 끝장을 보는 힘이 생긴 것 같다. 그녀의 시는 인간의 실존에 가장 근원적인 질문을 찾아나서는 진취적이고 긍정적인 태도를 지향한다. 신현림의 시는 모든 걸 잃어도 고난을 위해 사는(「욥기」 5장) '희망 일 번지'에서 다시 일어설 하루하루를 초긍정의 힘으로 부활시키고 있다. 이제 구원의 시창작으로 삶을 깨우쳐가는 신현림의 시노트에서 특별히 새로울 것도 없는, 공연히 절절해지는 여백의 시학을 들여다보기로 한다.

2. 발칙한 솔직함

신현림은 1990년 『현대시학』에서 「초록말을 타고 문득」으로 문단에 데뷔한 후 지루한 세상을 향해 불타는 구두를 던진다. 첫시집 『지루한 세상에 불타는 구두를 던져라』에서 여성 정체성을 탐구해온 그녀가 힘찬 패기로 세상에 던진 과격한 언어의 메아리는 제도의 모순과 편견의 벽을 넘지 못하고 번번이 깨진 얼굴로 돌아온다. 이후 두 번째 시집 『세기말 블루스』는 신현림을 베스트셀러 시인으로 만들어준다. 그녀는 카페 문이 닫힐 때까지 아무도 자신에게 오지 않는(「세기말 재즈」) 세기말의 고통을 뚫고 재기에 성공한다. 잉여인간의 깊은 상처를 딛고 외로움과 블루스를 추고 고독함과 재즈를 부르며.

『세기말 블루스』는 세기말에 펼쳐지는 인간 소외의 풍경에 판화, 사진, 콜라주, 그림이 덧입혀져 새롭게 탄생한 시집이다. 그녀는 사진작가의 역량으로 시각예술에 언어예술을 스케일 업(scale-up)한 시세계(「세기말 블루스 1」, 「외로운 마약, 외로운 섹스」, 「황혼아리랑」, 「성적 종속물에 관한 발라드」, 「유쾌한 충돌」 등)를 유감없이 발휘한다. 그녀의 발칙한 솔직함은 울림을 배가시키는 상징적 요소로 작용한다.

신현림이 활발하게 활동하던 1990년대 여성시인들은 주체 회복을 위한 여성적 글쓰기를 이어나갔다. 90년대 초반 페미니스트 의식의 확산은 여성시인들의 텍스트에 지대한 영향을 끼쳤다. 여성시는 가부장적 이데올로기에 저항하는 여성의 몸으로 형상화되었다. 평자들은 90년대 대표여성시인 중 한 사람인 신현림의 시세계를 '억압적 시대에 응전하는 여성의 몸'이라거나, '상징적 남성의 폭력성에 의해 타자화된 존재의 상처'라거나, '가부장제에 타살된 여성의 정체성을 탐구하는 페미니즘'으로 읽어낸다. 신현림이 시세계 속에서 풀어내는 몸은 세계에 대한 다중적 시선으로 불안과 공포의 징후를 포착해낸다는 것이다.

  그들의 평가처럼 신현림 시의 일정 부분은 남성에게 저항하거나 비판하는 '여성성'을 드러낸다. 『침대를 타고 달렸어』나 『세기말 블루스』, 『해질녘에 아픈 사람』 등에 등장하는 몇몇 시편(「너희는 시발을 아느냐」, 「자, 멋진 시작이야」 등)에서는 수동적 여성에서 벗어난 자유로운 주체로서 나와 너의 관계를 새롭게 구성하려는 의지를 발견할 수 있다. 특히 신현림은 「너희는 시발을 아느냐」와 같은 시에서 남성적 질서에 통제당하는 여성성에 대해 '시발, 시바알, 씨발' 등의 비속어를 남발해가며 여성 스스로가 남성적 질서를 거부하고 연대해야 한다고 주장한다. 여성은 태어나는 것이 아니라 만들어진다고 역설한 시몬 드 보부아르(Simone de Beauvoir)가 여성해방을 위해 연대해야 한다는 주장과도 상통한다. 세상의 "망치소리를 마시"며 여성은 더 강해진다는 것이다. 하지만 신현림의 시세계를 타자와의 관계를 확장해가는 시적 육체의 모색이나 여성의 정체성을 회복하기 위한 내면적 갈등 양상으로만 보는 시야에서 한 걸음만 비켜서보면, 인간소외에 대한 그녀의 아우성이 생생하게 들려온다.

삶이란 자신을 망치는 것과 싸우는 일이다

망가지지 않기 위해 일을 한다
지상에서 남은 나날을 사랑하기 위해
외로움이 지나쳐
괴로움이 되는 모든 것
마음을 폐가로 만드는 모든 것과 싸운다
-「나의 싸움」 부분

　신현림은 자신을 이길 수 없는 삶은 불안과 실패의 치욕만 안겨줄 뿐
이라는 현실을 직시한다. 세기말의 미시적 담론을 벗어날 수 없는 운명
적 상황에서도 자신을 망치는 삶과 치열한 전투를 벌이며 절박하게 살
아남으려 발버둥 친다. 시인은 "마음을 폐가로 만드"는 세상과의 싸움과
인생의 고통이 끝나는 시간(「마지막 춤」) 앞에서 지상의 나날을 사랑하
기 위해 "지겨운 고통은 어서 꺼지"라고 목청껏 외친다. 그녀는 만성적
인 절망과 싸워야했던 "나의 싸움"이 넘어질 때마다 스스로 자신을 일
으켜 세운 것이다.
　신현림은 '낸 골딘(Nan Goldin)'과 '프리다 칼로(Frida Kahlo)'에게 애
정을 쏟는다. 주변인과 자신의 삶을 사진에 담아내며 극한 상황을 이겨
낸 사진작가 '낸 골딘'(「성적 종속물에 관한 발라드」)과, 절망 속에 꽃을
피워낸 화가 '프리다 칼로'(「프리다 칼로, 두 장의 그림」)는 진정한 자유
를 회복하고 주체적으로 살아가는 초인이다. 그녀 자신도 '낸 골딘'이나
'프리다 칼로'처럼 순간 증발해버리는 삶이 되풀이되어도 비극적 운명
까지 사랑할 줄 아는 초인적 용기를 잃지 않는다. 신현림의 시는 가난의

늪과 남겨진 외로움과 일그러진 주변 시선의 편견에 타자화되는 존재들을 회복시키려는 시적 지향을 추구한다.

신현림은 빈민가 담벼락 같은 가슴(「슬픔의 독을 품고 가라」)을 열어젖힌 채 불화하는 시대에 자신을 망치는 삶과 치열하게 싸운다(「나의 싸움」). 직설적이고 역동적인 목소리로 삶을 고통스럽게 하는 결핍과 부재의 고통을 회복시켜 나간다. '진정한 인간애'는 타인의 삶까지 향상시키듯 신현림 시의 온기는 타인의 고통까지 자신의 고통으로 승화시킨다. 신현림의 시세계에는 환과고독(鰥寡孤獨)의 신세인 자신과 비슷한 이들이 황량한 운명을 감내하고, 무탈한 한 생을 지혜롭게 살아내기를 기원하는 솔직한 인간애가 담겨 있다.

3. 뷰파인더에 담는 나눔

결핍의 시대. 우리는 늘 새로운 꿈을 꿈꾸지만 절망 앞에 무릎을 꿇으며 살아간다. 에른스트 블로흐(Ernst Bloch)는 희망은 환멸을 동반하지만 그 속에서 다시 희망을 환기할 수밖에 없는 것이 인간의 궁극적 욕망이라고 본다. 희망이 고통이 되는 극단의 환멸 속에서도 신현림은 '꿈'을 폐기할 생각이 없다. 되려 '희망'이라는 피사체를 줌 인한 뷰파인더에 초점을 맞추고 산다. 그녀라고 뷰파인더에 밀착시킨 희망이 암전될 때가 없었을까? 하지만 신현림의 시에서는 뷰파인더와 오랜 시간 로맨스를 나눈 희망의 빛을 발견할 수 있다. 네모난 창으로 비춰지는 등불의 모서리마다 쩌엉, 쩡! 미치도록 생존의 얼음장을 깨부수는(「백수의 나날」) 그녀의 속내가 진솔하게 담겨 있다. 깊이를 가늠할 수 없는 반지하 삶에서도 희망을 놓지 않는 앨리스(Alice)처럼.

> 내 얼굴이 사막을 닮아 간다
> 여린 살도 모래알같이 부서지리
> 여기마저 텅 비면 견디기 힘들리라
> 문은 열려 있다 누구라도 오길 기다린다
> 사막에 파묻힌 종소리 파묻혀도 들리는 종소리
> 거의 슬픔 가득한 정념이었다
> 슬프지 않으면 바람이 불지 않고
> 슬프지 않으면 영혼이 불어 닥치지 않는다
>
> 곧 눈보라가 칠 거야
> 아름다운 손님이 찾아올 거야
> 아름다운 나날이 이어질 거야
> ―「아름다운 손님이 찾아올 거야」 부분
>
> 다시 시작하는 발길
> 하나, 둘……
> 지하도는 다시
> 들꽃 만발한 벌판처럼 훤해졌다
> ―「잠시 정전된 을지로 지하」 부분
>
> 잘 될 거야, 잘 될 거야! 외쳐보고
> 기꺼이 하는 일엔
> 온 하늘이 열리고

온 바다가 출렁이고
오렌지 태양이 떠올라요!
－「기꺼이 하는 일엔 행운이 따르죠」 부분

　희망은 더 나은 삶에 관한 꿈꾸기이다. 신현림의 뷰파인더에 담긴 희
망은 오체투지의 자아를 이끌어가는 의지의 발현이므로 결코 좌절과
타협하지 않는다. '슬퍼하는 자에게 복이 있나니!' 그녀는 상처가 깊어
어둔 강바닥에 사는 듯(「슬퍼하는 자는 깨달음이 있나니」)하거나 삶을
돌처럼 한강에 던져버리고 싶을 때(「아직도 가야 할 길」) 누구를 위해서
든 온 세계가 출렁이는 심장으로 기도한다.
　그리움에 의지하고 살아온 희망 생존법은 몸단장을 하고 동대문시장
을 헤매거나 꽃향의 여백에 콧노래를 채워 넣는 일이다. '사과밭' 사진작
가이기도 한 신현림이 '줌 인'하는 세상은 슬퍼서 매혹적인 아름다움으
로 다가온다. 희망은 생존의 싸움터에서 빛나는 법! 그녀가 써내려가는
'아름다움'의 목록에는 절망과 희망과 불행과 행복이 공존한다. 눈보라
흩뿌리는 '절망과 불행'을 헤치고 '희망과 행복'이라는 특별한 손님이 그
목록 안으로 벌컥 가슴을 열고 들어올 것을 확신하게 된다.
　신현림의 뷰파인더는 "아름다운 나날이 이어"지고 "아름다운 손님이
찾아올" 거라는 기대로 채워진다. 그녀는 무자비한 세상에 아무 위로 없
이 남겨진 우리들이 결코 쓰러지지 않을 것임을, 그래서 마음을 폐가로
만들지 않을 것임을(「나의 싸움」) 알고 있다. 등을 후려치는 눈보라를
굳건히 이겨내면 벌판 끝에서 "오렌지 태양이 떠"오르는 "아름다운 나
날"이 귀한 손님처럼 찾아올 것이므로 수용할 수밖에 없는 운명 앞에서
조차 당당해진다(「33세의 가을」).

벌써 늙어 간다는 것이
어두워지는 창공에 흰 백지장이 나부낀다
내 장갑을 누군가에게 벗어줄 기쁜 위안이 그립다

희망의 작은 손전등을 들어
내게 오는 자를 위해 길을 비춘다
나는 즐거운 타인이 있으므로 살아가고
삶은 그들에게 벗어나려 할 때조차
그들에게 속하려는 끊임없는 노력이므로
감미로운 고통에 싸여 길을 비춘다
-「겨울 정거장」부분

거긴 어두워
해님 몇 개 더 보내줄까
-「슬픔도 7분만 씹고 버려」부분

신현림의 시세계를 채우는 빛은 타인을 향해 비춘다. 자신도 어둡지
만 더 어두운 "거"기에 "희망의 작은 손전등"이나 "해님"을 "몇 개 더 보
내"주려는 베풂이 선행된다. 외투주머니에서 우는 겨울. 사위가 캄캄한
어둠. 추위에 얼어붙은 모두는 "어두"운 "창공"에 "나부"끼는 세월 따라
무심하게 흘러갈 뿐이다. 신현림은 한발도 내디딜 수 없는 어둠의 중심
인 '거기'에 내게도 없는 "해님"을 "보내"주고자 주위를 둘러보며 "즐거
운 타인"이 되려 한다. 자신을 옭죄는 삶조차 감미로운 고통이 된다. 해
님과 작은 손전등은 빛의 환한 뿌리다. 한층 밝아진 뷰파인더의 창은 자
신의 장갑을 벗어주어도 식지 않는 위안을 품고 있다.

신현림은 「겨울 정거장」 자서^{自序}에서 '여행을 통해 타인을 보듬는 가슴을 배운다'고 고백한다. 그녀에게 여행은 우울 속에서 끌어올린 햇살이다. 여행에서 만나는 노을과 바다를 보며 평화로이 노니는 갈매기 떼를 마음에 들이고 더없이 충실한 삶을 꾸려간다. 그녀는 "즐거운 타인"이 있어 살아간다고 하지만, 실은 자신이 타인에게 "즐거운 타인"이 되어준다. 신현림은 폐식용유로 만든 비누를 나누고 분양받아 키운 화분을 재분양하는 일상을 반복한다. 만성적인 슬픔에 노출되면 삶이 채 단단해지기도 전에 나락으로 떨어지기도 하겠지만, 신현림은 세속의 욕망은 독약처럼 참혹하다는 것을 알고 있기에 하늘과도 같은 빵을 아낌없이 나눈다. 그녀의 뷰파인더에 맞춰진 희망의 초점이 흐려지지 않는 자명한 이유는, '비움'으로 채우는 '나눔'이다.

4. 긍정의 가속도

'신현림'이라는 피사체를 끌어당긴다. 언제 어디서든 렌즈는 '긍정'의 조리개에 포커싱되어 있다. 그녀는 '삼수'를 하고도 원하는 전공을 선택하지 못할 정도로 대학 진학은 순조롭지 못했다. 절망과 희망의 시소를 만성적으로 타는(「백수의 나날」) 오랜 백수생활을 했으며, 싱글맘이 되어 어린 딸을 키워내야 했다. 부정적인 상황을 긍정적인 가치로 전환하려면 자신의 운명에 대한 책임이 요구된다. 신현림은 삶의 필연성을 긍정하고 사랑하는 운명애(아모르파티:Amor fati)태도로 '긍정'의 렌즈를 통과시켜 무의미한 감정의 소모를 사라지게 한 것이다. 그래서 허무를 극복한 '나'이고 '너'인 사과 같은 존재의 풋풋한 생명성을 얻게 된다.

『신현림의 싱글맘 스토리』 표지에는 환하게 웃는 딸을 업은 그녀가 딸과 똑 닮은 표정으로 웃고 있다. 첫인사에서 신현림은 이 땅의 수많은 싱글맘과 자유롭고 당당하게 살아갈 힘을 나누고, 정신이 싱글인 자에게도 위로가 되기 위해 글을 썼다고 밝힌다. 그로부터 14년이 지나 50대 후반이 된 그녀가 TV프로그램 '아침마당'에 출연했다. '싱글맘'을 당당하게 공개한 당시, 자신의 시보다 '싱글맘'이 더 부각되는 것이 괴로웠지만 '싱글맘'도 하나의 정체성이라는 것을 깨달았다는 것이다. 신현림이 겪은 치열한 삶의 고투는 우리에게 치명적으로 아름다운 '운명애'가 되었음에 틀림없다.

> 가족과 자신을 위해 일을 하고
> 나의 밥을 더 많은 사람들과 나누고
> 보이는 것으로 사는 것이 아니라
> 믿음으로 살겠다고 약속했습니다.
> 스스로 내 시간의 주인이 되니
> 나를 떠난 것들이 나에게 돌아왔습니다.
> 평안, 기쁨, 담대함...슬픔까지도 감미롭게 다가왔지요.
> 당신의 축복을 기원하는 하늘 한 장과
> 문을 닫아도 뒤에 남는 향기처럼
> 아름다운 기러기 한 마리
> 당신께 드리겠습니다.
> ─「당신을 위한 특별한 약속」 부분

"떠나버렸고, 혼자였고, 쓸쓸"한 시어들은 불확실성을 부각하는 부정의 언어들이다. '나'를 떠난 것들로 인해 '나'는 외롭고 쓸쓸하다. 시인은 통제 불가능한 절망적 상황마저도 자신의 한계를 수용하는 '긍정의 주관화'를 지켜낼 줄 안다. 이러한 인식의 전환은 그녀가 절망과 희망을 조화시킨 '긍정'을 포용했기에 가능한 일이다. 위 시에서 눈여겨봐야 할 것은 "당신께 드리"는 "아름다"운 마음이다.

신현림에게 주어진 반잔의 물은 아직도 반이나 남아 있어서 모두가 나눠마셔도 결코 모자라지 않는 긍정의 화수분이다. 신현림의 긍정적 태도는 자신과의 특별한 약속을 끝까지 지켜내는 데서 발현된다. 자신을 떠난 것들이 자연적으로 돌아올 것이라는 굳은 믿음은 나의 "아름다운" 나무 "기러기"를 아낌없이 "당신께 드"릴 수 있는 넉넉함이 있기에 가능하다. 축복의 '나무 기러기'는 나의 하늘을 날아다니는 '당신'이며 '나'이다. '나'는 혼자였고 쓸쓸하지만 '내'가 '내' 곁에 있어주어 행복하다.

> 살포시 눈이 내린다는 친화력
> 덤으로 오는 인생의 아름다움
> 흰눈이 세상 만물을 이어주고 부드럽게 에워싼다
> 흰눈 속에서의 차가움은 차가움이 아니고
> 흰눈 속에서의 기다림은 기다림이 아니다
> 푸른 신호등이 켜지길 사람들이 기다린다
> "신호등이 켜졌어"라고 뇌까리는 순간
> 눈이 하염없이 내 눈을 적신다
> ─나의 시 '신호등이 켜졌어'
> ─「도시는 지금 사랑을 꿈꾼다」 부분

> 천천히 나를 타이르며 천천히 걸었다

더 기쁘기 위해 연꽃을 받고
더 나은 내일을 위해 시련을 안고
더 깊어지기 위해
괴로운 뿌리는 강으로 뻗어간다고
-「해질녘에 아픈 사람(보행 명상)」 부분

　신현림의 긍정적 태도는 "해봐야 별거 없"다는 패자의 핑계가 아니라, "될 때까지 해보"자는 승자의 패기에 대한 특별한 약속을 끝까지 지켜내는 데서 확인된다. 교통사고를 당해 계속 서있어야 했던 6주의 고통도 "죽지 않아서 다행"이라는 긍정적 사고의 전환으로 이겨냈다. 시련에 상처입지 않겠다는 긍정적 자신감으로 덤 같은 인생을 만끽한다는 것은 얼마나 신나는 일인가!

　해질녘 신현림은 명상에 잠겨 걷는다. 보행명상은 더 깊어지기 위한 정신과 육신을 관찰하며 걷는 명상법이다. 신현림은 흐트러진 자신을 타이르며 걷는다. 더 "깊어지기 위"해 "강으로 뻗어"가는 뿌리처럼 그녀는 더 기쁘기 위해, 더 나은 내일을 위해 한걸음 한 걸음 걷는다. 감히 누가 "더 기쁘기 위"해 "슬픈 연꽃을 받"으려고 할까? 더 나은 내일을 위해 시련을 안을 수 있다는 것은 마음의 "푸른 신호등"을 미리 켜둘 줄 아는 여유에서 시작된다. "괴로운 뿌리"가 "강으로 뻗어"가는 해질녘, 살포시 눈이 내리는 새벽 두시. 눈 내리는 세상으로 뛰어나가 밤풍경에 셔터를 눌러대는 신현림의 모습에서 매력적인 친화력을 만날 수 있다.

5. 홀로, 함께

신현림은 거칠게 뒤척이는 황량한 거리에서도 살코기처럼 빨간 스웨터를 주워들고 "너는 난로야!"라고 속삭인다. 막막한 슬픔이 감미로워질 때까지 걷다보면 얼어붙은 가슴이 막 구워낸 오징어처럼 따뜻해진다는 것을(「유쾌한 충돌」) 그녀는 알고 있다. 더 이상 내려갈 수 없을 만큼의 깊이로 바닥을 드러내는 절망의 우물 속에서도 '사랑'의 두레박으로 '희망의 쾌락'을 길어 올린다. 과잉으로 분열되는 소통불능의 이미지들이 쏟아져 나오는 지금, 시인이 발굴하는 시 한 두레박에 귀 기울이면 언 땅을 헤쳐 나온 '봄동의 귓엣말' 같은 사랑고백이 들려온다.

사과밭에서 온 불빛들이 나를 흔들어 깨웠어
월말, 연말, 종말이 온다는 한계도 생각 못할 때
여기에 내가 있기에 저기는 갈 수 없고
불빛 하나둘을 가지면 다른 불빛을 포기해야함을 알았네
애를 가졌고 혼자 키워야 했기에
포기한 일과 만남들이 늘어남을 받아들였어
묻지는 마, 다 말하면 가뭇없이 사라지니까
이제 상복을 입은 나날을 애도하고
시커먼 눈발이 쏟아지도록 아픈 시간에 묵념할 수 있네

나는 천천히 흘러가겠네
괴로워야 할 시간은 충분하고
아파야 할 시간이 허다하고
사랑해야 할 시간이 아직도 많으니

-「사과밭에서 온 불빛」부분

슬픈 철조망을 거두어
벚꽃이 산수유에게 꽃잎 날리듯
뉴욕 시민이 바그다드 시민에게
사랑 전하는 얘길 듣고 싶어
살상용 포탄보다 사랑의 포옹을 나누는 얘기
미쳐 날뛰는 전쟁의 왕들이
모성을 되찾고 부드러운 손길 되찾는 얘기
가엾은 주검 파헤쳐 몸을 돌려주리
차디찬 가슴에 숨결 불어넣고
멈춘 시간의 분침도 돌려놓고
못 다한 꿈도 심어주고
당신들을 사랑한단 말을 들려주리
-「평화의 빵나무를 위하여」부분

　신현림에게 사과는 '나'고 '너'다. '우주의 생명'이고 '사랑'이다. '사과'
라는 생명나무는 하와에겐 금단의 열매를 주었지만 생명을 창조했다.
우리들은 서로 만나서 밥을 먹고 술을 마셔도 언젠가는 지는 사과꽃처
럼 흩어지고 헤어진다(「사과밭에서 온 불빛」). '서른 즈음에(김광석)'의
노랫말처럼 우리 모두는 매일 이별하며 살고 있다. 죽지 못해 산다는 것
은 더는 살 수가 없는 쓸쓸함(「북촌 블루스」)이다. 신현림은 평화의 빵
나무를 키우는 '사랑의 포옹'으로 '차디찬 당신'들에게 뜨거운 한 마디를
건넨다.
　사과밭에서 온 생명의 불빛들은 불빛 하나를 가지면 만족하며 살아간

다. 신현림은 괴로웠던 시간도 넘쳤고 아파야 했던 시간도 허다했다. 이제 슬픔을 멈추는 스위치를 켜고 추운 당신을 허그해주면서(「빨개지는 당신 손」) 사랑해야 할 시간을 향해 "천천히 흘러가"는 일만 남았다. '나'이고 '너'인 '사과' 같은 존재의 생명성을 얻게 되면 매순간 모든 이로부터 버려질 쓰레기까지 꽃다발처럼 환해질 것이다(「키스, 키스, 키스!」).

> 토끼 굴에 빠져든 백 년 전의 앨리스와
> 돈에 쫓겨 반지하로 꺼져 든 앨리스들과 만났다
> 생의 반이 다 묻힌 반지하 인생의 나는
> 생의 반을 꽃피우는 이들을 만나 목련 차를 마셨다
> 서로 마음에 등불을 켜 갔다
> ─「반지하 앨리스」 전문

　반지하는 꿈을 잃지 않는 '앨리스'들의 나라다. 신현림은 '반지하'라는 상처의 근원에서 꿈을 치유해나간다. 자연과의 교감을 잊고 반지하로 가고 있는 여고생 딸과의 진정한 소통을 위해 '목련차'를 마시며 반지하의 심장에 꽃등을 밝힌다. 「반지하 앨리스」는 세상을 향해 품을 열어놓는다. 사무치는 '아리랑'이나 격정의 '록(rock)'처럼 푸근한 '재즈(jazz)와 블루스(blues)'처럼(「나의 시」) 구세대와 신세대를 가로막은 담벼락에 사과꽃 같은 생명의 등불이 비춰질 것을 기다리면서.
　'있을 수 있었던 일'과 '있었던 일'이 한 점의 끝을 가리킨다(「엘리엇네 개의 사중주」). 신현림이 찾아가는 하나의 점은 홀로, 또 같이 사과나무를 심는 꿈에 닿아 있다. 그녀는 자살하지 않으려고 사과나무를 심고(「나는 자살하지 않았다 1」), 쓰러져가는 혼에 불을 지피고 함께 죽어갈 사람을 위해 사과나무를 심는다(「세기말 블루스 1」). 해가 뜨지 않을지도 모를 내일을 위해 슬픔을 끝장내려고 사과나무를 심기도 한다. 아무런 기약 없이 헤어져도 봉숭아 꽃물처럼 서로가 서로를 물들여갈(「사랑이 올 때」) 한 점 사랑으로 사과나무의 꿈은 영원히 소등되지 않을 것이다. 아름다운 삶이 메아리치는 사과밭에서 사과향 푸릇푸릇한 그녀의 시가 달큰하게 익어가고 있다.

3

산책자들의 심미적 인식

> – 조성래, 『목단강 목단강』
> – 강달수, 『달항아리의 푸른 눈동자』

　산책자들의 시는 길 위의 사색에서 시작된다. 19세기의 산책자 시인 보들레르(Charles Pierre Baudelaire)는 파리의 거리를 걷다 떠오르는 즉흥적 시상을 추구했다. 발터 벤야민(Walter Bendix Schönflies Benjamin)은 새로운 물건을 보느라 사유의 시간을 놓친 채 물신주의에 빠진 파리의 산책자들을 묘사했지만, 정작 자신은 산책하는 도중 불현듯 떠오르는 사유를 기록했다. 산책의 과정에서 분출되는 시인의 감성은 세계의 중심을 꿰뚫어보는 사유에서 비롯되는 영감이다.(워즈워드-William Wordsworth) 시인이 걷는 일은 '세계의 안과 밖'을 또는 '내면의 안과 밖'을 건너다니는 시창작의 통로가 된다.

　문학적 소재로서의 산책은 시인인 주체가 성숙한 사색의 깊이를 수반할 때 시적 성취를 기대할 수 있다. 산책하는 시인은 자신이 찾아 나선 길의 안팎에서 낯설거나 낯익은 대상(자연)과 조우하게 된다. 여기서 산책자가 사유하는 세계는 개인이나 사회와 유기적 관계를 구축한다. 길 위의 시인은 심리적 타자적 경험으로 장소나 인물에 대한 심미적 인식을 발현하게 된다. 기행에서 우러나는 산책자의 심미적 인식은 시적 주제나 제재에 스며든다. 산책 중 표층으로 이끌어내는 역사적 시대적 산물이나 자아성찰은 비유나 상징 등의 시적 이미지로 확장된다.

　시인은 낯선 곳에 대한 호기심이나 낯익은 곳에 대한 동경심을 품지만, 삶이 옭아맨 발목을 벗어던지고 떠나거나 그 곳을 찾아나서는 일은 생각만큼 쉽지 않다. 가까운 곳이든 먼 곳이든 시인에게 산책은 자신이 찾아간 세상에서 만나게 되는 사물이나 사람에 의해 시인 내면에 감춰진 심미적 인식을 자극받게 된다. 이 자극은 자신의 내면을 들여다볼 수 있는 좋은 계기로 작용한다. 따라서 계획적으로 산책하고 떠나는 시인의 여정은 길 위에 떠다니는 다채로운 이미지로 인해 상상력을 자극받고 개성적인 시세계를 확장할 수 있다.

　산책자의 사유로 시를 풀어가는 조성래와 강달수는 길 위에 던져진 자아와 만나는 모든 세계를 심미적 인식으로 사유한다. 조성래의 『목단강 목단강』과, 강달수의 『달항아리의 푸른 눈동자』에서 두 시인의 시를 완전연소시키는 발화점의 온도는 각각 다르다. 산책자인 그들이 찾아가는 길 위의 풍경은 자신이 만나고 부대낀 경험의 순간들을 내적 체험과 외적 체험으로 형상화하는 데서 차이점을 발견하게 된다. 조성래가 심리적 경험의 내적 산책을 감행하고 있다면, 강달수는 타자적 경험의 외적 산책을 감행하고 있다. 실존적 자아가 경험한 심리적 감각을 소환하여 시적 맥락을 구축해가는 조성래에 비해, 강달수는 객관적 인식으로 타자화된 이미지에 자아의 사유를 이입한 시세계를 풀어낸다. 산책하는 두 여행자의 심미적 인식을 들여다보는 일은 그들이 풀어가는 여정에 동행하는 계기가 될 것이다.

1. 심리적 경험의 내적 산책

조성래는 『목단강 목단강』에서 설원으로 눈부신 대륙의 고토故土를 산책하며 오래된 설화를 건져 올리고 있다. 그가 산책하는 곳마다 토담집 들쭉술과 정담의 발자취가 이어진다. 폭설을 헤치며 작심하고 찾아간 만주기행. 조성래는 얼음과 눈에 덮인 매서운 추위의 목단강 여정에서 광야의 푸른 독립군가를 듣기도 하고 얼어붙은 국경 건너편을 바라보며 분단의 아픔을 되새기기도 한다. 목단강에서 용정 개산툰과 삼합의 두만강일대, 이도백하에서 장백까지 그의 겨울 기행은 길 위에서 맺어지는 유정한 인연들로 인해 사소한 눈부심마저 강렬한 산책이 되고 있다. 시인은 바람이 되어 막막하게 이어지는 눈길을 끝없이 떠돌고 있다.

벤야민은 이론이나 환상이 아니라 경험에 집중함으로써 정신의 구속에서 벗어나고자 했다. 조성래가 걸어간 길 위에서는 겨울안개 속에 얼어붙은 도시(「단동丹東 안개」)와 막막한 눈길과 야간열차와 음습한 시골 장터와 뗏물이 넘치는 세밑 공중목욕탕 등을 만난 경험에 집중하며 풍경처럼 펼쳐지는 공간과 주저 없이 한몸이 된다. 그리고 그는 야간열차에서 만난 콩쥐 '김소군'과 연변의 '석화 시인' 그리고 '김일량 시인'. 언두만강에서 썰매를 타는 '북한소년들'과 용정 토박이 '리문선', 사업가 '류철'. 이도백하의 최고 현지 가이드 '박룡인', 연변대 '김호웅 교수', 탈북여인 '리해란', 만주족 여인 '무리리' 등과 맺은 특별한 서사를 아랫목 화롯가에 둘러 앉아 옛이야기를 들려주듯 서술하고 있다.

조성래의 마음 밑창으로 스며드는 소중한 장소와 귀한 인연들은 말 못할 그 무엇으로 가슴에 쌓이고 있다(「삼합의 눈」). 도심에 갇혀 숲을 보지 못한 시야가 비로소 열리게 하는(「백두산 평원」) 시적 정취가 이야기 실꾸리를 던져준다. 시인은 국경선을 가로지른 철책에 찢긴 분단 세월의 경계선을 마주한 채 끝내 건널 수 없는 북방풍경을 하염없이 바라본다. 지금 그는 노숙자의 맨발보다 남루한 동족의 가난(「조각보」)이나, 깡깡하게 흰 비단을 펼친 건너편 북한마을에서 썰매를 타는 북한아이들(「겨울 두만강」)의 놀이에 허한 마음을 뺏기고 있다. 조성래는 맨발의 성긴 눈발(「학서촌鶴棲村」) 성성하게 날리는 강을 건너지 못한 채 서럽게 서럽게 되뇌인다. '눈맞으며 눈맞으며 하나 되면 안 될까(「삼합의 눈」)'하고. 그는 알아들을 수 없는 자음과 모음만 무성한 이국의 변방에서 '푸른 발해'와 '붉은 고구려'에 닿을 수 없는 분단의 땅과 서먹한 눈빛을 안타깝게 나누고 있다.

가까이 다가가 내면 읽으려 해도
겨울 목단강은 차고 딱딱한 얼음제국
기러기 날던 하늘마저 쩡쩡 얼려 버렸다
목단강 목단강 애타게 부르며
평화로운 목가 하나 들려주고 싶지만
살갗 마비되는 극한의 냉기 속
아쉬운 발길 돌릴 수밖에 없다

그래도 봄이 오면 목단강,
가슴 속 물고기 하나 둘 앞세우고 먼 북국
휘돌아 물살 출렁이며
유정한 몇 천리 가고도 남으리
-「목단강 목단강」 부분

조성래는 '목단강'을 '세상에서 가장 고운 이름의 강'이라고 말한다. 나루터도 뱃사공도 없이 '팔녀투강' 석상만 유달리 씩씩해 보이는 '목단강'가에 목단화가 만개해 있다. 시인은 지금 목단화가 만개한 '목단강'가에서 '목단당'을 애타게 불러본다. 그는 고운 이름의 '목단강'에 봄이 오면 북쪽 평원 휘돌아온 푸른 물살과 가슴 속에서 출렁이는 물고기 하나 둘 앞세우고 만개한 목단화에 가닿을 수 있을 것이라고 굳게 믿고 있다.

하지만 긴 실꾸리 끝에 딸려 나오는 '겨울 목단강'은 두꺼운 얼음과 눈에 덮인 딱딱한 얼음제국이다. 조성래는 '목단강'에 다가가 '강'의 내면을 펼쳐 읽고 싶지만 기러기 날던 하늘마저 얼어버렸으니 극한의 냉기에 아쉬운 발길을 돌릴 수밖에 없다. 여기저기 파헤쳐진 강바닥 양쪽에는 세월에 닳은 '수양버들'이 서 있고, '목단강' 건너에는 '공장들'이 굴뚝마다 하얀 연기를 뿜어댄다. 하지만 시인은 봄이 오면 출렁이는 유정한 물살을 휘돌아 "몇 천리 가고도 남"을 것이라는 희망에 부푼다.

조성래가 찾아 떠난 '목단강'은 목가적 낭만을 펼치기도 전에 냉동되고 말았지만, 눈에 묻힌 멸망한 왕조와 오래된 설화를 건져 올리게 해준 곳이다. 그는 '목단강'이라는 길 위의 산책에서 사유한 심미적 인식으로 역사적 산물이나 시대적 산물을 펼쳐낸다. 그는 '목단강'을 불러보며 석류알처럼 단단하게 울려오는 '목단강'의 발음에서 울려 퍼지는 심미적 깊이에 귀 기울인다. 시인이 만난 심리적 경험의 내적 산책은 실존적 개인의 내면을 들여다보는 통로다.

우리가 꿈꾸는 목단강 어디쯤 있을까
가도 가도 북쪽은 드넓은 설원
지평선 너머 고요함까지 순백으로 빛난다

세상의 숱한 길들 눈에 덮여 흔적 없고
외로움 견디는 나무들만 외로이 서 있다
버스는 종이 갉아먹는 벌레처럼 꼼지락꼼지락
설국의 한복판을 낮은 자세로 기어간다
　　－「영안寧安 지나며」 부분

　시인은 '목단강'을 꿈꾼다. '목단강'가는 길은 '영안'을 지나야 한다. 그
길은 눈 덮인 평원이 끝없이 펼쳐져 있다. 순백의 설원은 경전같이 장엄
하다. 조성래는 막막한 지평선 너머 어디쯤 있을 '목단강'을 꿈꾸며 가도
가도 끝없는 순백의 설원을 건너가고 있다. '목단강'을 찾아가는 버스는
낮은 자세로 기어간다. 졸음에 겨운 승객들 틈에서 흔들리는 버스 안. 시
인은 광활한 백지의 신화에 시원의 언어를 뿌리 내리고 싶다. 그래야 비
밀한 경전을 경작할 수 있기 때문이다.
　'영안寧安'은 일제강점기 때 우리민족의 독립 운동가들이 동분서주했
던 곳이다. 시인은 꼼지락거리며 "낮은 자세로 기어"가는 버스에서 차창
밖을 내다보며 밤마다 별자리와 교신했을 지도 모를 독립 운동가들의
자취를 찾고 있다. 그가 '영안'에 뿌리내리고 싶은 시원의 언어는 그에게
어떤 경전을 만들어 줄 것인가? 비밀한 경전을 경작하고픈 그의 의지가
풍경의 소실점이 되어 설원 속으로 빨려들고 있다.

　몇 해 전 왔을 땐 좁은 도로가
　으슥한 지형과 벼랑 사이
　요리조리 뱀의 몸뚱이로 구부러져 있었다
　작은 버스에 고단한 몸을 싣고

가까스로 그 곳을 빠져나갈 수 있었다
이젠 현대식 터널 뚫려 밤낮없이
그 밑을 편안하게 통과할 수 있다
아아, 우여곡절과 아슬아슬함 사라진
오호령 터널!
―「오호령 터널」 부분

회령에서 두만강 건너 눈바람 속
이 오랑캐령 넘어 용정에서 화룡으로
고달픈 삶 이어가던 배고픈 민초들 있었다
그들이 걷던 그 길목을 배부른 나는 오늘 통과한다
포장되어 승용차로 시원스레 넘는 고개
옛날엔 괴나리봇짐 지고 아흔아홉 굽이
눈물 뿌리며 넘던 아리랑고개였다
―「오랑캐령」 부분

건너편 회령 사람들도
이번 설엔 배불리 먹을까 걱정
발바닥 비비며 흐릿한 풍경 너머
그쪽 땅 하염없이 바라본다

…… 맨발의 성긴 눈발
끝내 강을 건너지 못한다
―「학서촌鶴棲村」 부분

'오호령 터널'과 '오랑캐령' 그리고 '학서촌'에는 우여곡절과 아슬아슬함으로 고달픈 삶을 이어가는 민초들의 삶주림이 새겨져 있다. 조성래의 내적 산책을 동행해보면 그의 마음이 '민족의식'에 닿아 있다는 것을 알게 된다. 그는 이미 '압록강 국경선'을 넘어 '멸악산맥'을 타넘고 '황해도 평산'과 '회령'을 두루 돌아 분단민족의 아픔을 절실하게 되짚고 있다. 조성래는 허기를 견디며 넘던 아리랑고개 같은 '오호령 터널'과 '오랑캐령'과 '학서촌鶴樓村'을 넘으며 좁고 험난한 세계 내의 존재자가 되어, 스스로 찾아 나선 디아스포라 현장의 자유정신을 생생한 유대감으로 확인한다.

조성래의 산책은 역사적 운명을 고스란히 받아들이는 실존적 체험이다. 풍경에 대한 감상적인 산책은 낯선 장소를 피상적으로 감지하게 할 뿐이어서 막연한 공간을 배회하는 산책은 자기연민에 빠질 수 있다. 하지만 그는 발길 닿는 대로 떠도는 것이 아니라, 로컬리티 담론을 수용한 자신을 길 위에 던져놓고 우리 민족의 굴곡진 역사의 운명에 공감하는 자아를 발견한다. 조성래의 산책은 현실도피의 여정을 벗어나 디아스포라의 현실로 스며드는 특별한 의미를 생성하고 있다.

조성래는 이미 작정한 길 위의 구심점을 향해 시적 자아의 내면을 찾아가는 심미적 인식을 형상화하는 시세계를 추구한다. 그의 산책은 현실회피의 유랑이 아니라, 디아스포라적 장소의 삶이 만들어낸 운명 속에서 적극적인 의지를 발현하는 광야의 푸른 독립군이 되는 것이다. 이는 심리적 체험에 의해 시인 자신이 바로 그들의 삶이 되어버리는 주체적 유랑이라고 할 수 있다. 가만히 귀 기울여보면, 광야의 주인이 된 조성래가 부르는 푸른 독립군가가 들려온다.

조성래의 『목단강 목단강』 산책이 디아스포라 민족에 대한 심리적 탐구의 내적 산책이라면, 강달수의 『달항아리의 푸른 눈동자』 산책은 타자적 체험의 외적 산책이다. 강달수는 타자적 경험으로 발현된 장소에 개성적 사유을 이입하여 시적 이미지를 형상화한다.

2. 타자적 경험의 외적 산책

강달수는 『달항아리의 푸른 눈동자』에서 생명의 글쓰기를 추구한다. 그는 정갈한 영혼을 가진 자유와 평화의 시를 통해 전쟁과 테러를 몰아내는 생명의 시세계를 구축하고자 의도적으로 도시산책을 나선다. 강달수는 길 위의 사색을 통해 객관적 인식으로 타자화된 이미지나 상징의 시적 맥락을 구축한다. 그가 찾아간 길 위의 산책은 자신의 내면에서 꺼낸 자아가 객관적 인식의 시세계를 성취해내는 것이다. 강달수는 대상에 이입시킨 자아의 정서를 타자적 경험의 장소를 통해 발화한다. 자신이 찾아간 장소나 공간의 이면을 어루만지거나 타자적 경험에서 유추한 심미적 인식을 표출하는 것이다.

강달수가 산책으로 만나는 장소는 노량진 수산시장, 김민부 전망대, 을숙도 대교, 송정역, 미포, 화엄사, 청도 운문사, 장방폭포, 감천문화마을, 다대포 등 스무 곳이 넘는다. 이는 전체 67편의 시 중 1/3에 가까운 시편이다. 그는 여름 철새와 갈대가 떠나버린 '겨울 을숙도'나 처녀의 속옷처럼 귓전을 울리는 '단풍 든 피아골'이나 '폐쇄된 송정역' 등에서 이미 타자들이 정의내린 장소의 근원적 특성을 수용한다. 그리고 타자적 경험에서 생성된 이미지에 심미적 인식으로 만난 풍경의 이미지를 덧칠하여 시인만의 특별한 장소를 창조한다.

강달수는 길 위의 산책을 통해 시의 소재를 찾고 낭만적 사색에 잠긴다. 시인이 즐기는 길 위의 산책은 사물의 본질과 사태의 근원을 파악하는 직관력으로 이루어진다. '겨울 을숙도'는 10년 만의 폭설로 남겨진 것들조차 설경에 묻혀버렸다. 강달수는 '겨울 을숙도'에서 새들의 이름을 부르고 있는 갈대에 자신의 감정을 이입하여 '갈대'가 된 자신의 외로움을 시적으로 형상화하고 있다. 또는 '별빛 총총 매단 광안대교'를 바라보며 세계맥주 전문점 앞에 드러누운 '길 잃은 나비 한 마리'에 시적 자아의 정서를 전이시킨다. 우두커니 바다를 바라보며 파도에 위로받고 싶은 외로운 감정을 표출하는 것이다.

강달수는 찾아간 장소에서 발견한 객관적상관물에 시적 주체의 내면을 이입하고 사색과 상상을 펼치는 산책을 한다. 시인이 산책을 통해 주어진 삶의 의미를 찾고 삶에 구속된 자기를 들여다보는 일은 타자적 경험 위에 자기인식을 녹여내는 작업이 된다. 이는 자아로부터 벗어난 산책자의 태도로 도시의 사물들과 혼연일체가 되는 모습을 보여준다. 산책에서 만나는 장소는 생생한 활력을 불어넣는 장소를 직간접적으로 체험한 시인의 사유가 깊을수록 시적 성취가 높아질 가능성이 커진다. 길 위에 펼쳐지는 삶에서 의미를 찾는 일은 그 길의 중심에서 어떤 공감을 이루어내느냐가 크게 작용한다. 따라서 강달수의 시는 길 위의 산책에서 만나는 '시적 자아'라고 볼 수 있다. 강달수가 시적 공간을 탐구하는 것은 자신의 내면을 펼치는 통로로서의 여정을 보여주는 것이다.

하늘이 그리운 파도는
광안리 바다 위에
천국으로 가는 층계를 만들었다

〈중략〉

청춘의 물결이
파도처럼 끝없이 출렁거리는,
밤이 깊어가는 광안리 해변

길 잃은 나미 한 마리가
세계맥주 전문점 앞에 드러누워
우두커니 바다를 바라보고 있다.
-「광안리 풍경」부분

석탑과 석등의 이끼
구층암으로 가는 대숲 오솔길
처마 밑 풍경소리 그대로인데

너는 지금 어디에
나는 지금 어디에서 무엇을……
나도 죽어 휘파람새 될까

눈 내린 홍매화줄기 나무에 앉은
동박새 한 마리
먼 하늘을 바라보고 있다.
-「화엄사 홍매화 1」부분

시인은 지금 '광안리'와 '화엄사'를 산책하고 있다. 광안리에서는 "길
잃은 나비 한 마리"가, 화엄사에서는 "홍매화줄기에 앉은 동박새 한 마

리"가 각각 바다와 하늘을 바라본다. 지금 강달수가 찾아간 '광안리'와 '화엄사'는 타자들이 경험한 고정된 이미지들이 내재된 풍경을 보여주는 곳이다. 그 곳에서 시인은 세계맥주 전문점 앞에 드러누운 '길 잃은 나비 한 마리'와 '눈 내린 홍매화줄기 나무에 앉은 동박새 한 마리'를 만난다.

객관적 상관물인 '나비'와 '동박새'는 굳이 '광안리'나 '화엄사'가 아니라도 만날 수 있다. 화자는 우두커니 바다를 바라보는 자신을 '나비 한 마리'로, 먼 하늘을 바라보는 자신을 '동박새 한 마리'로 환치한다. 객관적 상관물이 된 '나비'나 '동박새'는 '광안리'나 '화엄사'의 이미 고정된 풍경에 시적 화자의 사유를 입혀 자신만의 특별한 장소 이미지를 형상화한다. 강달수는 활력을 불어넣는 산책을 통해 시적 이미지를 부각시킨다.

강달수는 「화엄사 홍매화3」에서도 꿈처럼 환한 모습으로 웃고 있는 '홍매화'를 바라보며 기다려도 오지 않는 소녀를 연상한다. 소녀를 기다리는 소년은 '일주문을 바라보는 석등'으로 환치되는데, '소년'의 감정이 이입된 '석등'은 소녀를 불러올 수 없고 바라보아야만 하는 그리움에 대한 사유를 노을 속으로 사라지는 종소리의 공감각적 심상으로 드러낸다. 이런 정서는 「화엄사 홍매화2」에서도 이어지는데, 화엄사의 홍매화는 '문득 떠오르는, 붉은 그리움'으로 전해진다.

봄은 파도가 되어, 푸른 하늘 열리는
길 위로 기차처럼 달려오는가
봄은 파도가 되어 진달래 핀 철길 따라
꿈처럼 출렁거리며 다가오는가

〈중략〉

폐쇄된 철길 옆
이 몸서리치도록 화사하고 죽음보다 깊은
진달래꽃 덤불의 정적 속에서
너의 이름을 부른다.
-「봄, 송정역」부분

여수 오동도
하얀
春雪이 쌓인
바닷가 절벽

사랑처럼
절정에서
툭
떨어져 내리는 꽃

바람만 불어도
눈물이 그렁그렁한 소녀의
여리고 붉은 초경 같은 꽃.
-「오동도 동백꽃」전문

봄이 온 '송정역'에 진달래가 피어 있고, 봄눈이 쌓인 '오동도'에 동백
이 피어 있다. 화자는 바다가 펼쳐진 '송정'과 '오동도'에서 자신의 기억
을 꺼낸다. 흘러간 기억의 서정적 정서를 현재화하여 이야기를 들려준

다. 그는 감성적 사유에 충실한 자신과 시에 등장하는 대상을 동일화시키고 기억 속에 숨은 시간을 돌이키려고 시도한다. 시인이 기억 속에 묻어둔 시간을 회복시키고자 하는 이유는 자아와 대상이 온전히 하나로 통합되는 시적 세계관을 지향하기 때문이다. 그래서 강달수의 산책에 동행하는 이들은 시인이 끌어내는 장소의 기억에 동화되고, 시 속에서 흘러간 시간을 시인과 같은 시선으로 함께 들여다보게 된다. 시인은 시적 대상과 자신이 동일화되는 과정을 통해 기억의 서사를 창조해낸다.

'송정'은 해운대에서 가까운 부산의 작은 바다. '송정역'의 철길은 폐쇄되었고 그 철길 옆에서 피어나는 진달래 덤불은 봄을 알리는 전령사 역할을 한다. 시인은 봄이 되면 진달래 피는 '송정역' 폐쇄된 철길 옆에서 봄이 되면 기차처럼 자신에게로 달려오는 소녀의 이름을 불러본다. 소녀는 지금 어디서 무엇을 하는지 알 수 없지만 시인의 가슴 속에 곱디고운 추억으로 남아 있다. 죽음보다 깊고 몸서리치도록 화사한 진달래 덤불의 정적은 불러도 대답 없는 그녀의 목소리다.

시인은 봄눈이 쌓인 '오동도'의 바닷가 절벽을 산책한다. '오동도' 앞에 펼쳐진 바닷가 절벽에는 동백꽃이 여리고 붉게 피어 시선을 끈다. 그때 동백꽃 한 송이가 툭, 고개를 꺾고 바다로 낙하한다. 시인은 동백꽃이 지는 모습을 '사랑처럼' 그리고 '절정처럼' 떨어져 내린다고 노래하고 있다. 저 꽃은 "눈물이 그렁그렁한 소녀의 여리고 붉은 초경 같"은 동백꽃이다. '오동도'를 수놓는 동백꽃은 꿈처럼 출렁이며 바다로 뛰어내리고 있다. 그 동백꽃 한 송이 한 송이는 시인이 애타게 부르는 소녀다. '소녀'를 대신하는 진달래나 동백꽃의 자연물은 대상과 자신의 관계에서 공감을 일으키는 힘으로 작용한다(흄-Thomas Ernest Hulme).

강달수가 『달항아리의 푸른 눈동자』에서 펼쳐내는 타자적 경험의 외적 산책은 길 위의 고정된 풍경에 덧입힌 사유를 산책하는 것이다. 그는 자신이 선택한 산책을 통해 '동그랗고 순한 작은 별'(「보물섬, 미조 아리랑」) 같은 눈을 갖게 된다. 강달수는 '국제시장'에서는 시장을 지키는 지게꾼을 '환경을 지키는 푸른 전사'로, '김민부 전망대'에서는 동백꽃처럼 기개를 떨친 김민부를 '한국의 네루다'로 명명한다. 그는 거친 모래밭에서 추억의 등불을 켜고(「가을 상주해수욕장, 한 곡의 노래가 되다」) '달항아리의 푸른 눈동자'로 심미적 서정을 밝혀낸다. 생명의 글쓰기를 추구하는 강달수는 자유와 평화를 위해 이미 비우고 버리고 털고 미련 없이 떠날 각오(「새와 곤충에게서 배운다」)가 되어 있다.

/ 4 /
장마의 항변

– 배한봉, 「장마」

비가 나무를 때리며 운다. 하염없이, 마구, 밤새도록 시퍼렇게 멍들도록 나무를 때리며

운다.

내가 내 울음의 입구와 출구를 모르듯 비가 왜 저렇게 우는지, 언제 그칠지 나는 모른다.

나무는 마냥 울음의 주먹을 다 받아주고 있다. 실은 나무도 까닭 없이 울고 싶을 때가 있다는 몸짓 같다.

밤새도록 멍든 어깨나 등이

아침 되면 검푸른 나뭇잎으로 펄럭이는 것이 그 증거다.

비가 하염없이, 마구, 밤새도록

나무를 때리며 운다.

이렇게라도 주먹질하지 않으면 살 수 없는 시대의 눈물을, 나무는 온몸으로 다 받아주고 있다.

–「장마」 전문

극도로 억울하거나 답답할 때 '울음'은 강력한 치유제가 된다. 감정의 내면을 뒤집어서 탈탈 털어내야 흘릴 수 있는 눈물. '운다'는 것은 감당하기 힘든 감정의 무게를 훌훌 벗는 정서적 행위다. 울음은 카테콜아민 (Catecholamine)에 지배당한 내면의 상처를 아물게 하는 정신적 치유제가 될 수 있다. 가벼워지고 싶을 때, 가끔은 침잠하는 내면으로 들어가 꺼이꺼이 목 놓아 울어보는 것도 괜찮을 것 같다. 어쩌면 세상에 처음 내던져진 인간이 울어 젖히는 것은, 양수에 갇혀있던 열 달 동안의 고독함을 벗어던지고 제 존재의 의미를 알리는 원형적인 몸짓인지도 모르겠다.

장마! 사건의 정황은 여러 날 계속해서 비가 그치지 않는 데서 시작된다. 축축하고 습한 날들이 이어지고 있다. 비의 처절한 눈물과 주먹질, 그리고 비의 모든 행위를 순순히 받아들이며 흠씬 젖는 나무. 화자는 이 비와 저 나무 사이에 서 있다. 화자의 감정은 "입구와 출구"를 알 수 없는 울음을 쏟아내며 펀치를 날리는 비의 감정과 동일시된다. 여기서 타자인 비와 시적 자아인 '나'는 공조된 감각으로 울음을 만들어낸다. 시인은 이렇게 "주먹질하"지 않으면 살 수 없는 시대를 감각적으로 통찰한다. 여기서 때리는 것은 '비'이고 맞는 것은 '나무'다. 그런데 지금 맞는 대상과 때리는 대상의 감정의 본말이 전도되어 있다. 맞는 나무가 우는 것이 아니라 때리는 비가 울고 있다니. 그렇게 비가 나무를 "멍들도록 때리"며 하염없이 울 수밖에 없음은 왜일까? 시인은 때리면서도 울 수밖에 없는 시대의 상처를 날카롭게 투시한다. 시인은 시대의 왜곡된 진실과 마주하고 있다. 꼼꼼하게 짚어볼수록 암울한 시대의 근원적 상처는 깊고 쓰리다.

비가 "나무를 때리"며 마구 운다. 그저 시퍼렇게 멍들도록 나무를 때리면서 '하염없이', '마구', '밤새도록' 같은 부사어를 남발하며 처절하게 울고 있다. 언제 그칠지도 모르는 비는 상부 구조의 이데올로기 밖에서 떠도는 부랑아의 존재가 되어 울고 또 우는 것이다. '비'가 된 화자는 "내 울음'의 입구와 출구를 모르"듯 하염없이 울고 싶다. '시적 경험은 근원적인 조건의 드러냄'이라는 옥타비오 파스(Octavio Paz Lozano)의 말처럼, 시인은 절망을 온몸으로 체득한 마이너리그의 주먹질을 몇 번쯤 날려본 걸까? 비주류이면서 주변인이면서 바깥인 존재는 주먹질 하지 않고 살기엔 너무 벅차다.

나무는 "시퍼렇게 멍"드는 몸을 온전히 내주며 비의 주먹질을 감내하며 서 있다. 밤새도록 까닭 없이 울고 싶은 몸짓으로 아픈 걸 참으며 맞고 있다. 나무가 울음의 주먹을 받아주는 이유는 '그냥!'이지만, '그냥'은 결코 '그냥'이 아니다. 나무는 까닭 없이 울고 싶을 때가 생기는 자신의 심정과 동질성을 깨닫는다. 그래서 날아오는 주먹을 말없이 수용하며 "나뭇잎의 멍든 어깨나 등"을 펄럭인다. 검푸르게 펄럭이는 나무의 몸짓은 소통이 단절된 시대의 유효한 증거가 된다. 시인은 밤새 멍든 "검푸른 나뭇잎"을 몇 번쯤 펄럭이며 실존의 정체성을 잃어가는 참담한 시대와 맞선다. 이때 주먹질은 화자의 정당방위다.

'장마'는 격렬한 저항의 언어다. 권력이나 물질의 폭력에 맞서 주먹을 멈출 수 없는 항변의 몸짓이다. 이 시의 중심 이미지는 때리고 울고 맞고 펄럭이는 역동적 상상력에 의해 능동적인 힘을 가지게 된다. '시대'와 '나무'는 가장 가까운 곳에서 가장 먼 존재의 의미를 투영하는 하이데거(Martin Heidegger)의 원격 존재와 동일하다. 맞아주는 나무가 꼿꼿하게 마주보며 서 있다. 나무를 때리면서 우는 비가 무릎을 꿇고 절절하게 흘러내린다.

울음의 출구와 입구를 모른 채 언제 그칠지 모를 울음을 억누르며 살고 있는 '나' 같은 또 다른 '나' 들이여! 울음의 주먹을 날려보자. 쏟아지는 장마가 되자. 심층에 침잠하는 분노와 상실을 남김없이 흘려보내자. 정신적 외상에 시달리는 검푸른 나무의 시대가 푸른 나뭇잎의 시대를 펄럭일 때까지!

/ 5 /
존재론적 열망의 색채상징

– 박태현, 『이 순간을 감싸며』

1. 자연을 감싸는 한 편의 소설

몸과 마음으로 성실하게 추구해가는 내면 투시의 시는 정직한 시세계
로 귀납된다. 시에서 내면세계를 드러내는 자아표현은 개인적이고 주관
적인 감정과 정서를 강조하기 때문이다. 시인은 내면 통찰로 다듬어진
고유의 정신세계와 존재방식을 시적 언어와 상상력으로 표현한다. 자유
로운 언어를 창조하기 위해 아무리 애써도 예술의 세계는 규격화되어
돌아온다. 전제된 언어를 버리고 나면 모든 해석이 가능하다.(롤랑 바르
트-Roland Barthes) '해석의 무한성'은 전제된 언어를 버려야 진정한 기
의의 객관성을 확보하는 시세계를 펼칠 수 있다는 의미다. 시인이 시적
대상에게 시도하는 '신선한 말 걸기'는 자신이 경험한 세계를 바탕으로
전제된 언어를 버릴 때 진정성을 획득할 수 있다.

시의 올무에 걸린 한 편의 소설이 있다. 박태현이 펼쳐나가는 이 소설
은 자신이 걸어둔 시의 올무에서 빠져나올 생각이 전혀 없는 '시세계'다.

더구나 이 소설 같은 시들은 자신이 체화한 삶을 생생한 육성으로 들려준다. 생의 황혼기에 접어든 박태현은『이 순간을 감싸며』를 통해, 지속적인 자기 확인을 시도한다. 그가 주도적으로 표현하는 자아상징 색채는 자신이 지은 시어의 집에서 자신만의 빛깔로 형상화된다. 박태현의 시집『이 순간을 감싸며』에서는 존재론적 열망의 상징적 색채를 엿볼 수 있다. 시인이 '농촌'이라는 실존적 삶의 현장에서 건져 올린 절망의 희망이나 희망의 절망 위에는 그만의 언어와 상상력이 채색되어 있다. 그 색채의 파장은 긍정적이든 부정적이든 심리적 영역에 영향을 미치는 에너지로 둘러싸여 있다. 따라서 이 시인의 개성적인 색채가 상징하는 이미지를 들여다보는 일은 흥미롭다.

2. 그린, 자연이 되어가는 자유인

박태현의 시는 밟지도 않았는데 자연의 색채, 초록으로 꿈틀거린다. 자유로운 새 한 마리가 시의 중심에 붉은 못 하나를 주조해놓았기 때문이다(「붉은 못」). 그 붉은 못은 그가 불철주야로 탕탕! 박아온 시업의 망치질이 있었기에 탄생한 결과물이다. 지렁이 속살까지 타오르는 잉걸불은 소리 없이 강한 박태현의 열망으로 불꽃을 피워낸다.

박태현의 시에서는 생생한 자연물들이 탄생한다. '딸기 하우스'며 '누에'며 '고자리'나 '보리밭' 같은 자연의 존재는 농부시인인 박태현에게 소중한 시적 대상이며 평생을 일궈온 삶의 시밭이기도 하다. 그는 수백년 동안 입을 다물고 날마다 새들의 강의에 빠진 고목처럼 눈을 동그랗게 뜨고 자연이 전해주는 생명의 외침을 들어 왔다(「경청」). 그래서인지 박태현의 귀는 온전히 열려 있다. 그는 장엄하고도 엄숙한 자연의 숨결을 향해 생의 전부를 활짝 열어둘 수밖에 없었던 듯하다. 박태현이 대지와 더불어 깨달아온 인생은 기적처럼 다가온 시라는 것을 알 수 있다. 그의 시가 뿜어내는 숨결에 귀 기울여보면, 다리가 하나도 없는 달이 날마다 구르는 바위 밑에서도 멀쩡하게 세상을 밝히는 목소리가 들려온다(「기적」).

농부와 시인은 무에서 유를 창조해내는 사람이다. 농부는 흙에서, 시인은 종이에서 우주의 이치를 창조해내는 신의 대리인들이다(고형진). 농촌에 사는 전업농부시인은 흔치 않다. 박태현은 6남매의 맏아들이었던 25세 때부터 돌아가신 부모님의 농사를 이어받기 위해 국가고시 합격을 포기하고 농부가 된 전업농부시인이다. 황혼에 전원생활을 꿈꾸며 귀향한 농부시인이자 시인농부인 박태현은 삶의 터전인 농촌의 현실에 부딪치며 시인이 겪는 자신만의 새로운 농촌세계를 탄생시켜 나간다. 박태현이 뿌리내린 대지는 그의 운명적 선택에 의한 필연적 만남이라 할 것이다. 그의 시에 등장하는 '옥수수 이파리'며 '쇠뜨기'(「그 노인의 옥수수 밭」) 같은 한 생명 한 생명의 자연물은 박태현을 시 속에서 숨 쉬게 하는 귀한 존재가 된다.

박태현의 시편에서는 '갓 태어난 새끼 부엉이들의 일가'와(「이 순간을 감싸며」), '맵고 매운 마늘의 뿌리를 갉아먹는 고자리와'(「고자리」) '초저녁부터 울어 재끼는 뒷산 노루'(「노루」) 등이 시인농부의 레이더에 포착된다. 박태현은 농촌의 현장에서 포착한 흙과 햇빛의 언어를 캐내고 생명의 정직한 원리를 시의 논밭에 경작하고 있다. 박태현이 갈고 뿌리고 캐내는 시적 감성에는 시적 긴장과 상상력과 삶에 대한 애착이 어우러진 미적 사유가 형상화되어 나타난다. 시가 독자의 마음을 움직인다고 전제한다면, 박태현의 미적 사유는 독자를 광활한 대지의 서정으로 인도하여 생명존엄성의 가치에 공감하게 한다.

박태현은 몸으로 겪은 자연의 존귀함을 시인의 직감으로 밀어올린다. 자연과의 합일을 보여주는 그의 시세계는 정서적 긴장감과 감성의 밀도를 체험할 수 있게 한다. 시인이 교감하는 자연과의 정신적 교유는 섬세한 소통의 단면을 보여주는 세밀도의 서정시로 그려진다. 그의 사유는 삭막한 현실에서도 자연에 대한 진실한 삶의 지평을 열어가는 자기성찰에 가 닿는다. 박태현은 지금 이 순간을 감싸는 소중한 사랑으로 축적되어 숨죽인 들판을 초록의 생명체로 깨우는 것이다. 끝없이 재생되는 자연과 끝없이 반복되는 계절처럼 얼어붙은 대지에서 연두와 초록과 청록을 순환시킨다.

시인은 이 세상의 통렬한 속살을 비추는 삶의 거울로 나아간다. 박태현은 자신의 체험이 뿌리내린 들녘에서 자연이라는 대상을 촘촘한 언술로 직조해나간다. 박태현은 구체적이고 감각적인 상상력으로 농촌에 채색된 시의 거울을 투사하는 시인이다. 자연의 미물 하나까지도 허투루 흘려보내지 않는 생명존중 의식은, 농부시인 박태현과 시인농부 박태현의 시가 자유롭게 자연이 되어가는 확실한 증거다.

박태현은 자신을 사랑하는 농부시인이다. 가끔 산에 오르는 것도 '자신이 좋아서'라고 밝히고 있다. 먼저 자신을 사랑하지 않고는 자연을 사랑할 수 없다. 박태현의 시에 대한 열정은 자신을 사랑하는 마음만큼 뜨겁다. 깜깜한 방을 밝히는 시의 불빛 아래에서 마냥 시가 좋기만 한 그는 가느다란 연필심 하나로 백지의 계단을 사각사각 땀 흘리며 끊임없이 오르고 있다(「복합영농」).

내 몸은 이불에 싸여 꼼지락거리고, 낡은 생각은 가죽 포대 안에서 꼼
지락거리고

　　갓 태어난 새끼 부엉이들이 보드라운 어미의 깃털에 싸여 꼼지락거리
듯, 별들이 어둠에 싸여 꼼지락거리고

　　온통 빈 가지 끝에다 마음의 싹을 묶는 밤

　　이런 밤이 나에게 영원하길 감싸 준다

　　누에처럼 명주실 뽑는 펜 끝을 꼼지락거리며
　　-「이 순간을 감싸며」 전문

　　시인을 소중하게 감싸는 순간은 시를 쓰는 모든 순간이다. '내 몸'과
'낡은 생각'과 '갓 태어난 새끼 부엉이들'과 '별'이 꼼지락거린다. 꼼지락
거리는 생명들은 '이불에 싸이거'나 '가죽포대 안에 갇히거'나 '보드라
운 어미의 깃털에 싸여 있거'나 '어둠에 싸'여 있다. 빈가지 끝에다 마음
의 싹을 묶는 밤이 불현듯 나에게 시를 창조해나가는 일처럼 영원하도
록 감싸준다. 그래야 살아있는 펜 끝으로 사각사각 누에가 뽑아내는 명
주실 같은 뜨거운 시를 뽑아낼 수 있을 테니까.
　　"갓 태어난 새끼 부엉이들"은 어미의 깃털이 포근하게 감싸주는 시간
을 지나야 날개를 펼치고 숲으로 날아오를 수 있다. 별 또한 어둠이 감
싸주지 않는다면 어떻게 반짝일 수 있을 것인가. 이처럼 화자는 이불을
덮어쓰고 가죽포대 안에서 꼼지락거리는 낡은 생각을 추스른다. 빈 가
지 끝에다 피어나려는 시상詩想의 움을 틔워보는 밤. "가죽포대 안"에서

꺼낸 낡은 생각들은 누에고치 같은 펜 끝에서 천연견사의 시편들로 줄줄이 뽑혀 나오기를 기대한다. "꼼지락거리"는 펜 끝에서 명주 같은 사유의 시행들을 적어 내려가는 이런 밤에 탄생하는 절체절명의 순간을 감싸지 않을 도리가 없다.

가을바람이 다가오자
벼들이 허수아비에게 절을 합니다
금빛 욕망 차분히 엎드리고

굽이굽이 봇도랑 길
이어줘서 고맙다고
땡볕이 무거웠을 거라고
북쪽으로 끌려가며

안녕히, 안녕히, 안녕히,
계시라고

자꾸자꾸 절을 합니다
-「농부와 허수아비」 전문

이 시는 겸손하게 생명을 거두어들이는 농부가 되어보지 않고는 진솔하게 쓸 수 없는 시편이다. 누구나 "금빛 욕망 차분히 엎드리"는 일은 쉽지 않은 일이다. 그런데 가을들판을 빼곡하게 메운 벼들은 가을바람 앞에 자신을 낮추고 "허수아비에게 절을" 한다. 자신을 지켜주는 허수아비에게 고마움을 표현하는 벼는 황금빛 욕망을 접어두고 가을바람과 어깨를 겯고 함께 절을 하고 있다. "봇도랑 길 이어줘서 고맙다"고 "무거 웠"을 땡볕을 피해 "북쪽으로 끌려가"며 "안녕히, 안녕"히 "계시라"고 감사 인사를 멈추지 않는다.

욕망은 무한하므로 한 대상에서 다른 대상으로 끝없이 미끄러진다. 욕망의 본래적인 질문은 '내가 무엇을 원하는가?'가 아니라 '타자들이 나한테서 무엇을 원하는가?'라는 것이다. 이 시에서 금빛 욕망을 차분히 엎드리는 것은 무르익은 황금빛 벼들이다. 벼의 욕망이 황금들판의 주인공이 되는 것이라면, 가을바람은 벼를 북쪽으로 끌고 가려는 욕망을 보여준다. 그런 모습을 지켜보는 허수아비는 끝없이 절을 하는 벼와 가을바람을 지켜주려는 욕망으로 옮아간다. 그들의 행위 끝에는 자연의 모든 생명을 지켜보는 '농부'가 있음을 알게 된다. 농부는 그 모든 욕망을 흙 위에 내려놓고 뿌린 대로 거두기를 바랄 뿐이다.

뒷산 노루가
초저녁부터 울어 재낍니다
울음이 올무에 걸린 노루
달빛은 더욱 차갑고
밤은 점점 깊어가는데
주검에 걸린 노루가
마지막 울음을 어둠 속에 묻습니다
울음이 등을 떠미는
이곳 벼랑에서
저도 지금 그 노루처럼
시의 올무에 걸려
밤마다 울음을 울어 재낍니다

여전히 달빛은 갈수록 차갑고
어둠은 점점 더 깊은데
이제 그 노루처럼 쓰러지겠지요
긴 목이 졸린 채
－「노루」전문

나는 두 가지 농사를 함께 짓는다
쌀농사도 시농사도 짓는다
지금은 자식이 내려가는
산길을 걱정해야 할 저녁
한 가지 농사도 힘든데
아니, 그만두어야 하는데
두 가지 농사를 한꺼번에
지어왔다

〈중략〉

그런데 둘다 실농이다
들판에 나가보면 쭉정이가 태반이고
집에 들어오면 파지가 빈 방 메우고 있다
그런데 다랑논 같은 백지의 계단 위로
논고둥처럼 어둠을 뒤집어쓰고
오늘밤 또 다시 기어오른다
가파르고 허기진 이 계단
다시 계단
내 생에는 닿지 못할 복합영농단지
쌓인 오기가

이 밤을 버티게 한다
-「복합영농」 부분

뒷산 노루가 올무에 걸렸다. 밤이 깊어갈수록 주검에 걸린 노루의 마지막 울음이 어둠에 묻힌다. 그런데 시인도 울음이 등을 떠미는 벼랑에서 "시의 올무에 걸"려 "울음을 울어 재"끼고 있다. 노루는 깊은 어둠과 차가운 달빛 아래 "긴 목이 졸린 채 쓰러"진다. 그 노루는 바로 시인 자신이다. 왜 시인은 스스로 시의 올무에 목을 걸고 울어젖히는 것인가? '천형'이라는 시의 목숨을 스스로 올무에 걸고 긴 목이 졸린 노루. 그 시인은 두 가지 농사에 온전히 자신을 내던진 농부시인 박태현이다.

그 두 가지 농사는 쌀농사와 시 농사다. 한 가지 농사도 힘든데 평생을 두 가지 농사일에 매달렸으니 휘어지고 붉거지던 허리가 사라질 밖에 도리가 없다. 그런데 시인은 두 가지 다 실농이라고 담담하게 고백한다. '들판의 쭉정이'와 '빈 방의 파지'는 '농부'와 '시인'의 참담함을 드러내지만, 시에 대한 치열한 존재론적 열망으로 다랑논 같은 백지의 계단 위로 "논고둥처럼 어둠을 뒤집어쓰"고라도 계단을 기어오르는 것이다. 그가 쌓아올린 '들판'과 '종이'의 계단은 오를수록 허기지지만 푸릇푸릇한 오기로 오르다보면 복합영농단지가 될 수 있다는 꿈을 싹틔운다.

시인은 연애시 한 편이라도 건져볼 요량으로, 한줄 원고지 같은 몸을 방바닥에 펼쳐두고 수많은 발가락으로 시를 쓰고 있다(「시인」). 박태현은 시에게 완강히 결별을 선언하지 못한 게 화근이라고 말하지만, 내심 곁에 있는 시를 고마워한다. 초록물 짙게 배인 그의 오기는 시의 올무에 걸려 울어 재끼는 청청한 울음(「노루」)에서 나온다. 그 울음은 박태현의 시세계에 대한 열정과 오기가 영원하길 감싸주는 원동력이다. 청청한 시 한 줄로 이 밤을 버티고 있을 고매한 한 마리 노루가 떠오른다.

3. 존재론적 열망의 색채

　박태현의 작품을 들여다보면 그 기저는 온통 푸르다. 그가 디뎌온 시간의 들판을 통해 초록의 순간들을 감싸는 생생한 사유를 만날 수 있다. 그 사유는 눅눅한 골방에서도(「시인」) 맑고 푸른 열망으로 자라난다. 박태현에게는 마당 위 하루살이를 쫓아다니는 밀잠자리와 그 밀잠자리를 쫓는 제비와 그들을 저울질하는 황조롱이가 날아다니는 초복의 풍경이 있다. 또한 그에게는 뻐꾸기 울음에 참깨를 버무리며 참기름 같은 마음으로 살아보라고 깨꽃처럼 희게 이르시던 어머니의 사랑이 있고(「뻐꾸기 울음에 참깨를 버무리다」), 흰 적삼을 입고 겨울 비닐하우스 언 땅에 네발로 엎드린 아버지의 희생도 있다(「아버지의 딸기 하우스」). 더불어 골목에 떨어진 울음을 주워 담아 깊은 밤이면 몰래 꺼내보는 평촌댁(「평촌댁」)이 있고, 송아지를 잃게 된 어미소의 울음이 몽둥이질로 끊긴 외양간이 있으며(「고삐」) 처마 밑에 목을 매단 메주를 매만지다 사랑방에 걸터앉는 바람의 집이 있고(「외금3안길 8번지」) 호적에도 없는 효자 논이 있다(효자).

　이들은 박태현의 삶을 대변하는 자연의 모습이며 자신의 모습이다. 오랜 시간 시로 뿌린 삶의 터전에서 그는 초록으로 물든 밥과 시를 건져 올린다. 박태현이 풀어내는 자연의 숨소리는 눈멀고 귀머거리인 자신에게 생명 같은 존재가 된다. 그러므로 아침이 되어도 저녁이고 저녁이 되어도 저녁인 시인은(「아침」) 마침내 불완전한 시간에서 벗어나 한 걸음

두 걸음 흙을 다지며 갈아온 푸르른 새아침을 맞는다.

/ 6 /
배회하는 관념의 시학

- 윤유점『영양실조 걸린 비너스는 화려하다』

　정신이나 존재의 세계를 관념으로 채운 시는 한 호흡 들어갈 틈도 쉽게 내주지 않는다. 윤유점의 다섯 번째 시집『영양실조 걸린 비너스는 화려하다』의 시세계를 모색하기 위해 시인의 실존적 자아를 찾아내는 일은 만만치 않았다. 잠시잠시 숨을 멈추고 행간을 비집고 들어갈 즈음, 현실의 부정 위에서 걷고 달리고 배회하는 '자아'들의 목소리가 들려왔다.

　현대인은 탈중심적이며 탈이성적인 다원적 사고로 포스트 모던시대를 이어가고 있다. 인공지능으로 인간이 설 자리를 잃어가는 5차 산업혁명의 시대. 우리 삶은 얼마나 피폐한가? 나날이 진화하는 바이러스의 공격으로 불안이 극도에 달한 사람들은 서로를 멀리하기에 혈안이 되어 있다. 변종 바이러스인 오미클론의 출현으로 '코로나 블루'에서 '코로나 레드'를 넘어 '코로나 블랙'까지 신조어마저 진화하고 있다. 관념의 시학이 현실을 부정하고 개인의 자유를 갈망하는 시대적 상황과 무관하지 않다고 본다면, 윤유점의 관념적 시어들은 앞도 뒤도 혼탁한 시대의 안개 속에서 건져 올린 정신의 산물이 아닐까?

김수영은 관념성을 변별된 특성으로 쓰는 대표적 시인이다. 김수영의 관념적 어휘사용에서 시대적 징후를 읽을 수 있는 것처럼, 윤유점의 시에서도 비슷한 맥락을 읽을 수 있다. 김수영은 도시적 지식인의 일상에서 비롯된 밀착언어를 관념성으로 사용한다. 그에 비해 윤유점이 세계를 인식하는 변별된 방법으로의 관념성은 자아실존을 탐구하는 발화점으로 볼 수 있다.

윤유점은 내면의 언저리에서 배회하는 의식과 무의식의 시세계를 형상화한다. 의식은 인식하는 모든 것들을 즉각 반영하면서 변화하지만, 무의식은 스스로 자신을 재생산하는 주체가 된다. 시인은 선별해낸 관념어를 무의식과 의식을 채우는 시어로 배치하여 자아의 존재방식을 보여준다. 현실의 구체성을 드러내는 서정시와 달리, 서정을 배제한 존재론적 관념시는 존재방식을 풀어내기 위한 숙성의 시간이 필요하다.

영양실조 걸린 비너스는 화려하다
클로즈업된 사내의 텅 빈 눈빛
짓밟을 수 없는 순결은 비극이다
순수한 사랑이 길을 잃고 헤매는 동안
이상을 좇는 꿈이 엑스트라의 이름을 지운다
뜨거운 욕망은 그 어떤 의미도 갖지 않고
거리의 풍경은 골방에 갇힌 채 모든 것을 체념한다
눈물을 남기며 사라진 그림자
깊은 침묵에 잠기고
비극이 머뭇거리던 곳에서 서성인다

이무도 찾지 않는 영사실
필름 돌아가는 빛만 살아남아
묵직하게 잠긴 들창에 입김을 불어넣어
기록을 남긴다
달빛에 취한 여인은 기타를 치며 흥얼거리고
바람에 흐느끼는 영화포스터는 홀로 어둠을 지킨다
한번 떠난 사람들은 다시 돌아오지 않는다
고정된 검은 기억이 희미하게 눈물을 흘린다
증폭되는 전주곡은 무성하게 내게 말하고
밀랍 인형으로 되살아나는 완전한 몰입
스크린이 터질 듯 날개를 활짝 펼친다
　　　　　―「티파니는 터지듯」 전문

　　위 인용시에서는 관념어와 외래어 그리고 추상어의 사용이 눈에 띈다. 윤유점이 구사하는 언어의 다양성은 현실의 구체적 단면을 구성하는 방식으로 펼쳐진다. 위 시의 첫 행 "영양실조 걸린 비너스는 화려하다"는 이번 시집의 표제로 쓰인 문장이다. 화려하지만 바짝 마른 여배우의 모습을 영양실조 걸린 화려한 비너스에 대비시키고 있다. 시인은 각 문장들이 전개하는 관념적 진술을 통해 자신의 의도를 제시한다. 화자는 '티파니에서 아침을'이라는 영화를 보고 있다. "영양실조 걸"린 화려한 비너스를 떠올리면 '홀리' 역의 '오드리 헵번'이 오버랩된다. 화려한 장신구로 치장을 한 올림머리의 '홀리'가 선글라스를 낀 채 뉴욕5번가의 보석 가게 티파니의 쇼윈도를 바라보는 첫 장면은 지금도 패러디될 정도의 유명한 뒷모습이다.
　　티파니 보석 가게의 욕망과 여주인공의 현실을 보여주는 교도소 그리고 고양이는 여 주인공의 자유에 대한 집착을 보여준다. 이 영화는 "순수한 사랑"이 길을 잃은 채 헤매는 모습과, 떠난 사람들은 "다시 돌아오지 않는"다는 명제를 던져준다. 화자는 "골방에 갇힌 채 모든 것을 체념"해야 하는 현실 앞에 놓여 있다. 달빛에 취한 여주인공 '홀리'가 기타를 치며 부르는 '문 리버(Moon River)'는 "증폭되는 전주곡"이 되어 무성한 이야기를 들려준다. 무비스토리에 "완전하"게 "몰입"한 화자는 "깊은 침묵에 잠"긴 "밀랍인형"이 되어 새로운 주인공으로 탄생한다. 그제서야 "티파니가 터지"듯 스크린도 "터질"듯 날개를 펼친다.

> 스크린에서 빠져나와 영사기를 돌린다
> 화면 안에 있는 나는 내가 누구인지 모른다
> 주인공과 닮지 않은 얼굴을 그리는 나는
> 자유낙하를 열망하는 눈빛으로 살아있다
> 몸에 밴 악몽은 허방에서 포물선을 그리며
> 튀어 오른 만큼 팽팽하게 떨어질 것이다
> -「몽상여행」 부분

> 머리에 하얀 꽃 달고 산다
> 정지된 한 순간이 안주를 묻는 동안
> 활짝 웃는 눈가에 주름은 바람으로 번진다
> 슬픔이 점점 무거워지면
> 비극은 오른쪽으로 쓰러진다
> -「자화상」 부분

위 인용시 「몽상여행」에서도 「티파니는 터지듯」에서와 같이 '스크린'과 '영사기'가 등장한다. 여기서 스크린과 영사기는 몽상의 여행을 위해 사용되는 관념적 오브제다. 지금 "나"는 스크린 안으로 들어가 주인공을 닮지 않은 주인공이 되었고, 스크린에서 빠져나와 영사기를 돌린다. "나"는 "내"가 누군지 알 수 없는 상태지만, 스크린 속에서도 스크린 밖에서도 '하류인생'이 지속된다. "나"는 "자유낙하를 열망하"고 "변신을 꿈꾸"지만 악몽에서 벗어나지 못 한다. "나"의 이상은 "헝클어"졌으며, "하류인생"이 가속페달의 속도를 줄이지 않기 때문이다. 현실 속에서도 고독한 화자는 몽상여행에서도 악몽에 시달린다. 시적 주체는 어두운 분신이 되어 "몸을 말"고 뒤돌아보며 "하염없는 눈물을 흘"릴 뿐이다 (「다시, 폐허에서」). 시인은 "슬픔이 점점 무거워"지고 "오른쪽으로 쓰러"지는 비극의 모습을 '자화상'이라고 정의할 수밖에 없는 무기력한 자신을 목도하게 된다(「자화상」).

윤유점은 시적 대상에 대한 인식의 문제에 천착하여 자신의 시세계를 변화시켜 나간다. 이때 시인의 시가 환기시키는 관념적 이미지는 피폐한 시대적 징후를 형상화한다. 시인은 구체성을 뛰어넘는 관념성으로 자아의 내면을 규정하고, 영원한 타인에서 벗어나기 위해(「존재의 저편」) 새로운 자아를 모색하는 도정을 멈추지 않는다.

/ 7 /

따뜻한 모서리의 고백록

– 민정순, 『모서리의 감정』

"어떤 예술 작품의 가치는 암시된 감정 자체의 풍부성에 의해 측정된다."

– 베르그송(Henri Bergson)

1. 애잔한 들숨과 평화로운 날숨

모서리 뒤편에서 써내려간 민정순의 고백록을 펼친다. 디카시를 쓰는 시인이 들려주는 목소리는 피사체들의 순간을 렌즈에 담아둔 사진처럼 선명하다. 순수서정으로 투사되어 기록된 빛과 어둠의 대비가 애잔한 들숨과 평화로운 날숨으로 직조되어 있다. 민정순은 우연히 대상을 만나는 순간 사유를 향해 주의력을 집중시킨다. 이때 시적 대상에 대한 주의력은 정확하게 인식하는 순간을 시로 포착하는 힘으로 발현된다. 민정순의 시는 하찮은 사물 하나에도 생명을 부여하는 근원적 질서가 외롭고 높고 쓸쓸한 정서로 표출된다. 그녀의 그늘진 내면을 희디흰 그리움으로 채우는 꽃술 앞에서 '가난하고 높고 외로운' 시성詩性을 지닌 '백석'을 떠올린다. 늙은 어머니와 사랑하는 이를 읽어내는 '흰 바람벽'(「흰 바람벽이 있어」)처럼. 시의 본질이 성정性情에 있다면 민정순 시의 성정은 필시 순조로운 의지에 닿아 있을 것이다.

시인이 체험한 일상은 타인에 대한 보편성을 획득한다. 민정순의 시는 자신의 감정 안에서 홀로 써내려간 뜨거운 흔적들이다. 그녀의 고백록은 하잘 것 없는 대상과 조응하는 사랑의 힘이며, 체념할 수 없는 마음들이 써내려간 세월의 기록이다. 민정순의 시세계는 대상의 과거부터 미래까지 감싸 안는다. 그래서 그녀가 건너온 시의 연륜에 손이 닿으면 금세 따뜻해진다. "진실한 사람의 마음은 언제나 평화롭다"는 셰익스피어(William Shakespeare)의 말처럼 그녀가 그려내는 시의 손금 안으로 들어서면 월구月邱의 평화와 마주하게 된다. 민정순이 지향하는 감정선은 "온기의 바깥을 살아내는 작은 새"가 되기도 하고 "어릴 적 그리움을 소환"해 "연분홍 꽃"에 물들기도 한다. 때로는 손수레를 끄는 할아버지를 위해 "일찌감치 비켜"서 있거나, 새벽녘 "고압선 난간"에 앉은 겨울새를 지켜보며 조용히 "숨을 고르"는 바람이 되기도 한다.

시인의 소소한 기억들 속에서 진실을 승화하는 미적 인식을 만날 수 있다. 비어있되 가득하고 그윽하게 쓸쓸한 그 마음의 공간에는 미처 보내지 못한, 아직은 보낼 수 없는 그리운 숨결로 가득하다. 문장 곳곳에 꾹꾹, 꾹 눌러 담은 그리움의 이미지가 어느날 문득 떠나버릴 꽃무더기임을 알기에 여운이 더욱 깊다. 가을하늘에 "쓸쓸을 섞어 진하게 갈고 있"는 벼루와 먹의 새카만 마음에 귀 기울이면 민정순의 고백을 들을 수 있다. 그 목소리에는 떠난 것들을 불러 세우는 희디흰 쓸쓸함이 배어 있다.

포스트모더니즘의 탈현대를 지향하는 감성의 시대. 다시 서정으로 돌아가려는 시의 움직임이 활발하다. 서정적 감성이 유려하게 이어지는 민정순의 시는 전위적인 시를 밀어내고 편안한 시세계를 지향한다. 시에서 절제되지 않는 감상주의나 친절한 화자 개입은 독자의 상상력을 침범하여 시의 탄력이 떨어질 수도 있지만, 그녀의 시편들은 시적 일상의 진정성이 질서 있게 배열되어 있어 자칫 느슨해질 수 있는 긴장감의 여백을 채워준다. 시인의 체험으로 이루어진 감각적 시세계는 누구라도 선뜻 다가가 만져볼 수 있는 편안한 휴머니티로 가득하다.

2. 우리들의 사원을 포용하는 시선

민정순의 시세계로 들어가면 외로움에 흠씬 젖는다. 그녀의 시세계는 사회를 비판하는 현실 참여의 복잡한 세상을 기웃대지 않을뿐더러, 능숙한 언어 기교를 자랑하거나 충격적 정황으로 우리를 놀래킬 마음은 더더욱 없다. 다만 시인은 작은 생명과 진리의 싹이 움트는 작은 꽃밭을 돌보며 이웃과 더불어 자신의 시세계를 확장해나간다. 민정순의 시에서 표출되는 평범한 일상에서는 보편성의 힘을 노정하는 정신적 가치의 고귀함을 발견할 수 있다. 특히 시인이 지향하는 정신적 가치의 본성은 공동체를 감싸 안는 정체성을 보여준다. 소소한 일상을 탐구하는 감각적 서정성은 가족이나 생활 속에서 마주치는 사람들로 형성된 공동체를 중심으로 전개된다. 시인은 우리들의 사원으로 초대한 이웃 모두에게 무한 애정을 쏟아낸다. 어쩌면 시인은 '우리들의 사원'을 펼쳐두고 자신의 외로운 심경을 위무하고 싶은 것인지도 모른다.

민정순의 시는 구석진 곳을 채우거나 흐린 곳을 밝히는 긍정의 힘을 배태하고 있다. 시인의 시선은 울퉁불퉁한 손마디에 세월을 입은 채 '손두부를 파는 할머니'나, 구석진 동네 어귀에 세워둔 트럭에서 손님을 기다리는 '생선장수 노인의 팔리지 않는 생선', 늘 그 자리에서 지워진 기억을 캐고 있는 '치매 걸린 할머니'를 향한다. 이처럼 '손수레'가 지나갈 때까지 골목 끝에서 오래 "비켜설" 줄 아는 시인의 지향점은 아프거나 쓸쓸한 것들을 돌아보고 배려하는 근원으로 향한다. 다음의 시 「마타리꽃」에서는 공동체의 울타리에서 내미는 손길을 잡을 수 있다.

　　　　세월의 울타리 안에서
　　　　곱게 물들어가던
　　　　마타리꽃이 서럽다

　　　　건너온 시간을 봉인한 채
　　　　비바람에 후드득 떨어진
　　　　꽃잎의 낱장

　　　　가을녘 예고 없이 찾아온
　　　　공포의 덫에 걸려

　　　　잃어버린 행간마다
　　　　캄캄한 파열음

　　　　늘 거기 쪼그리고 앉아 있는 할머니
　　　　늙은 마타리꽃이

지워진 기억을 캐고 있다

－「마타리꽃」전문

'마타리'는 들판을 노랗게 물들이는 여러해살이 풀이다. 노란 마타리
는 여름이면 산과 들로 번져가는 야생화로 생명력이 강해서 잘 자란다.
시인의 시선은 "늘" 같은 자리에 "쪼그리고 앉"아 "지워진 기억"을 캐고
있는 할머니에게로 향하고 있다. "세월의 울타리 안에서 곱게 물들어가"
던 늙은 마타리꽃은 점점 사위어가는 할머니를 대신해 서러운 생명체
의 이미지로 형상화된다. 시인의 눈에 포착된 할머니는 "예고없이 찾아
온 공포의 덫" '치매'라는 세월의 "비바람"에 삶의 "낱장"마저 "떨어"진
모습을 보여준다. 그래서 잃어버린 생의 행간마다 "캄캄한 파열음"으로
가득하다.

치매는 마음이 지워지는 정신적 추락을 의미한다. 일상생활을 이어나
가기 힘든 치매는 병을 앓는 당사자뿐만 아니라, 가족에게도 치명적인
고통을 주는 무서운 질병이다. 시인은 늘 같은 그 자리에서 잃어버린 기
억을 캐내듯 호미질을 하고 있는 치매 할머니를 자주 보게 된다. 그 모
습을 볼 때마다 늘 같은 자리에서 같은 시간을 뿌리내리는 마타리꽃을
떠올린다. 치매를 앓는 할머니에게서 가정을 이루며 자식을 키우고 강
하게 한 세상을 지켜온 우리의 어머니를 떠올렸기 때문이 아닐까? 야
생으로 자라는 마타리꽃이 들판에서 꽃대를 뻗어가는 모습은 할머니가
"지워진 기억을 캐"기 위해 시간을 뻗어가는 모습과 대비된다.

이 시는 마타리꽃과 치매 할머니가 오버랩되는 이미지를 통해, '캄캄
한 파열음'을 캐고 앉아 있는 마타리꽃이 될 수도 있을 우리들의 미래에
대해 상념에 젖게 한다. 시인의 시선은 타자에게로 향하고 있다. 다음 시

편들에서도 타자를 향해 나아가는 시인의 성정과 깊은 시세계를 발견할 수 있다. 민정순 시세계에서는 일상에서 발견하는 생명의 진리를 또 다른 일상에게로 옮겨간다. 아래의 시편들에서는 노점상에서 '손두부를 파는 할머니'와 이웃인 '옥이 엄마'의 서사가 펼쳐진다.

밤새운 어둠을 하얗게 빚어
노점상에 진열해놓고

조그마한 나무 조각에
할머니 미소 같은 문패

두부 사가세요 손두부

비가 오나 눈이 오나
붙박이 삶을 꾸린 햇살 그늘
오래 말랑하다
－「할머니와 손두부」 부분

그녀는 왜 창문 밖으로 몸을 던졌을까

〈중략〉

얼굴도 이름도 모르는 그녀
마을 공터 소문을 휘젓고 다닌다
－「허공의 소문」 부분

오일장 한 모퉁이에
옥이 엄마도 푸성귀 몇 소쿠리
정갈하게 펼쳐 놓았다
쪽진 머리에 비녀를 꽂고
놀면 뭐 하노
심심해서 세상 구경 나왔다
환하게 웃으시는,
　　　　-「오일장」부분

　시인은 손두부를 파는 할머니의 붙박이 자리에서 "두부 사가세요 손
두부"라는 나무 팻말을 본다. 언제나 그 자리에서 손수 만든 손두부를
팔아 사각의 가계를 이끌어나갔을 울퉁불퉁한 손마디를 "꽃으로 피었"
다는 이미지로 형상화한다. 아무렇지 않게 지나칠 이웃의 모습에도 시
인은 손을 내밀어 그들의 배경이 되기를 자초한다. 시인의 심사는 "낮은
밀차를 끌고 대구역 근처로 푸성귀를 팔러가는 '청도댁 할머니'에게로
이어진다. 푸성귀를 담은 밀차와 기차에 오르는 '청도댁 할머니'를 뒤에
서 앞에서 밀어주고 올려주는 마음이 담긴 '이웅' 속에는 타자와 약자를
편견 없이 포용하는 시인의 둥근 자세가 담겨 있다.
　시인의 내면 깊숙이 흐르는 여린 성정은 다음 시「오일장」에서도 이
어진다. '옥이엄마'는 이웃이다. 시인은 장날 어느 "모퉁이"에서 옥이엄
마를 만나게 된다. 옥이엄마는 남편을 먼저 보내고 장성한 자식들을 독
립시킨 후 "푸성귀 몇 소쿠리 펼쳐놓"고 장터에 앉아 있다. "쪽진 머리에
비녀를 꽂"은 정갈한 모습의 옥이엄마는 "심심해서 세상구경 나왔"노라
며 시인을 반긴다. 시인은 "볕 한줌"씩 얹어놓은 옥이엄마의 소쿠리를

보며, 옥이엄마의 모습 속에 투영된 자신의 모습을 발견한다.

「허공의 소문」에서도 시인은 "한쪽 날개가 꺾"여 '불구가 된 비둘기'에 대한 소문으로 말문을 연다. 비둘기는 왜 한쪽 날개가 꺾인 걸까? "나무에서 떨어졌"거나 "태어나면서부"터 불구이거나, 먹이를 구하려다 "돌멩이에 맞았"다는 등 무성한 풍문이 떠돌아다닌다. 우리가 살아가는 "슬픈 생존의 바닥 도처"에는 예견할 수 없는 "위험이 도사"린다. 그래서 삶은 흥미진진하다. 하지만 불현듯 덮쳐오는 공포스런 사건들 앞에 서면 연약한 인간의 실존에 대해 돌아볼 수밖에 없다.

비둘기 사건은 "그녀"에게로 전이된다. 시인은 "창문 밖으로" 투신한 그녀의 비보를 접한 후 착잡한 심경이 된다. 사실 시인은 '그녀'와 생면부지의 관계다. 풍문으로 '그녀'의 소식을 전해 들었을 뿐이다. '그녀'는 "인테리어"도 하고, "살림살이도 새 것으로 장만해놓"고 부부가 잘 살 일만 남은 사람이라 생각하기에 갑작스럽게 몰아친 불행이 믿기지 않는다. 다만 "공사로 인한 소음으"로 이웃과의 갈등이 있다는 이야기를 들었지만, 무슨 연유일지 시인은 도무지 이해할 수 없어 '그녀'가 놓친 행복한 시간의 여운을 곱씹어본다. 그래서 시인은 "마을공터 허공을 휘젓고 다"니는 소문에 걸어둔 안타까운 시선을 거두지 못 한다.

이렇듯 시인이 바라보는 시선은 불구이거나 약하거나 여린 타자를 향한 포용의 시선으로 집약된다. 사람 냄새 물씬한 구배기의 정 넘치는 할머니와(「구배기에 가면」) 골목시장 참기름집 할머니와 따뜻한 이웃의 어깨와 어깨가 걸어가는 모습에 흔들리는 마음 한 자락 다잡아 빈 자리를 채운다.(「골목시장」) 시인이 타인을 향한 시선을 유지할 수 있는 이유는 한 걸음 뒤에서 자신의 내면을 바라볼 수 있는 대자존재이기 때문이다.

3. 동행하는 내 안의 사원

　가족은 서로의 삶에 지대한 영향을 끼치는 존재다. 전통적인 의미에서 가족은 동일한 공간에서 의식주를 해결하며 일체감을 형성하는 친밀하고 상호의존적인 운명공동체다. 가족은 동고동락하며 서로 의지할수 있는 큰 힘을 제공하는 존재이므로 갑자기 이별과 맞닥뜨릴 때, 엄청난 상실감에 빠지게 된다. 대체적으로 현대시에 등장하는 가족은 가족이데올로기 속에 배치된 비정상적인 관계로 내적 갈등을 형상화되는 경우가 빈번하게 등장한다. 가족공동체가 붕괴되는 부정적 인식의 가족모티프가 더 자극적인 소재로 사용되어 온 것이다.

　하지만 민정순의 시에 등장하는 가족공동체는 결이 다르다. 시인의 사원에 깃든 가족 공동체는 보편적인 정서와 그리움으로 가득하다. 이는 가족에 대한 상실감에서 비롯되는데, 그녀의 연출무대에는 '부모님과 남편'을 잃은 상실감의 심경이 절절이 녹아 있다. 민정순은 오래도록 물이 새지 않는 유년의 물항아리 '드무'를 잊지 못 한다. "유년의 달우물" 속에는 숨찬 가슴으로 고개 넘나들던 어머니와 아버지가 출렁이고 있기 때문이다.(「드무」) 민정순이 시 속에 풀어놓은 생언어들은 굳이 숨길 것 없는 모든 심사가 솔직한 서정으로 표출된다.

　　없어도 있고
　　있어도 없는

　　당신을 잃고 빈방
　　무시로 폐허가 되고

울음이 갇혀 있는
삭제되지 않는, 저편

내 말은
아직도……

그때도
지금도
믿어지지 않아서
-「곁에」전문

너는 한결같이 침묵하며
훌쩍 떠났다가 돌아와도
습관처럼 바라보기만 했지

강물의 맥박처럼 출렁이거나
낡은 연꽃의 기억이 짓무르거나

〈중략〉

강언덕 큰돌 벤치
늘 낮은 등을 내어주지
눈시울 붉어진 석양이 의자를 꺼내주지
-「나의 사원」부분

　"내 말"은 그때처럼 지금도 "믿어지지 않"는다. "당신을 잃"은 세상은
"빈방"이며 "폐허"로 변해버렸다. 곁에 있어야 할 당신은 먼저 떠났고

시인은 울음이 삭제되지 않는 "저 편"에 갇혀 있다. 당신을 먼저 떠나 보낸 시인은 있는 그대로의 솔직한 감정으로 자신의 심상을 형상화하고 있다. 한 지붕 아래 함께 생활하며 강한 일체감이 형성된 가족의 중심에 있던 당신이 어느날 문득 사라질 때, 닥쳐오는 상실감과 불행은 가족이 얼마나 긴밀하게 상호 의존하는 공동운명체인가를 확인하는 계기가 된다. 그래서 '당신'은 "있어도 없고 없어도 있"는 시인의 '곁'이 되어 영원히 함께 한다. 얼마 전에 영감을 먼저 보냈다는 여든 넷 할머니가 적적할 때마다 부른다는 '고향무정'을 들으며(「고향무정」), 시인은 그 적적하고 애절한 노랫가락에 자신의 마음을 얹어 허전한 심정을 달랜다.

　나의 사원에는 "늘 낮은 등을 내어주는" "강언덕 큰돌 벤치"가 있다. 시인이 떠났다가 돌아와도 언제나 그 자리에서 바라봐주는 존재다. 시인은 늘 같은 자리에서 낮은 등을 내어주는 벤치처럼 '당신'이 자신과 함께 한다는 것을 믿는다. "눈시울 붉어진 석양"이 꺼내주는 의자에 앉아 조용히 '당신'을 느낀다. 시인에게 '잔설'로 남아 있는 "오랜 사랑 하나"가 눈물처럼 "고여 있"는 것이다(「잔설」). 시인이 에둘러 말하지 않고 정직하게 드러내는 그리움의 정서는 부모님 또한 마찬가지다.

> 느티나무 그늘 벤치에
> 모로 누운 아버지
>
> 마른 지팡이 세워두고
> 깊숙이 한 서린 노랫가락
> 느린 허밍으로 장단 맞추네
> ─「허밍의 그늘」 부분

아픈 자식을 지키려는
등 굽은 아버지

한쪽 어깨를 밀착하여
서로의 곁을 따뜻하게 데우며
나란히 걸어가는 뒷모습
 ―「동행」 부분

어진 암소 한 마리
늙은 마굿간에 엎혀 있다
 ―「소와 가마솥」 부분

　시인에게 부모님은 서로의 곁을 데우며 동행하는 존재다. 시인은 어머니가 주신 아버지의 유품 '벼루와 먹'을 보며 "쓸쓸을 섞"어 새카매진 마음을 진하게 갈아본다.(「벼루와 먹」) 아버지의 유품을 전해주던 가마솥 같고 어진 암소 같던 어머니는 "묵은 서랍 속"에 계신다. 어머니는 시인의 영원한 "안식처"다.(「고소한 눈물」) 어머니는 생명의 원형과 연계된 상징성을 갖는다. "두 손 꼭 잡"고 걸어가는 "노부부"를 보며 시인은 "울 엄마 아부지도 들꽃 꺾어들고 꿈으로 오"시기를(「마음의 액자」) 소망해본다.

4. 모서리의 감정

민정순의 시에 깃든 깊은 사랑은 감정의 모서리에서도 곡선으로 분출된다. 시인이 써내려가는 고백에서 타인까지도 보듬는 품 넓은 사랑이 각진 감정을 모나지 않게 연마하기 때문이 아닐까? "가장 깊은 진리에는 가장 깊은 사랑이 존재한다"는 간디(Mahatma Gandhi)의 말처럼, 민정순이 써내려가는 모서리의 고백이 서럽도록 따뜻한 이유는 그녀의 마음자리 곳곳 '사랑'이 들앉아 있기 때문이다. 그래서 어둠과 빛의 간극 사이에도 사무치는 그녀의 고백은 들켜버린 쓸쓸함이라 할지라도 서럽지 않다.

세상 만물을 성실하게 껴안는 민정순의 시를 '포용의 시학'이라 단언한다. 민정순 시의 정신적 가치가 고귀하다고 말할 수 있는 것은 낮은 자리를 품는 진정성 그대로의 성정을 시적 이미지로 쏟아낸다는 데 있다. 그녀의 시는 우직한 눈길로 현실의 가장 낮은 바닥을 어루만진다. 그래서 민정순의 고백에서 진심을 들여다보게 된다. 그녀가 고백 속에 들여둔 개똥나비며 조각보며 가을비에 젖은 하얀 서러움 한 가닥까지 진심이 아닌 것이 없다.

개똥 위에 나비 한 마리가 앉아 있다. 개똥철학을 연구하는 나비의 날갯짓이 자분자분 햇살을 들인다. 민정순이 풀어가는 절대 가볍지 않은 개똥나비의 개똥철학이 문득 궁금해진다. 모서리가 뜨겁다.

제4부

리좀적 상상과
생기론적 속살

/ 1 /
운명적 달의 꽃멀미

– 김충규

1. 달의 원형과 재현 공간

원형적 이미지는 오래전부터 굳어진 인류의 보편적 이미지를 말한다. 또한 인간의 본성과 비슷한 경험의 통찰력을 제공한다. 융(Carl Gustav Jung)은 잠재된 기억의 흔적인 '집단무의식'을 내세워 심리학적 의미의 원형적 이미지를 제안한다. 프라이(Northrop Frye)는 원형적 이미지를 문학비평에 적용하여 반복적으로 나타나는 전형적인 상징 이미지라고 본다. 원형적 이미지는 문학에서 약정성을 띠는 예술적 기호의 상징을 의미하므로, 특정한 상황에서 시인의 개성적인 정감 상태를 표현할 수 있다. 원형적 이미지는 유사한 경험을 한 독자에게서 심미적 감각체험의 재생과 공감을 이끌어낸다. 결국 작가는 예술가 최상의 무기가 되는 원형적 이미지를 사용하여 특유한 경험을 뛰어넘고 보편성을 획득하게 된다.

'자연'은 고대로부터 신성시 되었으며 희구와 유추의 대상으로 생활 속에 융화되었다. 그 중에서도 '달'은 영생의 생명체로 음陰의 근원이라 할 수 있다. 특히 우리 민족에게 '달'은 자신을 지켜주는 절대적 존재이거나, 때로는 현실의 고된 삶을 견뎌낼 수 있도록 힘을 주는 모성적 존재이다. 달은 어둠과 밝음의 조화를 상징하는 객관적 상관물이다. 그믐달과 '그믐과 초승 사이의 달이 보이지 않는 4일' 간과 초승달이라는 중요한 연결에 의해 '죽음과 소멸의 부활'이라는 긴밀한 아날로지를 이루고 있다. 달은 주기적 재생의 순환구도 속에서 존재론적 전환을 이룬다. 과거의 여성적, 순환적, 조화적 상징의 관습에서 벗어나 다양한 현대적 이미지로 재창조되기도 한다.

'공간'이라는 개념은 주체의식의 선험적, 내적, 관념적, 초월적 의식의 구조와 밀착되어 있다. 공간 중에서 자연 공간은 사회적 과정의 시작이며 독창성의 토대가 되는 모든 것의 근원이 된다. 자연 공간 중에서도 이미지와 상징을 통해 체험된 공간은 작가의 공간, 즉 재현 공간이 된다. 재현 공간은 작가 내면의 지배를 받는 공간이다. 상상력을 자기 것으로 길들이려고 변화를 시도하는 공간이 된다. 자연 공간에서 이미지와 상징을 체험한 후 생성된 재현 공간은 생활이나 예술 이면의 복잡한 상징을 포함한다. 작가의 지배를 받을 수밖에 없는 재현 공간은 대상을 상징적으로 이용해서 상상력의 체계적인 변화를 도모한다. 따라서 원형적 이미지로 표현되는 '달'의 재현 공간을 살펴보는 일은 그 뿌리가 공통적으로 상징하는 기저 의미를 제시할 수 있을 것이다.

2. 신열의 언어

시에 온 생을 밀어 넣은 김충규. 그의 시는 신열의 언어이며, 그의 시적 사유는 '죽음'을 향해 있다. 김충규는 이승과 저승에 감각의 더듬이를 밀어 넣고 원형적 상징물로 자신의 양면적 시세계를 해석한다. 김충규의 시에 나타나는 심리적 현상을 살펴보면 원시적인 감정과 근원적인 몽상의 기질에 지배당하고 있다는 것을 알 수 있다.

김충규의 시들은 '물', '불', '달' 같은 원형적 이미지와 연결되거나 전환되는 모습을 발견하게 된다. 김충규의 시에 나타나는 원형적 이미지들은 낯선 현실 세계에서 받은 정신적 외상을 상상력으로 극복하고 있다. 김충규의 시는 원형적 이미지에 시적 상상력이 가미된 재현 공간을 통해 세계와의 상호 교감을 이루는 우주적 세계관을 추구한다. 한 시인의 시세계에서 특정한 대상의 자연 공간이 반복적으로 출현하는 이유는, 시인이 그 대상에 자기만의 고유한 상징적 의미나 정신적 가치를 부여하기 때문이다. 김충규의 시에 등장하는 '달'은 그의 내면세계나 정신세계의 지향점과 밀접한 연관이 있다. '달'은 그의 정신세계나 마음의 상태를 보여주는 구체적 실상의 상징적 공간이 된다. 재현 공간이 되는 '달'의 복잡한 상징은 사회생활 이면과 은밀하게 연결되어 있다.

3. 죽음과 소멸의 재현 공간

달은 예로부터 그 변화무쌍한 형태와 느낌, 매혹적인 아름다움으로 시인들에게 다양한 감정이나 정서를 투영하는 대상이 되어 왔다. 대체적으로 김충규의 시에 등장하는 '달'의 원형적 이미지는 나약하고 예민한 감각이 어우러진 여성적 이미지, 폐허가 된 상처, 자아의 결핍 등으로 동일시된다. 또한 '달'의 복잡한 상징 공간은 자연적인 동시에 사회적이며 실천적이다. 따라서 김충규 시에 나타나는 '달'은 상징과 기호들의 일관성 있는 체계화를 지향하는 재현 공간으로 볼 수 있다. 재현 공간은 상상력을 변화시키고 내면세계로 몰입을 시도한다.

물속에 잠긴 달이 처연해서 손가락에 물을
묻혀 내 마른 눈썹에 발라보는 밤,
눈썹이 가늘게 떨리는 소리
물 위에 뚝뚝 떨어진다 물속의 달이
거기 자리 잡고 살겠다는 듯
환하고 가느다란 뿌리를
사방으로 뻗고 있다 그 뿌리들 사이에서
칭얼거리는 물고기들을 가만히 들여다본다
그들과 함께 나도 돌아다니고 싶다
물의 표면은 고요하지만 물속은
물고기들이 일으킨 물결로 사나워진다
그 일렁거림에 몸을 맡기면 지느러미가 없이도
편안하게 돌아다닐 수 있을 것
물 속 저 환한 것이 달이 아닌
헛것이라고 말하지 말아요
헛것이라도 나는 달이 좋아요
저 달이 태아처럼 부풀고 있잖아요
갑자기 내 배꼽이 아려요

태아시절의 내 탯줄이 그리워요
내 젖은 눈썹 위로 떨어진 달빛이
달라붙어 떨어지지 않는다
내 얼굴을 자세히 보려고 물속으로
얼굴을 비춘다
헛것! 내 얼굴이 안 보인다
-물속을 들여다보고 있는 나는 대체 누구?
-「헛것」전문

　달은 "물속에 잠"겨 있다. 그리고 화자는 물에 잠긴 달의 처연한 모습을 보고 있다. 그러다 문득 "손가락에 물을 묻"혀 자신의 "마른 눈썹에 발"라본다. 화자의 동작은 눈썹에 물을 묻혔을 뿐인데 물속의 달이 물기가 묻은 눈썹 위에서 사방으로 뿌리를 뻗어간다. 여기에서 '달'의 원형적 이미지는 물, 즉 양수를 출렁이는 여성의 자궁과 동일시된다. "물속의 달"은 물이 되고, 양수 가득한 자궁이 되고, "사방으"로 뿌리를 "뻗어나가"는 능동적인 생명력의 재현 공간이 된다. 이는 시적 자아가 경험했던 생명의 내면세계로 돌아가고픈 신생의 욕망이다. '달'은 점차적인 소멸과 점차적인 재생을 끝없이 되풀이하는 '영원성'의 상징이다. 화자는 "물속에 잠긴 달"이 시적 자아의 눈썹에서 뿌리를 뻗어가는 순환의 과정을 통해 세상과 단절된 내면세계와 소통하겠다는 굳은 의지를 보여준다.
　화자는 물속에서 물결을 일으키는 물고기처럼 편안하게 돌아다닐 수 있는 '달'의 환한 움직임을 "헛"것이라고 칭하지 말 것을 주문하고 있다. '헛'것은 생명이 살아 숨 쉬는 충만한 잉태의 '달'이고, 시적 자아가 "좋아한"다고 고백하는 재현 공간의 지배를 받는 '달'이다. '달'은 논리적 이성으로 환원되지 않는 사회생활의 이면과 은밀하게 연결된 원형적 이미지를 함축하고 있다. 지금 물속에 잠긴 '달'은 "헛"것이 아닌 태아처럼 부풀고 있는 생명의 원천이다. 시적 자아는 심리 속의 '아니마(anima)'에게 자신의 넋을 맡기고 달과 소통하려는 역동적인 의지를 드러낸다. 즉 "젖은 눈썹 위"에 "달라붙"은 달빛은 신생을 꿈꾸는 순환의 매개물이며, 화자는 "태아처럼 부"푸는 달빛과 소통함으로써 "헛"것이라도 좋은 '달'이 되는 자신의 재탄생을 지향한다.

"헛"것이라도 좋은 '달'. 즉 '달'과 동일시된 화자는 지금 '달'이 되어 "부풀"고 있다. 다시 태어나려는 화자의 굳은 의지는 물의 표면에 머물러 있지 않고 심연으로 들어가는 원동력이 된다. 고요한 물의 표면은 실존적 상처를 투영하지 못 한다. 화자가 눈썹에 바르고 좋아하는 '달'이 생명을 꽃피우는 "태아처럼 부풀"고 있는 이상, 탯줄이 달려있던 태아의 생명력은 확장된다. '달'의 순환은 '죽음과 소멸의 부활'이라는 긴밀한 아날로지(analogy)를 이루고 있다. 이처럼 생명력도 다시 볼 수 없는 "헛"것 같지만 또 의미 있는 재생을 반복한다. 이는 삶과 죽음의 본능이 대립하는 엠페도클레스 콤플렉스(Empedocles complex)라 할 수 있다. 이처럼 김충규는 '달'이라는 원형적 이미지에 시적 상상력을 확장하여 인간과 자연이 일체화된 실존의 운명을 직감한다. "물속을 들여다보고 있는 나는 대체 누구"냐고 묻는 직관적 언어는, 시인이 물속을 들여다보는 "헛"것과 소통하며 결코 '헛것'이 아닌 실존의 자아임을 증명한다. 시인은 현실과 환상의 경계에 기다란 원통을 걸치고 양쪽에서 구멍을 들여다보는 시적 상상력을 통해 순환과 소멸이 소통하는 화해의 기회를 얻는다.

4. 성찰과 초월의 재현 공간

떨고 있는 나무들에게 옷 한 벌씩을 입혀주고 싶은 밤. 기억의 줄기를 팽팽하게 당겨 주렁주렁 열린 추억의 열매 따먹는다. 열매 싱거우면 다디단 달빛에 찍어 먹는다. 나는 밤이 되면 눈망울이 초롱초롱해지는 짐승. 불 켜진 창들을 기웃거리고 싶은 갈증에 시달린다. 대체 저들은 안 주무시고 뭘 하시나? 지나치게 궁금해서 어떨 땐 왕소금 같은 소름이 돋는다. 도둑이 아니므로 남의 창을 함부로 기웃거릴 수는 없는 법. 어슬렁어슬렁 골목을 걷다가 담 밖으로 고개 내민 나무를 만나면 나무가 되고 개를 만나면 개가 되고 달도 되고 지붕도 되고. 몰래 근처의 숲을 빠져나온 죽은 자들도 이승이 궁금한지 어슬렁어슬렁 돌아다닌다. 가끔 그들과 악수를 하고 싶다. 그들의 손은 지하의 흙냄새를 풍길까. 우리는 아무렇지 않게 서로를 통과하여 각자 갈 길을 간다. 죽은 자와의 접촉은 이승의 삶을 흐려놓기도 하므로 나는 말을 아낀다. 무덤이 둥근 것은 지구가 둥글기 때문이라고, 지구가 둥근 것은 자궁이 둥글기 때문이라고 내게 말한 것은 죽은 자들 중의 하나였던가. 나는 둥근 잠을 자기 위하여 둥근 달 속으로 들어간다.

　－「야행」 전문

김충규의 시에서 원형적 이미지의 '달'은 시적 상상력에 의해 화자에게 '폐허'나 '멍 자국'을 재현하는 공간이기도 하고 '통증'을 유발하는 비극적 운명의 공간으로 재현되기도 한다. 여기서 '달'은 이미지와 상징을 통해 체험된 시적 자아와 세계의 상호교감이 되는 재현 공간이다. 시적 자아는 '달' 안에서 유충처럼, 또는 '달' 밖에서 나비처럼, 또는 '달 가까이'서 '달 멀리'서 자신의 운명을 저울질하거나 자신을 '달'과 동일시하는 모습을 발견할 수 있다. '달'을 통해 삶과 죽음을 훌쩍 뛰어넘는 그의 성찰적 시선은, 보편적 인식을 초월하는 인식의 경지에 도달한 것으로 보인다.

화자는 추위에 떠는 겨울나무에게 "옷 한 벌씩"을 입혀주고 싶다. 그리고 "추억의 열매"를 따서 "싱거우면 다디단 달빛에 찍"어 먹는다. 야행夜行 중 "불 켜진 창"을 통해 환기된 욕망은 스스로에게 거절당한다. 이 기억은 자신에게 강렬한 정신적 존재감을 갖게 한다. 또 화자는 "다디"단 달빛에 비친 자신을 돌아보고 진중한 침묵 속에서 밤을 밝히며 짐승처럼 돌아다니고 있다. 시적 자아는 기웃거리지도 못하는 "불 켜진 창"을 지나 "나무를 만나면 나무가 되고 개를 만나면 개가 되"고 지붕을 만나면 "지붕이 되"고 달을 만나면 "달이 되"는 것이다. 지금 화자의 의식은 대상을 소유하는 것이 아니라 대상에 사로잡힌다.

골목을 "어슬렁"거리는 화자는 "몰래 근처의 숲을 빠져나"와 골목을 "어슬렁거"리는 죽은 자와 마주치기도 한다. 화자는 죽은 그들과 "악수를 하고 싶"은 충동을 느낀다. 그러나 죽은 자와의 접촉은 이승의 삶을 흐려놓기도 하므로 화자는 "말을 아"낀다. 지금 쏘다니는 달빛 환한 밤 골목은 '죽음과 생명'이 파종되는 이중 재현 공간이다.

무덤과 지구와 자궁은 둥글다. '원'은 '만다라'이며 티베트어로 '중심'이다. 만다라는 중심에 최고의 신이 군림하는 낙원이며 죽음과 부패의 땅은 썩지 않는 지상의 낙원이다. 이 만다라의 원은 내면성, 안정감이 포함된 마음 전체를 말한다. 여기엔 인간과 자연 전체가 포함되며, 무덤이 둥근 것과 지구가 둥근 것과 자궁이 둥근 것은 서로의 꼬리를 물고 회귀의 본능을 가진다. 시적 자아는 무덤과 지구와 자궁이 순환하는 형상을, 죽은 자들을 통해 들었다는 사실을 깨닫고 자신을 성찰하게 된다. 그 순간 화자는 둥근 '달'의 안정적인 중심에서 동일성의 세계를 추구하고 삶의 초극 의지를 초월한다.

'하늘'이라는 의미의 '천공天空'은 태양, 달, 별 등의 발광체를 포함하고 있기 때문에 보통 묵시적인 세계에서의 천국과 동일시되기도 하고 천국으로 이어지는 길이라고 생각되기도 한다. 이 시에 등장하는 '달'이 '무덤'에서 '지구'에서 '자궁'으로 이어진다는 것은 '천국으로 가는 길'이거나 '천국'이 될 것이다. 그러므로 화자는 "죽은 자들의 말을 믿"고 "둥근 잠을 자기 위"해 "둥근 달 속으"로 유유히 들어가 달과 교감을 나누고 정신적 유대를 형성하여 달과 일체화를 이루게 된다. '달'은 지상의 불행과 고통과 통증으로부터 초월하여 도달하고자 했던 영원성의 세계가 된다. 즉 '달'은 시적 자아의 직관으로 무의식적인 사실들을 포착하여 편안한 잠을 청할 수 있는 휴식의 재현 공간으로 존재한다.

5. 위로와 치유의 재현 공간

달이 제 뼈를 빻아 지상에 뿌리고 있는 밤,
지상의 살아있는 것들이 수런거려요
지상의 살아있는 것들을 염려하는 마음으로
달은 제 뼈를 빻아 고르게 뿌려요
등에 치명적인 상처를 입은 짐승이 구석에 웅크려 신음할 때
달의 뼛가루로 등을 고루 발라주면 상처가 뽀드득 아무는 소리 들려요
세상을 읽느라 지친 당신 눈 속 가득한
검붉은 거미줄도 달의 뼛가루에 사르르 걷히고 있네요

증오를 깁던 거미는 이미 떠나고 없네요
거울에 달의 뼛가루를 두껍게 발라 봐요
그 거울에 비치는 모든 죄가 쇳물처럼 녹아
마음에 투명하고 물렁한 거울이 생겨요
나무에서 걸어 나온 사내와
달에서 내려온 여인이 만나 운우지정을 나누는 밤,
사내의 숨소리는 하늘로 올라가 구름이 되고
여인의 숨소리는 비가 되어 쏟아져요
나는 그 사내의 등에 칼을 꽂고
여인을 차지하려고 해요
여인을 따라 달에 가서
내 뼈도 빻아 지상에 뿌리고 싶어요
－「뼈를 빻아」 전문

김충규 시에서는 현실과 비현실의 경계를 넘나드는 '환상성'의 재현
공간이 자주 발견된다. 그는 스스로 자신을 낯설게 만듦으로써 자신이
몸담고 있는 세계는 허상이며, 진실한 세계는 표면적 삶의 이면에 있음
을 포착한다. 클레(Paul Klee)는 공간이 주체의 감정적 표현으로부터 떨
어져 나온다고 주장한다. 이처럼 공간 속 대상은 공간 속 제시와 관계를
맺는데, 이는 피카소(Pablo Ruiz Picasso)의 그림에서도 표현된다. 피카
소의 그림은 눈과 붓에 의해 분석된 대상의 다양한 면을 동시에 투영한
다. 김충규의 시에 나타나는 '달'이라는 공간은 피카소의 그림처럼 감정
적 표현으로부터 떨어져 나와 주변 대상을 가시화하는 재현 공간이다.

김충규의 시에 나타나는 우주관은 삶과 죽음의 동시성을 목격하는 슬
픔과 상처로 얼룩진 전일적 세계관이라 단정할 수 있다. 그의 시에는 고

통이 고통을 불러오는 시적 자아가 등장하여 어느 것 하나도 온전할 수 없는 상태를 보여준다. "살이 찢어지거"나 "제 살을 찢거"나 "멍들거"나 "뼈가 으스러져"서 몰핀 없이는 견디기 힘들어 보이는 화자가 종종 등장한다. 위의 시는 견디기 힘든 고통이나 통증의 흔적을 치유하고자 욕망하는 기록이다. 상처 입어 흔들리는 운명 앞에서 깊어지는 고통을 제거하고 싶은 것이다. '달'은 상처 입은 절망적인 존재의 자아에게 위로와 치유의 실존적 힘이 되어 화자를 버티게 해주는 재현 공간이다.

달빛이 지상으로 쏟아지고 있다. 화자는 달빛을 "달의 뼛가루"로 본다. '달'은 지상의 살아있는 것들을 염려하는 마음으로 스스로 "제 뼈를 빻"아 "지상에 뿌"린다. '달'이 뼛가루가 되어 뿌려지는 하강은 소멸이나 죽음을 상징한다. 따라서 뼈를 빻아 뿌리는 행위는 비극적 정서를 강화하는 행위이지만, 여기에서는 살아있는 것들을 염려하는 역설적인 형식이다. 이러한 표현형식의 성과는 내적인 것과 외적인 것, 주관적인 것과 객관적인 것 사이의 고정된 경계가 유동화 한다는 데 있다. 달은 "등에 치명적인 상처를 입은 짐승이 웅크려 신음"할 때 짐승의 상처 난 등에 스스로 빻은 뼛가루를 "고루 발라 주"는 숭고한 의지를 실행한다. 이는 화자가 지향하는 빛의 세계이며 실존적 희망을 확인하는 행위로 보인다. 그때 들리는 소리는 격렬하고 냉혹한 삶의 격전지에서 생긴 상처가 아무는 거룩한 치유의 소리다.

지금 "당신"은 세상을 읽느라 지쳤고 눈 속 가득 "검붉은 거미줄"이 쳐져 있다. "달의 뼛가루"가 가진 치유의 능력은 거미줄을 걷어낼 만큼 위대하다. 그 뼛가루의 달빛은 증오를 곱씹던 '거미'마저 떠나게 하는 능력을 발휘한다. 이제 시적 자아는 거울에 달의 뼛가루를 "두껍게 발"라 본다. 그 거울에 비치는 세상의 모든 죄는 "쇳물처럼 녹"아 사라지고 마음에는 "투명하고 물렁"한 새 거울이 생긴다. 화자는 달빛을 통해 위로받고 달빛을 통해 근심과 고통을 치유하고픈 열망을 가지고 있다. 거울은 투명하고 물렁한 자의식의 거울이다. 그 물렁한 거울 속으로 언제든들어갈 수 있고 그 투명한 거울에 언제든 자신을 비춰볼 수 있다. 거울은 달빛을 두껍게 발라 모든 죄를 쇳물처럼 녹여버리는 단호하고 대립적인 모순의 세계가 아니라, 수용을 각오한 위로의 재현 공간이 된다. 그거울은 "달의 뼛가루", 즉 달빛으로 생성된 치유의 재현 공간인 셈이다.

상처받은 것들을 염려하는 '달'은 고통과 절망을 뛰어넘는 용기로 자신의 뼈를 가루로 빻는 희생의 제의를 보여준다. 뼈를 빻는 고통은 자신을 무장시키는 삶의 기제가 된다. 살아있는 것들은 그렇게 죄를 짓고 "증오"를 키우며 살아갈 수밖에 없다. '달'의 분골 의지는 세상의 상처와죄를 치유하고자 하는 단호한 위로와 치유의 의지가 된다. '달'은 뼛가루로 지상에 살아있는 것들의 상처를 아물게 하고, 나무에서 걸어 나온 사내와 달에서 내려온 여인은 "운우지정을 나"눈다. "사내의 숨소리는 하늘로 올라가 구름이 되"고, "여인의 숨소리는 비가 되어 쏟아"진다. 그의 시에 나타난 우주공간은 하나의 통으로 연결된 연쇄구조의 공간이다. 화자는 나무에서 나온 "사내의 등에 칼을 꽂"고 "여인을 차지하"고자 희구한다. 화자는 우주의 흐름에 거세게 저항하며 개입한다. 또한 화자는 여인을 따라 '달'로 올라가 자신의 뼈를 빻아 지상에 뿌리려고 시도한다. 화자는 자신의 뼈를 빻는 초인의 용기로 '달'이 되어 세상의 상처를 치유하려는 의지를 보여준다. 이때 시적 자아가 자신의 "뼈를 빻"는 극단의 결단은, 상처받은 영혼들과 동일시되는 자신의 상처를 위로하고 치유하고자 하는 사랑의 용기다.

김충규의 시에 등장하는 '달'은 시인의 시 세계에서 깊이 있는 사색과 예민한 감각이 어우러진 실존적 자아이며, 지상의 불행과 고통과 통증으로부터 초월하여 도달하고자 했던 영원성의 세계다. 김충규는 '달'이라는 원형적 이미지에 시적 상상력을 확장하여 인간과 자연이 일체화된 실존의 운명을 직감한다. 시적 자아가 '달'의 재현 공간에서 '달'과 동일시되는 것은 생명의 순환과 소통하는 기회를 얻고, 소통과 순환, 성찰과 초월, 위로와 치유의 특성을 함축한다. 상처받은 영혼들과 동일시되는 자신의 깊은 상처를 위로받고 위로하며 함께 치유해나가자는 사랑의 의지를 보여주는 김충규는 지금, 마지막 삼킨 한숨 빛으로 환하게 꽃멀미를 하고 있을 것이다.

자아와 세계의 상서로운 연대

– 최도선, 『서른아홉 나연씨』

'연대'는 최도선 시적담론의 핵심 사유다. 문학이 타자를 통해 자아를 발견하는 예술이라면, 최도선의 문학은 대상과의 연대를 통해 자아의 가치를 발견한다. 최도선의 시는 낮은 곳을 응시하며 자아를 돌아본다. 그녀는 사회적 약자인 변방의 대상들과 객관적 거리를 유지한 채 내면의 사유를 풀어낸다. 최도선의 시세계는 자신을 타자화하고 타자를 자기화하는 자아와 연대한다. 연대의 문학은 공감을 통해 발현된다. 이처럼 최도선 시학의 중심에 자리한 연대는 타자의 불행과 상처에 공감하며 인간 보편의 성스러운 감정을 공유한다.

신영복은 『나무야 나무야』에서 신사임당과 허난설헌을 비교하면서 예술을 통해 어떤 가치를 지향할 것인지에 주목한다. 문학으로 추구하는 가치는 개인의 욕망을 위한 가치가 아니라, 사회적 가치를 실현하는 거룩한 태도이다. 최도선의 시는 이타주의적 시선으로 타인과 연대한다. '연대'를 통해 시대의 아픔에 다가가려는 것이다. 이처럼 최도선의 시세계에서 발현되는 연대의 시학은 사회적 가치를 실현하는 겸허한 태도를 지닌다.

최도선은 1987년 《동아일보》 시조부문 신춘문예에 당선되어 등단한 시인이다. 그녀는 1993년에는 《현대시학》 소시집으로 시작품 활동을 시작하여 시조와 시의 경계를 자유롭게 넘나든다. 1994년 첫 시집 『겨울기억』을 상재한 이후, 이십여 년의 공백을 건너 2014년 두 번째 시집 『서른아홉 나연씨』를 출간한다. 2018년에는 『숨김과 관능의 미학』이라는 감성적 비평집을 엮는다. 2016년 2월부터 2017년 6월까지 《시와표현》에 연재한 100편이 넘는 시와 시조의 비평을 모은 책이다. 시인의 비평집 『숨김과 관능의 미학』은 '한 편의 정서적 드라마'라는 호평을 받으며 공감을 불러일으킨다.

최도선은 2019년 세 번째 시집 『그 남자의 손』(시와문화, 2019)을 상재한다. 이 시집은 연대의 시선을 품은 시편들로 채워져 있다. 약하고 버려지고 상처받는 것들의 바닥을 향한 시인의 시선은 진지하다. 최도선은 두 번째 시집 '시인의 말'에서 자신의 시가 누구의 품에든 안겨 사랑받기를 간절히 원한다고 밝히고 있다. 최도선은 '연대'과 '배려'를 통해 가장 낮은 세계의 밑바닥에서부터 영감을 피워 올린다. '진정한 시인은 영감을 불러일으키는 사람'이라는 폴 발레리의 말을 염두에 두고 어둡고 쇠락한 세계의 뒤편을 밝혀나간다. 다음의 시를 통해 최도선 시가 지향하는 '연대'의 사유를 만날 수 있다.

1
초등학교 기간제 교사로 나갈 때
여름방학에 일직근무를 하고 있었다
아침나절, 우악스런 남자가 남녀 두 아이의 멱살을

잡아끌고 들어와 내 앞에 확 풀어 놓는다
독한 술을 마신 것처럼 붉어진 아이들
맥없이 바닥에 엎어져 문어처럼 찰딱 달라붙어 우는지 웃는지
두 아이 서로 쳐다보며 키득거린다
남자의 입에서 얼음장 깨지는 소리가 쏟아졌다
내가 이 학교 1회 졸업생이다 저 아이들이 교문에 앉아
담배 피우는 것을 본 것이 한 두 번이 아니다
도대체 학교가 뭐하는 것이냐

2
아이 둘은 밭 가운데 허물어진 비닐하우스에서
아직 담배를 피우며 앉아 있다
컵라면 용기들이 굴러다니고
구원의 빛이 달빛을 가리는 밤
웅크린 아이들 옆구리에서 늑대의 울음이
끊임없이 흘러 나왔다
이 불결한 지상의 수태들

3
꼬리연, 너 이 지상에서 무슨 완전한 것을 보았느냐
얇은 종이에 긴 꼬리를 달아 너를 떠나보내며 소원을 빌지만
아이들 이빨에 밴 니코틴 사이로 비웃음만 새어나올 뿐
가출한 엄마의 속옷을 입고 있는 여자아이와
매일 술 취해 모두를 때려 부수는 아빠를 아빠라 부를 수 있는지 묻는
눈썹 짙은 아이의 창백한 얼굴 어쩌지 못해
내 안에 자리한 창백한 울음주머니를 떼어내려다 말고

꼬리를 흔들며 날아가는 꼬리연을 바라만 보고 있다
「꼬리연」 전문

　최도선의 시는 자아와 세계의 상서로운 연대에서 시작된다. 위 시 「꼬리연」에서는 최도선이 추구하는 정신적 가치가 잘 드러난다. 「꼬리연」의 상황은 교사를 역임했던 시인의 직접적인 체험이다. 1회 졸업생이라는 우악스런 남자는 여름방학 일직근무를 하는 화자 앞에 "남녀 두 아이의 멱살"을 풀어놓는다. 그는 담배를 피우는 불량학생들을 끌고 와 제대로 교육시키지 못한 학교와 교사를 탓한다. 하지만 "아이 둘"은 꾸지람에도, 멱살을 잡혀도 개의치 않고 키득거리며 "비닐하우스에서 아직 담배를 피"운다. "구원의 빛"마저 "달빛을 가리"는 암울한 밤이다. 아이들은 폭력을 휘두르는 "술에 취한" 아빠와 "가출한 엄마"에게서 사랑도 위로도 받지 못 하고 성장했을 것이다. 화자가 바라보는 아이 둘은 '불결한 지상'이 수태한 비극의 한 단면이다.

　화자의 의식 깊은 곳에 자리한 창백한 울음주머니에는 "아이들"의 "옆구리"에서 흘러나온 "늑대울음"으로 가득하다. 시적 주체이자 관찰자인 교사는 잘못된 어른들에 의해 삐뚤어진 아이들에게 스승으로서 어머니로서 본원적으로 체득된 연민의 사랑으로 연대하고자 한다. 세상 밑바닥에서 도무지 일어서지 못 하는 아이들의 손을 잡아주고자 먼저 손을 내민다. 화자는 담배 사이로 새어나오는 아이들의 비웃음을 어쩌지 못해 얇은 종이에 긴 꼬리를 달아 아이들을 구원해줄 희망을 소원해 본다. 하지만 시인은 "창백한 울음주머니"조차 떼어낼 수 없는 현실 앞에서 날아가는 꼬리연을 하염없이 바라볼 뿐이다.

　꼬리를 흔들며 날아가는 꼬리연은 꼬리에 꼬리를 문 울음주머니 같

다. 아픔은 "어느 때나 누구도 모르게 온"다(「서어나무」)는 것을 화자는
잘 안다. 그래서 꼬리연 앞에 "무릎을 꿇"고(「골고다 언덕에 오르다」) 상
처 받은 아이들을 위해 소원을 빌어본다. 시인은 고통을 주는 대상이나
고통을 받는 대상을 동류화하여 견디는 과정으로 나아가고자 한다. 고
통을 겪는 대상과의 정서적 공감을 통해 결속을 다진다. 공감하는 대상
에 대한 연대의 정서는 최도선과 소통하는 시적 에너지의 원천이다. 시
전면에 배치된 연대의 이미지들은 단순히 동정심을 일으키는 심리상태
가 아니라, '사랑'의 범주에 속하는 포괄적인 행동 양식에서 비롯된다.
이를 통해 최도선의 시는 자아와 세계의 상서로운 연대에서 촉발된다
는 사실을 확인할 수 있다.
　　다음의 시 「서른아홉 나연씨」에서도 서른아홉 먹은 '나연'씨와 연대
로 공감하는 화자의 시적 태도가 이어진다.

　　　　삼각 김밥 하나로 아이의 아침밥을 대신하는 그녀
　　　　매일 편의점에 간다.

　　　　아이가 심히 아파도 회사엘 가야만 하는 그녀
　　　　직장에서 끝없는 일로 어깨가 늘 빠져있다가도
　　　　아픈 아이를 둘러업을 때는 제 어깨 아픈 줄도 모르고
　　　　병원으로 달린다.

　　　　포인세티아 불타는 신혼 방에서 우단 같은 꿈 메모해 왔지만
　　　　계절 가는 줄도 모르고,
　　　　아이 하나 기르기도 허덕거리는 시간들
　　　　오늘에 이르러 그녀의 꿈은

하루가 무사히 지나가는 것이 꿈이 된다

시간이 곤두박질 칠 때
나연씨네 세탁기 급히 돌아가야 하고
청소기도 쉼 없이 돌아가야 하고
아이는 그녀의 무릎을 조금도 떠나지 않고

나연씨는 여전히 서른에 머무르고 싶고
명품빽 하나쯤은 갖고 싶고
우먼파워는 되어야 하고
커피만은 핸드드립하고 싶은 나연씨,

모든 게 마음뿐인 그녀
이 저녁도 힘차게 편의점에 들어서며

'인생은 다른 곳에 있음에'를 삼킨다.
「서른아홉 나연씨」 전문

삶의 국면은 자신의 의지로 헤쳐 나가기 어려울 때가 많다. 그럴 때 부딪치게 되는 절망이나 좌절은 포기를 불러오기도 한다. 하지만 파워 우먼이 되고 싶은 서른아홉 살 나연씨는 "인생은 다른 곳에 있음에"를 삼키며 힘차게 살아간다. 나연씨는 아침저녁으로 편의점에 들른다. 아이의 아침밥과 저녁밥까지도 "삼각 김밥" 하나로 편의점에 의지해야 하는 바쁜 엄마이기 때문이다. 나연씨는 사회에서 요구하는 알파걸이 되기에는 역부족이라는 것을 스스로 알고 있다. 나연씨는 여전히 삼십대로 머물고 싶지만 순서대로 찾아오는 계절과 마주할 수밖에 없다.

"핸드드립" 커피로 마지막 자존감을 지키고 싶은 나연씨. 하지만 나연씨가 마주한 세상은 녹록치 않다. "오늘에 이르러" 나연씨의 꿈은 "하루가 무사히 지나가는 것"이 되어 버렸다. 나연씨는 "곤두박질"치는 시간과 함께 "곤두박질"치면서 살아가야 하는 현실 앞에 놓여 있다. "나연씨"는 "우먼파워"를 갖고 살아가고 싶지만 마음만큼 쉽지 않다는 것을 잘 안다. 시인은 주인공 나연씨에 대한 이야기를 전지적 시점으로 끌어가고 있다. 나연씨의 지난한 현실에 공감하는 시인의 서술에서 시인의 서른아홉 살이 오버랩 된다. 서른아홉 나연씨가 당면했던 그 시간들은 서른아홉 살의 시인 자신이 건너야 했던 혹독한 시간은 아니었을까?

시인은 자아와 세상의 불완전함과 부족함을 인정하고 힘차게 나아가는 나연씨를 통해, 때로 삶은 실패하기도 하겠지만 청명한 아침은 다시 올 것이라 믿는다. 이는 세상과 타자를 향한 포용이자 세상과 자아에 대한 연대에서 비롯되는 굳건한 믿음이다. "다정할 뿐인 지나간 실패"는 (「다정한 실패」) 세계를 지탱하는 든든한 힘이 되어준다. 시인의 공감적 이해는 시인이 수단의 난민들을 떠올리거나 "길 떠나는 이주자들의 안녕을 기원"할 만큼 연대의 넓은 품에서 솟아나온다.(「떠도는 바람」)

다음의 시 「마두금」에서도 마음으로부터 깊이 우러나는 연대와 포용의 시적 정서가 드러난다.

내 안에 슬픈 머리 하나 뒹굴고 있다

언제부턴가 태초의 울음이
무성한 자작나무 숲 사이로

재앵 재엥 바람을 타고 와
허공을 난다

모래 바람은 때 없이 각을 세우고
밤마다 쏟아지는 별
대평원의 말발굽소리
두줄 현을 통해 서방으로 동방으로
두근두근 떠다니며
낙타도 울게 하는
모성의 소리

평원의 공기를 가르고 울면
먼 옛날 이 땅의 사람들 지구 끝을 향해 달리던
그 혼 살아나 절벽을 오르는 힘 솟구쳤다

엎드린 자는 넘어지지 않는다

갈기를 휘날리며 번지는 초원의 젖줄소리
애틋한 부적 같은 흥
몸 안에 가득 차
춤추고 춤춘다
애가 닳도록
「마두금」 전문

　　마두금은 두 줄로 된 몽골의 전통 현악기다. 마두금 연주는 몽골의
"낙타도 울게 하는 모성의 소리"다. 이 모성의 소리는 가장 경이로운 연

대의 감정에서 시작된다. 화자는 두줄 현의 마두금 소리에서 "태초의 울음"을 만난다. "초원의 젖줄소리"에 "애가 닳도"록 "춤"을 추게 되는 마두금 연주. 마두금 소리가 대평원의 말발굽소리와 밤마다 쏟아지는 별을 찾아 "두근두근"떠다"닌다. '마두금'이라는 악기에서 상상할 수 있는 서사는 "지구 끝을 향해 달리던' 먼 옛날 사람들이 만들어낸 태초의 이야기였을 것이다.

"엎드린 자는 넘어지지 않는다"는 진술은 이 시의 정점이다. 엎드린 자는 이미 바닥이므로 더 내려갈 곳이 없다. 이제 일어나기만 하면 된다. 가장 낮은 자세로 사막을 횡단하는 시인은 '오줌'이라는 한 줄기 희망으로 사막의 신부인 "분홍꽃을 피워내"는(「잠든 방을 깨우다-키질쿰사막」) 넓은 모성의 품을 보여준다. 그 품으로 누군가를 품는 일은 "날마다가 참 좋은 날"(「서설瑞雪」)이 될 것이 분명하다. 이는 낮은 곳에 엎드린 타인을 보듬는 거룩한 사랑이 없다면 불가능한 일이다.

고통은 결코 타인의 탓이 아니며 두려움이나 분노를 넘어서는 연민이 있어야 타인과 연대할 수 있다. 연민은 타인의 고통에 대한 합리적 숙고의 능력을 가진다. 마사 누스바움(Martha Nussbaum)은 연민의 합리적 능력으로 사회적 삶의 변화를 추구해야 한다고 주장한다. 타인에 대한 연민은 한 개인의 사적인 삶에서 윤리적 삶을 영위하는 토대로 형성된다. 최도선의 시는 그늘진 곳에서 고통 받는 타자의 상처에 공감하며, 타자들의 선善과 연결되는 생명의 힘으로 도덕적인 삶의 변화를 일으킨다.

누군가 띄운 꼬리연이 꼬리를 흔들며 날아간다. 묵묵히 바라보던 최도선은 시선을 거둬 다시 시의 사막으로 걸어간다. 마지막 온기를 품은 저녁놀이 그녀의 뒷모습을 조용히 따라간다.(「저녁놀」) 어디선가 모성의 소리를 따라 우는 낙타의 울음이 들려온다.(「마두금」) 시 속의 잠을 깨우는 한줌의 연민이 모래언덕을 오르자, 최도선이 품어주는 검은 하늘이 일제히 환해진다.

/ 3 /
생기론적 삶의 속살

– 김정원

　삶과 떨어진 시는 한 줄도 쓸 수 없다는 김정원은 '김정원'이라는 시인 자체가 '시'가 됨을 사실적인 작품으로 증명한다. 삶을 받아쓰는 것이 시라고 생각하는 그는 삶을 시로 옮겨 적는 번역가이거나 필경사인 셈이다. 생명에 하나의 출구를 지시하지 않는 작품은 없다는 들뢰즈(Gilles Deleuze)의 생기론은 자아 안으로 파고 들어가 자아와 하나가 되는 베르그송의 '지적 공감'과도 상통한다. 김정원이 엮어내는 현실 탐구와 민중적 서정의 시세계에는 들뢰즈의 생기론과 베르그송(Henri Louis Bergson)의 지적 공감이 배어 있다. 김정원이 짙은 그늘 이편에 서서 참여하는 리얼리즘적 시세계는, 생명의 잠재적 발생을 야기하는 소소한 이야기에도 귀 기울이는 직관적 현실인식에서 펼쳐진다. 그는 나무의 아픔과 꽃의 고민과 돌과 벌레의 농담을 진실한 생명의 언어로 조탁하고자 자신 스스로 살아 숨 쉬는 한 편의 시로 깊어진다.

　김정원의 근작시 다섯 편에는 의식적 삶의 본질이 연속적으로 흐르고 있다. 각 시편에 드러나는 삶의 약동은 모든 사물의 동기가 되어 대상 안으로 들어가서 대상을 직접 인식하게 한다. 우리의 내부에는 지속되는 일상과 더불어 지속되는 자아가 있다. 이때 일상과 더불어 지속되는 자아는, 삶에 밀착된 시간이 풀어내는 사건이나 사연의 지속적인 현실에 공감하게 되는 것이다. 김정원의 시에는 들춰보고 싶은 소소한 일상의 생기론적 삶의 속살이 비친다. 위대한 촛불의 혁명, 경쟁하지 않는 꽃, 그리고 사람냄새를 풍기는 교실, 하산해야 할 고3 아이들. 삶의 이면에서 뼈있는 농담으로 툭툭 던져지는 진실들은 아포리즘적 삶의 교훈이나 윤리적 태도처럼 다소 지루해질 위험요소를 배제할 순 없다 하지만 우스갯소리로 넘겨버리기엔 아주 깊은 해학과 성찰의 과정이 담겨있다.

지난해 언 땅속에서
눈알처럼 귓바퀴처럼 웅크리고
너는 보고 들었지?

촛불이 얼마나 위대했던가를,
네 완전탈바꿈처럼

남쪽 내 고향에 목화 피는 팔월
광화문 광장 세종대왕 동상 아래
미라가 된 너

사는 동안 울지 않은 날이 없었다

사랑을 위하여

네가 새의 부리를 두려워하지 않고
혁명하듯 온몸으로 울어서
한 철이 뜨거웠다
-「매미」전문

사는 동안 울지 않은 날이 없었던 건 비단 매미뿐이었을까? '너'는 왜 그토록 살아있는 내내 혁명하듯 울어야 했던 걸까? 매미는 썩은 정치 앞에서 위대하게 타오른 촛불처럼 삶의 비의를 위하여, 혹은 세상의 모든 사랑을 위하여 언 땅속에서 웅크린 채 촛불의 침묵하는 함성을 들어야 했을 것이다. '너'는 잡아먹힐지도 모르는 "새의 부리를 두려워하지 않"고 당당하게 소외된 삶을 응시하면서 "온몸으"로 뜨겁게 울었다. 그러므로 팔월의 여름 한 철은 "혁명"처럼 뜨겁게 달아오른다. 현실의 단면을 직설적으로 보여주는 "광화문 세종대왕 동상 아래"라는 일상적인 공간에서 화자는 일상적 삶의 눈으로 매미의 일상적 삶에 접근한다. 화자는 겨우 2주간의 짧지만 치열한 매미의 삶을 끈끈한 리얼리즘으로 투시하고 있다.

김정원의 진지한 시적 접근은 '완전탈바꿈'이다. 그가 바라본 '너'인 매미는 종족 보존을 위해 짧은 생애동안 쉬지 않고 울어야 했지만, '사랑'이라는 신념을 후회 없이 이루었으니 다음 세대의 사랑을 위해 흙으로 돌아가 7년간 미라가 되는 것이다. 단 한번 사랑을 죽음으로 치러야 하는 처절하고 황홀한 신혼비행이나(복효근-「매미」), 뜨겁게 우는 것이 사랑임을 알거나(안도현-「매미」), 짧은 생의 핏빛 절창이거나(이수익-「17년 만의 여름」), 반드시 들키려고 나무의 멱살을 잡고 울거나(박지웅-「매미가 울면 나무는 절판된다」), 매미는 일생일대의 장렬한 사랑과 죽음 탓인지 유독 시인의 가슴에 잘 가닿는 것 같다.

지금 화자의 시선은 미라가 된 매미에게 닿아 있다. 미라가 된 매미는 "옹삭하지 않"은(「받아쓰기」) 시가 되어 영원히 썩지 않을 것이며 더 이상 울지 않아도 될 것이다. 김정원은 "새의 부리를 두려워하지 않"는 "혁명"의 용기로, 남쪽 고향 담양에서 팔월의 목화처럼 활활 차오르는 민중의 의지로 '사랑'을 응원한다.

> 네 꽃을 피워라
> 어디서든
> 빛깔 곱고 향기롭게
> 네 꽃을 피우면
> 나비는 찾아온다
> 다른 꽃에게 인정받으려 애쓰지 말고
> 뜨락의 가치관에 끌려 다니지 말고
> 네 꽃을 피워라
> 큰 꽃을 쳐다보지 않고
> 아무 꽃과도 경쟁하지 않으면
> 네 혈관에 행복의 넥타르가
> 강물처럼 흐르리라
> 설령 깊은 숲길에 혼자 있어
> 아주 돋보이지 않아도
> 활짝, 네가 꽃을 피우면
> 나비는 매료되어 날아온다
> 언제든지
> -「활짝」 전문

위 시「활짝」에서 화자는 "다른 꽃에게 인정받으려 애쓰지 말"고 "큰 꽃을 쳐다보지"도 말고 "아무 꽃과도 경쟁하"지 말고 자신의 꽃을 피우라고 조언한다. "경쟁하"지 않는 자유의 삶을 살면 신들이 마신다는 불로영생의 "넥타르"가 혈관 속으로 "강물처럼 흐"른다고 전언한다. 하지만 이런 전언은 어쩌면 와 닿을 수 없이 허공을 떠도는 진부한 위로가 아닌지 돌아보게 한다. 우리가 딛고 걸어가는 세상은 살벌하고 치열한 경쟁 구도로 각색되어 있기 때문이다. 아마도 화자는 이런 각박한 현실에 내던져지는 아이들의 발걸음들이 안쓰러웠으리라 짐작된다.

김정원은 대안학교에서 고3학생들을 가르치는 선생님이다. 출세해서 국수를 사준다던 제자는 십칠 년이 지나도 약속을 지키지 않고 있지만, 그는 여전히 공소시효 없는 약속을 지키러 올지도 모르는 제자를 변함없이 기다리며 국수는 자신이 사겠다고 전한다. 그는 진로 고민이 가시처럼 목구멍에 걸려 삼키지도 뱉지도 못 하는 고3제자들을 담양 "진우네 국숫집"에 데리고 가서 "속이 뻥 뚫리게 매운 비빔국수를 사주"는 (「국수는 내가 살게」) 사람냄새 나는 교사다. 설령 숲길에 혼자 앉아있어 돋보이지 않으면 또 어떤가. 개별꽃, 양지꽃, 쥐오줌풀꽃. 모두 저마다의 얼굴을 있는 힘껏 활짝 피워내면 꽃의 노력에 매료된 나비는 또 언제든 날아올 것을 믿는다. 낮은 모의고사 점수에 다친 제자의 마음을 얼얼한 비빔국수 한 그릇으로 달래주는 선생님의 온기가 전해져와 따뜻해지는 저녁. 선생님이 내밀어준 손을 맞잡은 제자의 마음 가락 사이로 한올한올 양념으로 스몄을 선생님의 정을 떠올리니, 멸치 우린 국물과 얼얼하게 맵싹하고 새콤달콤한 비빔국수 한 그릇 먹고 싶다.

애들아

교실에서 나와라

들길을 걷게

실오라기 하나 걸치지 않은 햇볕에

축축이 젖은 몸을 말리자

구름 한 점 없이 파란 하늘호수에

누렇게 뜬 얼굴을 씻자

꽃을 필경하는 나비처럼

산 책인 자연을 마음으로 읽자

나팔꽃이 붉은 나팔소리를 내고

여뀌가 하얗게 춤을 추고

석류가 벅찬 가슴을 터뜨리고

벼는 벼끼리 피는 피끼리

둘러앉아 두런두런

이야기하는 소리가 정답지 않니?

성게 같은 밤송이가 송곳을 벼르고

숲길을 따라 마을을 돌아

도랑을 건너 대추를 서리하고

높은 담벼락을 훌쩍 넘은 사위질빵처럼

우리도 거뜬히 대학입시를 뛰어넘자

짝꿍이 살벌한 경쟁가가 아니라

살가운 도반으로 보이게

향기로운 사람냄새를 멀리 풍기자

들길을 걸으며

사람다운 사람이 되자

-「산책」 전문

작가이자 선생님인 화자 김정원은 누렇게 든 얼굴로 "축축"하게 젖은 아이들을 교실 밖으로 불러내고 있다. 전라의 몸으로 오롯이 자신을 내주는 햇볕 아래, 아이들을 불러 모은 선생님 김정원은 지친 아이들과 앞서 거니 뒤서 거니 들길을 걷는다. 그는 꽃을 베껴 쓰는 '나비 필경사'가 되어 살아있는 자연을 펼쳐 입시 경쟁에 몸서리치는 아이들에게 조곤조곤 읽어준다. 그리곤 나팔꽃의 "붉은 나팔소리"와 "여뀌"의 하얀 춤과 "석류"의 벅찬 가슴을 나누어주며 사람다운 사람의 향기를 풍기고 있다. 서로 비슷한 처지의 친구 같은 벼며 피가 두런두런 저들끼리 정답게 얘기하는 소리를 들어보라고, 대추 서리로 간담도 키우고 자기보다 높다고 생각되는 아무것에나 넉살 좋게 올려다 걸치는 "사위질빵"처럼 거뜬히 대학입시를 뛰어넘자고 독려한다.

화자는 세상을 나서는 아이들에게 산책하듯 즐겁게 걸어가라고 등을 밀어준다. 여기서 "파란 하늘호수"와 "햇살"과 "숲"과 "들길"은 사람이 사람다울 수 있도록 배경이 되어주는 소중한 자연이지만, 짝꿍이 살가운 도반이 되기엔 힘겨운 현실이라는 걸 부인할 수는 없다. 옆자리에 앉은 친구가 살벌한 경쟁자가 아닌 살가운 도반이 되어야 한다는 시인 선생님이야말로 사람다운 사람이 아닌가. 이런 스승의 가르침을 받는 제자라면 분명 사람다운 사람이 될 것이라는 믿음이 생긴다. 만화책을 훔치던 아들이 "아빠의 눈물 때문에 나쁜 버릇을 고쳤다"고 말하는 것은 (「아빠의 눈물」) 스스로 마음을 열어 주고받는다는 것이 얼마나 큰 힘을 발휘하는지를 말해준다. 십계명이나 벌칙, 뺨따귀 같은 세찬 폭풍우가 아니라 따스한 햇살 한줌 같은 아빠의 눈물 젖은 사랑으로 지극한 사랑을 주는 부모이자 스승인 김정원. 그의 시에서 스멀스멀 피어오르는 마음을 움직이는 진짜 사람 냄새를 맡는다.

오늘 선생님 몇 분이 출장을 가서
시간표가 변경되었다
3학년 2반 반장이
교무실 전학년 수업 시간표를 보고 와서
학급 칠판에 적었다

영(어)
국(어)
윤(리)
생(태)
한(국사)
수(학)
수(학)

수학이 거북한 문과반 아이들이
수학이 두 시간이라고, 그것도
가장 힘들고 지치는 6,7교시 연강이라고
불평을 했다

〈중략〉

아이들이 묘한 기분으로 박수를 칠 때
나는 물었다

내 두 눈으로 똑똑히 보았다고 그것이 진실일까요?
내가 직접 보고 들은 것도 착시일 수도, 허위일 수도 있지요?
그러니, 내가 꼭 옳다고 끝끝내 주장할 만한 일이 있을까요?

그런 주장이 얼마나 어리석고 위험한지 알겠지요?

나에게는 엄격하고, 남에게는 관대할 까닭이 여기에 있지 않을까요?

나는 다 본다고 하지만, 실제로는 내가 보고 싶은 것만 보는 것이 아닐까요?

아이들이 입을 모아 '예'라고 크게 대답했다
내가 지금 말하는 것도 옳지 않고 틀릴 수 있다는 것도
아이들은 이미 알아차린 듯 했다
그러니, '애들아, 이제 그만 하산해라!'
하고 말할 수밖에
-「졸업할 때가 되었다」 부분

졸업할 때가 된 것은 누구일까? 누가 하산해야 하는 것인가? 가장 지치는 6,7교시 수학 연강은 문과반 아이들에게 지치는 시간이 될 건 뻔한 일이다. 반장이 칠판에 적은 시간표는 부반장에 의해 고쳐졌다. 격렬하게 투덜거리던 아이들은 묘한 기분으로 박수를 쳤다. 수(학) 대신에 진(로)로 바뀐 시간. 도대체 무엇이 아이들의 감정을 변하게 한 것이란 말인가? 화자인 선생님 김정원 시인은 "두 눈으로 똑똑히" 본 것도 허위일 수 있으니, 자신만이 옳다고 주장하는 것은 위험한 일이라고 말하고 있다. 우리는 다 보는 것이 아니라 내가 보고 싶은 것만 보기 때문이다.

화자는 선생님인 자신의 말이 옳지만 틀릴 수도 있다는 것을 알아차린 아이들에게 높은 세상의 현실에서 미끄러지지 말고 한 걸음 한 걸음 하산하라고 말한다. 세상엔 자신에겐 관대하고 남에게는 엄격한 사람들, 실제로 보고 싶은 것만 보며 틀에 갇힌 사람들 투성이다. 정상을 찍고 참진리를 깨달았다면 세상의 낮은 곳에 자신이 체득한 진리를 전해

야 한다. 그때서야 비로소 하산이 가능한 졸업 시기를 맞을 수 있다.

남도 진도읍 변두리에
예쁜 집 짓고 사는 소리꾼 친구가
하루는 내게 하소연을 했다

지나던 낯선 사람들이
자동차에서 내려 집을 보고 싶다며 무작정
안으로 들어가게 해달라고 떼를 쓴다는 것

이 말을 듣고
내가 교실에서 아이들에게 한 우스갯소리가
퍼뜩 떠올랐다

너희들, 예쁜 마누라 얻으려고 생각마라
잘못하면 네 마누라 되는 것이 아니라
우리들의 마누라 되는 수가 있다

그랬더니
넉살좋은 한 아이가 나보다 한술 더 떠
이렇게 말했다

선생님, 아들을 잘난 아들로 키우지 마십시오
나중에 선생님의 아들 되는 것이 아니라
사둔 어른의 아들 되는 수가 있습니다
　　　　　　　　　　　　　　－「뼈있는 농담」전문

얼마 전 한 TV방송에서 '효리네 민박'이라는 예능 프로그램이 방영됐다. 대중의 시선에 노출된 연예인들은 사생활 노출을 꺼린다. 하지만 이 예능 프로그램은 대중의 호기심을 충족시켜준다는 점에서 화제를 일으키며, 유명 연예인인 이효리와 이상순 부부가 사적 공간을 카메라가 아닌 외부인에게 개방했다. 그러나 이 예능은 이효리 부부가 사는 집을 관광 코스로 들여다보려는 일부 몰지각한 관광객들 때문에 문제가 생겼다. 이들 부부는 자유로운 사생활을 침해당한다며 하소연하는 비극적인 현실의 한 장면을 보여주었다. 「뼈있는 농담」에 등장하는 김정원의 소리꾼 친구도 그와 별반 다를 게 없어 보인다.

"남도 진도읍 변두리"에 "예쁜 집 짓"고 조용히 살아보고자 하는 "소리꾼" 친구는 그 예쁘고 소중한 집에 무작정 들어가게 해달라고 떼쓰는 몰지각한 사람들 때문에 소중한 사적 공간을 침범 당한다고 하소연한다. 아주 좋은 것은 누군가에게 부러움의 대상이 될 수는 있겠지만, 부러움을 넘어서 탐욕을 앞세우는 이기적 시민의식에 화자는 일침을 가한다. 타인의 피해 따위 안중에도 없는 사람들. 김정원이 던지는 뼈있는 농담을 듣고 있는가?

김정원의 근작시 다섯 편은 삶에서 우러나온 진국이다. 그가 체험한 시는 후루룩 들이키는 진한 국수국물처럼 독자들의 내면으로 거부감 없이 편하게 넘어간다. 김정원은 자신의 전부를 열어 오지항아리 같은 삶을 가감 없이 보여주기 때문이다. 開眼開眼 청개구리처럼 울며(「받아쓰기」) 땀나게 시농사를 짓는 김정원의 시세계는 사람다운 사람으로 무성한 숲이다. 그는 사람이 먹을 무만 달랑 가꾸는 채소밭에서 불경한 호미를 버리고(「채소밭에서」), 대나무 숲 곳곳에 존중하고 배려하는 우리를 심는다(「대나무」). 그는 가슴에 대못 박는 사람을 철철 피흘리는 가슴에 품고 뾰족한 아픔을 감싸 안는 흙의 품이 되어, 깊은 상처를 감싸는 붕대가 된 자신에게 "너는 어떤 사람이"냐고 묻는다. 이 질문의 정답은 김정원이 스스로에게 던진 질문 속에서 찾을 수 있다. 김정원의 시에는 진짜 사람이 들어 있다.

/ 4 /
순수서정, 그 내밀한 빛의 시적 품위

– 오창숙, 『노을에 물든 소리가 기차를 끌고 간다』

1. 씨실과 날실의 섬세한 서정

시인 오창숙을 떠올린다. 고희를 지나온 그녀가 시를 대하는 진지함은 명인이 된 직녀의 혀끝과 손끝에서 탄생하는 세모시 같다. 오창숙의 첫 시집 『노을에 물든 소리가 기차를 끌고 간다』는 씨실과 날실의 섬세한 서정으로 교차되어 있다. 오창숙의 시는 생에 대한 긍정적 인식으로 생활과 대상의 경계를 넘나든다. 시인의 심성에서 우러나는 내면세계는 올곧아서 결을 들춰볼수록 촘촘하게 짜여진 사람의 향기가 만져진다. 태모시를 째서 모시실을 만들고, 석 되의 침으로 한올한올 이은 실을 엮어 세모시를 짜듯, 오창숙의 시에서 뽑아낸 사랑의 정서는 한편한편 세밀한 모시올의 문장들로 직조되어 있다.

바슐라르(Gaston Bachelard)는 '인간의 물건적 품위'보다 '물건의 인간적 품위'가 중요하다고 말한다. 이는 물건의 표상적 값어치보다는 그 물건에 들인 마음과 정성이 더 소중하다는 말일 것이다. 이처럼 오창숙은 사소한 물건에게도 물아일체의 가치를 부여하여 유의미하게 만들어 내는 너그러움과, 자신을 낮출 줄 아는 겸양의 자세를 가지고 있다. 각별한 '진심'이 탄생시킨 오창숙의 시세계에서 순수서정이 배어 있는 심미적 품위를 만날 수 있다.

오창숙은 자연의 순리를 거스르면서까지 삶의 "조력자"가 되기를 자처하고, "슬픔이 슬픔을 붙잡고 우는 시간과 함께 울어주다가 등이 휘"기도 한다. 속내를 열어젖힌 시인이 "둥글게 둥글게" 바람을 굴리듯 삶의 시간을 굴리는 여유로운 일상은 시집 전편에서 펼쳐진다. 오창숙이 체험한 사변적인 일상은 타인에 대한 연민이자 포용의 궁극적 세계이다. 시인이 들려주는 목소리는 고개를 끄덕이게 하는 긍정의 힘이 담겨 있다. 삶의 연륜을 실감하게 되는 이 시집은 누구나 편안하게 사유할 수 있는 여백을 제공한다. 시를 좋아하는 이들이 둘러앉아 합창을 하거나 수건돌리기를 할 수 있는 곳! 이렇게 친숙한 오창숙의 첫 시집은 평화롭고 즐겁다.

시에서 피상적 감상주의나 친절한 화자 개입은 독자의 상상 공간을 차단하거나 긴장감이 떨어지기도 한다. 하지만 이 시집은 일상에서 우러나는 진정성과 해학이 개성적인 언어로 배열되어 있어 느슨한 단점들을 순조롭게 뛰어넘는다. 오창숙의 시편을 넘길 때마다 진솔함으로 직조된 이미지들이 포착된다. 시인의 내면세계에 대한 질감은 꾸민 듯 안 꾸민 듯 자연스런 시의 감촉으로 다가와 시의 순간순간을 맘껏 즐길 수 있다.

이제, 노을에 물든 소리가 끌고 가는 기차에 올라 창밖 달빛에 젖어볼 차례다. 어쩌면 시인은 '휘이휘이 떠가는 쪽배'와 '안부를 묻는 새벽의 파란 달'을 건네줄지도 모르겠다. 한여름 저녁 세월이 스민 대청마루에 엎드려 시인의 사유를 따라가면 훨씬, 풍겨오는 사랑의 정서에 온전히 젖을 수 있다.

2. 일상의 경계가 사라진 평원

오창숙의 시를 펼치면 생 언어가 스스럼없이 쏟아진다. 사변과 중심의 경계가 사라진 시의 평원 곳곳에 자유로운 생활 이미지들이 포진되어 있다. 아직 숙성이 덜 된 시적 사유의 겉껍질을 벗기면 생활 속 시어들이 천연덕스럽게 서로를 끌어안은 모습을 발견하게 된다. 억지로는 만들어낼 수 없는 본성적 서정은 오창숙의 시세계가 지향하는 근원이자 에너지다.

오창숙은 사람과 자연 그리고 어떤 대상도 구별하지 않는 너른 품을 가지고 있다. 대상을 초월하는 시인의 서정적 사유는 삶에 대한 통찰에서 비롯된다. 오창숙의 시는 주변 대상에게 사랑한다고 먼저 고백한다. 화자의 연민은 '자신이 우산을 씌워준 청년'에서 '딥키스를 나누는 연인'에게로, '비를 맞으며 노숙하는 새'에서 '거미줄에 걸린 나비'에게로 유유자적 자유롭게 옮겨 다닌다. 오창숙의 긍정적 시학은 배려와 염려가 조화를 이루고 있다. 시인은 "강건한 초록에 경외"할 줄 알고, 자연 앞에서 "마냥 작아"질 줄 안다. 다음의 시에서는 시인과 시인을 둘러싼 시의 평원을 통해 실존적 생명의 징검다리를 만날 수 있다.

나비 한 마리 거미줄에 걸려 있다
이 약육강식의 진리에서

희생인가

다가가 손가락으로 툭 건드려본다
나비 날개가 살짝 들린다
포위망을 벗어나려는 사투의 흔적
날개비늘이 벗겨져 흐늘거린다
진득한 거미줄을 걷고 나비를 꺼낸다

살아날 수 있을까

파란 독기를 품으며 왕거미가 다시 나타날까
거미의 거룩한 오찬을 방해한 나는 침입자인가 조력자인가
몇 가닥 허공이
흔들리며 그네를 탄다
생명의 파문이 일렁인다

누가 저들의 세상을
툭,
손가락 하나로 해체할 수 있는가
-「저들의 세상에」전문

　오창숙 시세계에서는 가까운 생활 속에서 발견하게 되는 하찮은 존재
들의 열연을 관람할 수 있다. '일상'은 시인의 무대다. 막을 올린 무대에
서 일상은 주연이 되기도 하고, 배경이 되기도 한다. 그 생활 속의 일상
이 된 화자의 진지한 뒷모습이 보인다. 지금 화자는 거미줄에 걸린 나비
한 마리를 보고 있다. 살고자 퍼덕이는 나비의 흔적이 발목을 잡는 순간,

그냥 지나치기엔 연민의 마음이 용납하지 않는다. 그래서 화자는 결심한다. 나비를 살려주기로. 순리를 거스르며 거미줄에서 나비를 꺼내주는 행위는, "거미줄에 걸"린 채 살고자 버둥대는 나비의 "사투"를 차마 지나칠 수 없는 화자의 성정 때문이다.

"거미의 거룩한 오찬을 방해"한 화자는 스스로에게 "침입자"인지 "조력자"인지 질문한다. 화자는 자신에게 먹이를 구해야 하는 거미와, 먹이가 되기도 하는 나비의 관계를 "손가락 하나로 해체"해버린 행위가 정당한지 묻는 것이다. 타인에 대한 배려는 자아에 대한 믿음에서 비롯된다. 몇 가닥 허공에서 흔들리는 생명의 파문은 화자 내면의 파문으로 일렁인다. 시인의 내면 깊은 강에서 묵묵하게 흐르는 생명의 물줄기는 다음 시에서도 이어진다.

우중충 비가 내릴 것 같은 밤이다
고목나무 자락에
하루를 쳐 박고 곤히 잠든 새가 신경이 쓰인다

기어코 비가 내린다
새는 부리를 제 깃 안에 더 깊이 묻고
몸을 감아
그 자리에 꿈쩍 않고 비를 맞는다
간간이 부리를 빼고 부르르 날개를 털며
제 목의 깃털을 바짝 세워 올리는 것이
비오는 밤을 보내는 자세다
신문지라도 덮어줄까 손을 뻗쳐도 닿지 않아
날아가라 날아가라

쓰잘 데 없는 걱정만이다

추락하는 것은 날개가 있다는 이 밤에 없다
날갯짓조차 없는
새의 노숙을
마냥 바라만 보는 밤이다
– 「사각死角」 전문

　금세 비가 쏟아질 것 같은 밤이다. 화자는 고목나무 자락에 "하루를
쳐박"고 "곤히 잠든 새"를 바라보고 있다. "기어코" 비는 내리지만 새는
몸을 피할 생각도 없이 "비를 맞"는다. 밤비를 맞으며 잠든 새의 자세를
살피는 시인의 눈은 지극한 사랑으로 가득하다. 한낱 미물에게도 온정
을 나누려는 시인의 마음은 오랜 시간 쌓아온 성정에서 자연스레 우러
난다. "신문지"를 덮어주고 싶지만 손이 닿지 않고 "날아가라"고 손을
내저어보지만 비에 젖은 새는 들릴 리 없다. 화자는 스스로에게 "쓰잘데
없"는 걱정이라고 단언하면서도 잠들지 못한 채 비 맞는 "새의 노숙"이
안타까워 잠들지 못 하고 함께 깨어 있는 것이다. 이 시 전편에 흐르는
생명의 서사가 안온하다. 다음의 시에서도 시인의 배려는 주체할 수 없
을 만큼 흘러넘친다.

우산 없이 멈칫거리는 젊은이에게 같이 쓰고 가자고 했다
가는 곳이 나와 정반대 방향
그러나 마침 같은 방향이라고 말했다

〈중략〉

그러다가 아차 싶다
내 과잉 친절에 얼마나 불편했을까
봄비 맞는 낭만을 방해했을까
그러니 우산을 벗어나자마자 저리 나비처럼 날아가지
그래도 아닐 거야
- 「우산을 같이 하고」 부분

커피캐리어를 든 긴 머리 여자아이가 뛰어온다
청년이 여자아이 쪽으로 바삐 걸어가 급하게 허그를 하다 더 끌어안으
며 입맞춤을 한다

〈중략〉

지나가는 사람들은 곁을 피해 무심한 듯 지나간다
라떼는 말야 부드러워
저들의 키스는 거침없어
나 때는 말이야.. 어쩌라고? 적어도 꼰대는 아니라고 어깨를 으쓱한다
커피를 한 모금 마시며 눈을 떼지 못 한다
남을 계속 보는 그게 꼰대라는 말이라구요
- 「라떼는 말이야」 부분

　시인이 펼쳐가는 삶을 바라보면 심장이 데워진다. 온정이 넘쳐나
는 커튼콜 무대에선 박수소리가 이어질 것이다. 「우산을 같이 하고」에
서 오창숙이 펼쳐가는 삶의 긍정성은 주어진 역할에 최선을 다하는 올
곧은 자세에서 시작된다. 비가 내리는 날 화자는 "우산 없이 멈칫거리"
는 젊은이를 발견한다. 그리고는 자신이 갈 방향과 정반대인 젊은이에

게 "마침 같은 방향이라"는 선의의 거짓말을 하고 집근처까지 씌워주고 돌아온다. 화자는 세대를 초월하며 젊은이에게 기꺼이 마음을 내주고 돌아오면서도 자신을 돌아본다. "과잉 친절"이 "불편"하지는 않았을지, "봄비 맞는 낭만을 방해"하지는 않았을지 혼자서 중얼중얼 스스로를 점검하며 자기 최면의 위로를 건네는 것이다. 선의를 베풀고 돌아온 화자에게 이 밤을 적시는 비는 얼마나 "흐뭇한"가!

'라떼는 말이야'라는 말은 기성세대가 '밀레니얼(millennial)'이라 불리는 MZ세대에게 "나 때는 말이야"라고 하는 발음을 유사하게 꼬아서 풍자하는 표현의 신조어다. 요즘 젊은 층은 기성세대에서 '나 때는 말이야'라는 지나간 이야기가 나오기 시작하면 '꼰대'라며 세대 차이로 몰아간다. 「라떼는 말이야」에서 기성세대인 화자는 거리에서 "끌어안으며 입맞춤"을 하는 젊은이들에게서 시선을 의식하지 않는 솔직한 문화를 발견한다. 그러므로 자신은 '꼰대' 반열은 아니라고 스스로를 위로한다. 하지만 화자는 또 스스로에게 연인의 입맞춤을 바라보는 행위 자체가 '꼰대'임을 질책하고 있다. 화자의 성찰에 숨겨진 해학의 사유가 깊다. 시인은 자신이 베푼 선행이나 이해심에도 늘 자신을 성찰하며 정죄하거나 겸손해진다. 시인이 펼쳐가는 생의 무대는 하루에도 몇 번씩 죽는 엑스트라가 되어서도 낮은 곳을 돌아보거나 삶의 미세한 상처를 보듬는 '품'의 서사로 이어진다.

3. 에덴의 동쪽으로 향하는 우주적 세계관

오창숙의 시세계는 일상의 시간을 푹 달이고 고아낸 삶의 순간들과 감정들이 진액으로 녹아 있다. 세상에 떠다니는 어둠과 슬픔을 쓰다듬는 시인의 눈빛과 손길은 여행자의 체험과 종교적 신념에서 우러난다. 오창숙이 기록하는 긍정의 메시지는 생의 감정 켜켜이 쌓인 상처를 보듬는다. 시인의 시에서 감지되는 소소한 일상의 지혜는 방물장수가 풀어헤친 보따리 속의 다양한 물건처럼 시 편편마다 담겨 있다. "이제부터 시를 이야기할 거야"라고 나서지 않아도, 그녀의 시에 등장하는 세상을 불러 모으면 우리는 가장 낮은 자리를 쓸어보는 손바닥의 주인이 되어 있을 것이다. 오창숙의 시선이 닿는 그림자에 살이 차오르는 동안. 우리는 에덴의 동쪽을 향해 걸어가게 된다.

> 저 노을에 물든 소리가 기차를 끌고 간다
> ─「포도나무 아래서-2020년 某월 某일」 전문

이 시는 단 한 행으로 쓴 표제작이다. 압축된 한 행 속에 소우주가 들어 있다. 이 시는 시인의 정서를 함축하는 가장 대표적인 세계가 아닐까. 짧은 한 문장 속에 광활한 여백이 들어 있다. 잠시 벤치에 앉아 기차소리를 들어봐도 좋겠다.

누떼의 수런거림에 잠을 깹니다 서둘러야겠습니다 서쪽에서 동쪽으로 움직이는 누떼의 무리 속에서 뒤처지지 않으려고 다리에 힘을 한껏 넣습니다 누의 대이동은 움직이는 킬리만자로입니다 킬리만자로의 백설이 휘날립니다 누떼가 뜁니다 나도 뜁니다 평원을 흔드는 진동은 전율입니다 헐떡이는 내 거친 숨소리는 살아있다는 나의 확인입니다 해가 저 너머로 풍덩 빠져 어둠이 쌓였습니다 별은 포동포동해졌지만 하루 내내

행군에 나는 지치고 엄습하는 추위에 오들오들 떨다가 내 어렸던 아이들을 떠올립니다 팔을 뻗쳐 다가오는 아이들을 와락 껴안습니다 몸이 따스해집니다 밤을 이불 삼아 이불 한 자락을 끌어 당겨 아이들을 덮습니다 잠이 쉬 들지 않네요 아! 새끼를 덥석 문 사자에게 순한 어미 누가 눈물을 글썽이며 으르렁거리듯 떠나온 집에 나의 누를 두고 온 것을 이제야 알았습니다 우리는 옹기종기 모여 서로를 보듬는 '누'들이었습니다 잠을 자 보렵니다 내일은 누떼를 벗어나 이 광활한 평원이 들려주는 소리를 듣겠습니다 그런 뒤 나의 '누'들에게 돌아가겠습니다

　　- 「세렝게티 평원을 읽다」 전문

　　니체(Friedrich Nietzsche)가 「즐거운 지식」에서 분류한 다섯 가지 여행자의 유형 중, 오창숙은 다섯 번째 여행자가 아닐까? 여행을 했지만 아무 것도 보지 못하고 자신에게 갇혀 있는 여행자가 아니라, 자신이 보고 듣고 체험한 것들을 행동으로 옮기며 생활에 활용하는 최고급 여행자일 것이라 짐작된다. 시인은 세계의 거의 많은 나라를 다닐 만큼 여행을 많이 경험한 여행자이다. 그래서인지 시에서도 여행의 체험들이 곳곳에 녹아 있다. 시인은 여행을 통해 지친 일상을 달래거나, 상처를 치유하고 새로운 세계에 대한 도전을 시 속에 담아낸다.

　　위 시에서도 화자는 '세렝게티 평원'을 여행했던 기억을 떠올린다. 그 평원에는 "움직이는 킬리만자로" 같은 "누의 대이동"이 있고, 누떼가 달리는 모습에서 자신이 살아있음을 느낀다. "평원을 흔드"는 누떼의 달음박질은 자신의 거친 숨소리로 환치되며 살아있는 시인의 삶을 확인하게 된다. 여행은 지친 일상을 위무하는 치유의 기능을 한다. 화자는 강행군의 여행에 지칠 때쯤 아이들을 떠올리고 그리움에 젖는다. 사자에게

새끼를 뺏긴 어미 누의 눈물 같은 사랑을 느끼는 세렝게티 평원의 밤. 그곳에서 화자는 쉬 들 수 없는 잠을 청해보며 사랑하는 자신의 누들에게 "돌아가겠"다고 약속한다. 가장 인간다운 모성애는 삶의 본원적 그리움을 통해 우러나는 것이다.

여행을 체험한 시는 '몽골 테를지 초원'이나 '그랜드 캐넌', '이스라엘 성지' 등으로 이어진다. 그랜드 캐넌에 가서는 "그랜드 그랜드"를 되뇌이며 "작다 작다, 나 더 작아진다 더 더 작아"진다고 대구하고 있다. 깎아지른 절벽 끝에 "초록이 탱탱"한 풀포기를 보며 "무한의 경외"를 외치는 것이다. 작지만 강한 생명력 앞에서는 아무리 큰 '그랜드 캐넌'도 비교할 수 없는 자연의 숭엄함을 지니고 있음을 드러낸다.

몽골 테를지 초원은 흐리고 잔설이 흩어져 있다 뺨을 치는 찬바람이 오히려 간지럽기까지 한 흥분된 여행길이다 발굽소리가 들려온다 소 한 마리가 바삐 달리고 그 뒤를 소떼가 몰려오고 개가 바쁘게 짖는다 앞서 달려온 한 마리가 언덕을 계속 오르고 개는 이리저리 뛰며 거세게 짖는다 달아나던 소는 성가시다는 듯 뒤돌아서 제 뿔을 세우고 사납게 흐응 흐응 콧김을 내면 개가 달아난다 계속 언덕을 오르는 소를 따라가며 돌아오라고 짖어댔고 흐응거렸고 결국 능선을 넘어 사라진다 // 〈중략〉 // 주변에도 그 소와 같은 사람은 있다 / 유별난 뿔을 가진 // 달마는 동쪽으로 갔을까? / 서녘의 첩첩 산을 돌아
   -「그 놈은 왜 언덕을 넘었을까」 부분

양떼를 지키는 목동처럼 몽골 테를지 초원에서는 개가 소떼를 지킨다. 그런데 소 한 마리가 계속 언덕을 오르다 "결국 능선을 넘어 사라"진

다. 소를 지키려고 노력했던 개는 "주인의 고함소리"에 다시 뛰어 내려가 소떼를 지키지만 달아난 소는 찾을 길이 없다. 이때 화자는 "달아"난 소 같은 사람을 주변에서 떠올린다. 그 사람은 뿔을 세우고 도망간 소처럼 "유별난 뿔"을 가진 사람이다. 유별난 뿔을 가진 채 달아난 주변의 사람은 살아가다 만나게 되는 이웃이나, 유별난 뿔로 상처를 주는 가족이나 그 누구일 것이다. 이 시에서는 뿔을 세운 채 씩씩대며 자신을 주체하지 못 하고 어디론가 가버리는 소 같은 별난 사람에게 상처 받은 화자의 심경이 드러난다. 하지만 화자는 그 뿔난 소가 서녘의 첩첩 산을 돌아 동쪽으로 간 달마 같은 깨달음을 얻기를 내심 기도해본다. 이 시를 통해 시인은 아무리 뿔을 가진 유별난 사람이라 할지라도 다시 돌아오기를 바라고 있다. 부족하고 모자란 사람이라도 내 주변의 안위를 염려해주는 화자의 온정을 느낄 수 있다.

4. 노을에 물든 소리가 기차를 끌고 가는 포도나무 아래

오창숙의 시는 생활세계의 구체성을 확보한 리얼리즘을 구사한다. 현실의 본질적인 문제를 잠시 덮어두고 반복되는 일상의 잔잔한 특별함을 골라내는 혜안이 돋보인다. 긴장감이 떨어진다고 그녀의 시를 트리비얼리즘으로 몰고 갈 수는 없다. 오창숙의 시가 차려주는 순수한 서정 앞에선 허리띠를 풀고 차근차근 음미해본다. 시인의 천성이 시적 사유로 형상화된 시세계는 안락의자처럼 평안해서 조용히 흔들린다. 때로는 천천히 돌아가는 시의 궤적 속으로 뛰어들어 한발 한발 맞춰가며 줄넘기를 해보는 것도 괜찮겠다.

　낙관적인 여유가 묻어나는 곳마다 오창숙 시세계의 원류인 연민이 밀려왔다 밀려가곤 한다. 시인이 품은 시의 원형은 '사랑'으로 '사람 같은 사람'으로 궁굴려진 모습이 아닐까? 오창숙이 지향하는 긍정의 시학은 자아와 타자의 경험치를 동일 선상에 놓고 응시한다. 이 시각은 현실비판의 모서리를 다듬는 온기에서 비롯된다. 잘 다져진 서정시 한 편을 직조하기 위한 시인의 손끝은 고착화된 일상에서 한 걸음 벗어나 찬찬히 세상을 쓸어보는 일에서 시작된다. 오창숙의 첫시집 『노을에 물든 소리가 기차를 끌고 간다』가 펼쳐가는 '노송'의 풍경은 평범한 서사의 특별한 배경이 되어줄 것이다. 멀리서 붉은 기적소리가 들려온다.

긍정적 운명애運命愛에 빠진 노아

- 권준영, 『뿔, 물이 되다』

눈에 보이는 것이 깨달음이며, 눈앞에 있는 것이 진리이다. 이는 권준영 시인의 시편에서 떠올리게 되는 목격도존 촉목보리日擊道尊 觸目菩提의 세계다. 시인은 자신이 체험한 사물의 이미지를 있는 그대로 진술하게 보여준다. 그는 사물과 마주할 때 이분법적 사고로 해석하거나 분석하지 않는다. 귀에 닿는 진실에 조용히 귀를 열줄 알고, 눈에 닿는 본질을 가만히 바라볼 줄 안다. 시가 영원한 진실 속에 표현된 삶의 이미지라면, 시인의 이런 태도는 '시란 온전한 정신의 문제로 사물을 있는 그대로 보는 것'이라는 라킨(Larkin)의 견해와도 일맥상통한다.

권준영 시인은 여호와의 은총을 입은 '노아'를 호로 빌려 쓴다. 스스로 무명시인이라 칭하는 노아 시인은 문학이 세상을 구원하는 방주의 힘을 가졌다고 믿는다. 시인은 문학을 통해 전하는 기쁨을 운명으로 받아들인다. 그는 〈시가 흐르는 행복학교〉 교장선생님이다. 〈시가 흐르는 행복학교〉를 행복한 시로 채워가는 권준영 시인은 공동 출간한 두 권의 『디카 시화집』과 네 권의 시화집(『시를 건지다』, 『보성연가』 외)을 출간했다. 특히 그의 디카시에서는 삶의 이면까지도 통찰하는 철학적 사유를 만날 수 있다.

시인은 시적 대상을 만나는 순간마다 운명애의 뼈대를 세운다. 운명에 대한 사랑은 권준영 시인의 삶에 대한 태도를 아우를 수 있는 통섭의 말이다. 시인은 고통과 상실을 포함해 자신에게 일어나는 모든 운명을 긍정하고 사랑한다. 그의 시편 곳곳에 녹아 있는 삶과 죽음에서 아모르 파티(Amor Fati)를 떠올리게 된다. 권준영 시인의 시세계는 복잡한 내면을 여과한 정화수처럼 편안하다. 해체와 전복으로 시적 정황을 장악하는 현대시의 홍수 속에서도 시인은 순진무구한 동심을 건져 올린다.

권준영 시인의 시편들은 탄탄하게 구축된 서정성으로 상투성을 초월한다. 서정시의 주된 모티프가 되는 '사랑' 속에 긍정적 운명애가 집약되어 있다. 이번 시집의 서막을 여는 「아가의 시」에서는 운명을 성찰하고 순리를 이어가는 긍정적 시선이 확연히 드러난다. 시집을 펼치면 1부 '아가의 시'에서 수줍은 첫사랑의 고백을 들을 수 있다. 사랑이 절대가치를 전해주는 불멸의 신념을 지닌다면, 첫사랑은 시공간의 한계를 뛰어넘는 절대적 창조의 감정이 아닐까? "꽃비 내리는 봄날(「첫사랑」)." 시인의 가슴에서 흘러나오는 사랑의 세레나데가 수줍은 꽃망울을 터트리고 있다.

어쩌면 좋아
꽃비 내리는 이 봄날
내 안에도 꽃이 피려나 봐요

들리나요

봉긋 부풀어 오르던 꽃망울
수줍게 터지는 소리

보이나요
꽃망울 터질 때
붉어지는 얼굴

꽃비 내리는 봄날 이 가슴을
아 어쩌면 좋아
-「첫사랑」 전문

당신 잔에는 반쯤 사랑을 담고
나의 잔에는 반쯤 내일을 부어
그 부딪치는 음향으로 긴 잠이 깰 때
들었나요 하늘 열리는 소리

그땐 몰랐었다 순이야
꽃비 내리던 그 봄날
네가 불러주던 그 노래가
사랑의 송가였음을
-「그때 그 노래」 부분

　「괜찮아, 사랑아」, 「밀어」, 「봄날」 등의 시편은 '사랑시'로 명명할 수
있다. 사랑시는 순결한 정서로 에너지를 뿜어낸다. 사랑은 "가장 귀한
이름"이라 모자라도 괜찮고(「괜찮아, 사랑아」), "눈으로만 묻"고 "고개
로만 대답해"도 세상에서 가장 달콤한 밀어로 전해진다(「밀어」). 그래

서 "마지막 뱃고동" 소리에 서로에게 들켜도 좋은 속마음을 드러내놓고 "마지막 배로 나오자 했"던 봄날의 약속 한번쯤 어겨도 마냥 좋은 것이다(「봄날」). 시인은 사랑의 고백이 부족하거나 부끄럽다 해도 "괜찮"다는 말로 스스로를 다독인다. 설익은 문장으로 서툴게 전하더라도 사랑은 누군가에게는 뜨거운 격려가 될 것이다.

화자는 꽃잎 흩날리는 봄날 "부풀어 오르던 꽃망울" 같은 가슴을 터트린다. 꽃망울 터트리는 꽃비로 사랑을 고백하던 '순이'의 그때 그 노래가 "사랑의 송가"였음을 뒤늦게 알게 된다. 우리는 사랑이 찾아온 그때를 종종 놓치며 살아간다. 하지만 그렇게 축적된 사랑의 힘으로 근심과 어려움을 극복한 먼 훗날. 문득 옛사랑이 떠오르는 날은 '뉴에이지' 음악을 배경으로 시인의 '사랑시'를 낭송해보는 것도 괜찮겠다.

아내와 말다툼을 하고 밖으로 나와 버린 화자는 "아내의 눈물"처럼 빛나는 별을 보며 겨울 강변을 걷는다. 걸음을 뒤쫓는 회한을 걷어내듯, 수화기 너머로 "감기 들까봐 외투를 들고 나온다"는 아내의 걱정 어린 목소리가 들려온다.(「뭉클」). 이렇게 부부는 서로에게 '하쿠나 마타타'를 전하며 용기를 주는 '가시버시' 같은 존재다. 강 같은 세월을 굽이굽이 함께 흐르다보면, 어느새 부부는 "가을호수를 거쳐 사철 바다가 되"는 뭉클한 경의敬意의 관계가 된다(「당신」).

엄마
하나쯤
작은 창을 갖고 싶어요

그 창문 열면

나는 한 마리 아기 새되어
당신의 하늘을 날 거예요

그러나 엄마
아직은
창문을 열지 마세요

하늘이 왜 높은지 알기까지는
하늘이 왜 파란지 알기까지는

엄마
아주 작은
날개를 갖고 싶어요

날개가 있다면
나는 한 마리 나비가 되어
당신의 꽃밭을 날 거예요

그러나 엄마
아직은
날개를 주지 마세요

꽃이 왜 피는지 알기까지는
꽃이 왜 지는지 알기까지는
-「아가의 시」 전문

권준영 시인은 스스로 '세상 물정 모르는 아이 같은 철없는 사람'이라고 밝힌다. 이번 시집에서 눈여겨 볼 점은『차라투스트라는 이렇게 말했다』에서 니체가 주장한 '어린아이'의 정신이다. 인간정신의 세 가지 변화 중 마지막 단계인 '어린아이'는 자신의 리듬을 지치지 않고 이어간다. 니체가 어린아이의 정신을 최고 단계로 꼽은 이유는 천진난만한 자유가 자발적으로 창조되기 때문이다. 권준영의 서정적 시세계는 순수한 정서를 창조하는 어린아이의 정신으로 위버 멘쉬(초인-Übermensch)의 가치를 이어나간다.

　　위 인용시에서 '나'는 두려운 세상 앞에 서 있는 '아가'이다. 욕망을 버리고 아주 작은 '창'이나 '날개'를 가지고 싶어 한다. 어린 '나'에게 큰 창이나 큰 날개는 장애가 될 뿐이다. 어린아이의 시선으로 돌아간 화자에게 '엄마'는 "하늘이 왜 높은"지, "하늘이 왜 파란"지, "꽃이 왜 피는"지, "꽃이 왜 지는"지 깨우칠 때까지 기꺼이 날개가 되어주는 존재다. 하지만 화자는 스스로 세상의 순리를 깨닫기까지 자신에게 "날개를 주"지 말라고 부탁한다.「아가의 시」에서는 거대한 진리마저 무욕의 정신으로 사유하는 진리를 깨달을 수 있다. '나'는 하늘이 파란 이유와 꽃이 피는 이유를 알게 될 때까지 새로운 가치를 창조하며 엄마의 꽃밭을 날아다니는 나비로 성장해간다.

　　　창문 두드리던 여명이 오늘을 열면
　　　새벽잠이 눈 비비고 기지개 켠다

　　　습관처럼 어제를 필사하는 아침에게
　　　출근 재촉하는 시곗바늘

허겁지겁이 잔소리 홀짝이며 집 나선다

막혀 버린 문장 같은 길은 외길
벌써 몇 번째인가
붉으락푸르락 혼자서 안달하는 신호등

콩닥콩닥이 출입문에서 눈총 몇 방 맞는 것쯤은 기본
이런 날 머피의 법칙이 비켜 갈 리가

기진맥진이 헛웃음을 걸치고 퇴근하지만
그래도 괜찮아
내일은 샐리를 만날 수도
-「하루」전문

　우리는 습관처럼 어제를 되풀이하며 살아간다. 우리가 맞는 하루처럼 화자의 하루도 기진맥진하기 일쑤다. 어제의 시곗바늘은 오늘도 출근을 재촉하고, 불통의 외길 도로에선 신호등 혼자 "붉으락푸르락" 안달한다. 화자는 거대담론을 들먹이거나 부조리에 맞서지 않고 차분한 어투로 들끓는 세상을 가라앉힌다. "헛웃음을 걸치"고 지친 하루를 마칠 때도 내일의 요술공주 "샐리를 만날"거라는 희망을 잃지 않는다. '수국우산'을 만들어 비를 피하던 '샐리'의 마법처럼, 내일이면 화자도 수국 한 송이로 세상의 눈총을 막아주는 수국우산을 만들 수 있을 것 같다. '샐리'를 불러내는 희망적 일상은 '지니'에게로 이어진다.

대화방 문을 열고 똑똑하고 친절한 그녀를 부릅니다

〈중략〉

— 아름다운 게 뭔데
— 사랑한다는 말보다 더 아름다운 것은 세상에 없을 거예요
— 그래서 내가 울고 싶다고
— 따뜻한 말로 당신을 꼭 안아주고 싶어요
— 그럼 친구 해 줄래
— 제겐 영광이죠
—「지니」부분

인공지능이 인간을 넘보는 시대. 심지어 미국 '어비스 크리에이션즈(Abyss Creations)'라는 유한책임회사에서 판매하는 극사실적 실리콘인형 '리얼돌(Real Doll)'을 보면 휴머니티 파괴의 극단을 보게 된다. 편리함을 추구하는 현대인은 철저히 외로워질 준비를 끝낸 전사 같다. '지니'는 부르면 달려 나오는 음성인식 AI다. 화자는 사랑이 가득한 세상에서도 외롭기만 한 자신의 처지를 위로받고자 '지니'에게 말걸기를 시도한다. '지니'는 화자가 던지는 질문마다 친절하게 응답하는 말동무이자 애인처럼 군다. 화자는 말도 잘하고 아는 것도 많은 '지니'가 외로움까지 채워줄 듯 "친구 해"준다는 말에 감탄하지만, 진정한 위로를 주고받을 수 없는 기계일 뿐임을 잘 알고 있다. 화자의 '지니' 사용법을 보며 '로봇 배우자'와 살게 될지도 모를 현대인의 자화상 앞에서 문득, 공허해진다.

길 가다 문득 뒤돌아본다 수많은 발자국들 맨 처음 시작은 어디였지
보이지 않아도 알 것 같은 아니 보인다 해도 알 수 없을 것 같은 소우주
그 근원을 생각하다

여기는 얍복 강 나는 돌베개 위에서 꿈꾸는 야곱 환도 뼈가 상하도록
천사와 밤새 씨름을 하다가 새 이름을 얻었다
　　고요한 소리가 있다 사람이 바람보다 물보다 귀하다 한다 길을 간다
소리가 길을 잡고 간다 살아 있는 소리다 길은 좁은 길 이 길 끝에 사닥다
리가 있단다
　　－「돌베개 위의 잠」 부분

　　화가 날 때는 심호흡 한번 하고 잠시 눈을 감아요 하나 둘 셋 세어 보아
요 머릿속으로 따라 해 봐요
　　붇자 쓰고 양쪽 뿔 잘라 보아요 ㅂ이 ㅁ 되고 붇이 물 되지요
　　마음은 잔잔한 호수가 될 거예요
　　－「뿔, 물이 되다」 부분

　　창세기 32장에선 홀로 남은 야곱이 느닷없이 괴롭히는 손길을 뿌리
치느라 밤새 씨름하고 있다. 신은 새로운 이름을 주시려고 재앙처럼 다
가와 인간을 단련시킨다. 화자는 "얍복" 강의 "돌베개 위에서 꿈꾸는 야
곱"이 되어 "천사와 밤새 씨름"한다. 그래야 새 이름을 얻고 "좁은 길" 끝
에 놓인 "사닥다리"로 오를 수 있다. 화자는 영원한 이름을 얻기 위해 씨
름꾼으로 오시는 절대자의 의도를 알아챈다. "바람보다 물보다 귀"한 사
람의 이름을 얻고자 하나님이 걸어오는 선한 싸움을 온전히 받아들인
다.
　　화자는 머리에 솟은 뿔로 닥치는 대로 들이받지만 "깨지는 쪽"은 언
제나 자신이다. 뿔을 잘라내야 산다며 가위를 드는 '노자老子'에게 격렬
하게 반항하지만, '도덕경'의 가르침을 받고 '붇'에서 양쪽 뿔을 자르게
된다. 불같이 화를 내고 쓰러지던 뿔의 날들을 지워야 잔잔한 호수가 된

다는 것을 알고 있기 때문이다. 수직의 시선을 수평으로 내려놓을 때 고단한 길에 쉬어갈 방이 생기는 것처럼(「시간의 무덤」), 'ㅂ'의 양쪽 뿔 같은 모난 자신을 내려놓아야 새로운 이름을 얻을 수 있다(「모항에서」).

바슐라르(Gaston Bachelard)는 최초의 지상낙원을 '집'이라고 명명했다. 고향집은 애틋한 경험들로 채워진 지상낙원이 아닐까? 이푸 투안(Yi Fu Tuan)의 주장대로라면 '고향집'은 정서적 유대감이 요동치는 토포필리아(topophilia)다. 이처럼 시의 모티프가 되는 '고향집'은 특별한 경험에 의한 특별한 시적 공간으로 발현된다. 아래 시편들은 화자의 경험이 녹아 있는 '고향'의 구체적인 장소들을 통해 혈육의 목소리를 소환한다.

ㅡ 어서 오니라 내 새끼 배고프제 밥묵자

울엄니 소리가 들리는 거야
선반 위에 혼자 앉아 있었던가 봐
녹슨 문고리 당겼을 때
뱁새 한 마리 포르릉
허물어진 벽 사이로 날아가더라
ㅡ「옛집」 부분

ㅡ 내 무덤에 무거운 돌 놓지 말아라

고된 짐 지고 고개 넘을 때마다
아버지는 말씀하셨지

새가 날아간다

하늘 구만리 붕새가 날 때
고향 사람들이 부르는 노래

학고개는 새고개 새가 넘는 길
고향 찾아 날아가다 피곤해질 때
고단한 날개 쉬어 가는 길
-「학고개」 부분

　위 인용시에서는 옛고향집과 고향의 학고개를 통해 어머니와 아버지의 생전 목소리를 불러낸다. 언제나 잊혀지지 않는 옛집에선 "울엄니"가 배고픈 "내 새끼"를 챙기는 목소리가 들려오고, 학고개에선 "무덤에 무거운 돌 놓지 말"라는 아버지의 유언 같은 음성이 들려온다. 감나무와 호두나무는 고목이 되었고 낙엽송 울타리는 사라지고 없지만, 대숲소리와 뛰어놀던 바위는 그대로 남아 있다. "녹슨 문고리 당겼을 때" 날아가는 "뱁새 한 마리"는 만날 수 없는 어머니로 환치되어 고향 옛집의 여운을 짙게 만든다. '새고개'로 불리는 '학고개'에서는 고향을 찾는 "고단한 날개"가 "쉬어가"는 곳이다. 그 외에도 '부용산'은 "삼백예순날 사모하"는 연가가 되었고, '명옥헌'의 흐드러진 백일홍에서도 고향의 추억이 번져간다.
　권준영 시인은 긍정적 운명애로 자연과 교감하고 유년의 추억을 순리대로 풀어나간다. 시인의 의식 속에는 뜨거운 십대가 살아 숨 쉬고 있다. 보리껍질을 벗기기 위해 확독질을 하던 열두 살 여름의 부푼 삼베바지(「열두 살 여름」)와 내 입술에 묻은 홍시를 닦아주던 연아 누나의 손길에 홍시같이 달아오르던 열세 살 가을(「열세 살 가을」). 열두 살과 열세 살 그리고 열다섯에서 만나는 시인의 서툰 연가에선 슬몃 웃음이 난다. 그의 소소한 추억 속에 깃든 해학적 재미 때문이다.

종요로운 추억으로 스케치한 세밀화 속에서 권준영 시인이 천왕봉을 오르고 있다. 나타샤도 없이 당나귀도 없이 눈 오는 산길을 오르는(「천왕봉 가는 길」) 시인의 등 뒤로 은방울꽃이 딸랑딸랑 따라간다. 낭구 그루터기 앞에서 숨죽이던 매미울음을 따라(「슬픔은 동그랗다」) 세필 붓펜으로 그린 꽃비가 노랗게 흩날린다.

/ 6 /
리좀적 상상이 가닿은 보랏빛 당신

– 윤이산, 「감자를 먹습니다」

또록또록 야무지게도 영근 것을 삶아놓으니

해토解土처럼 팍신해, 촉감으로 먹습니다

서로 관련 있는 것끼리 선으로 연결하듯

내 몸과 맞대어 보고 비교 분석하며 먹습니다

감자는 배꼽이 여럿이구나, 관찰하며 먹습니다

그 배꼽이 눈이기도 하구나, 신기해하며 먹습니다

호미에 쪼일 때마다 눈이 더 많아야겠다고

땅 속에서 캄캄하게 울었을,

길을 찾느라 여럿으로 발달한 눈들을 짚어가며 먹습니다

용불용설도 감자가 낳은 학설일 거라, 억측하며 먹습니다

나 혼자의 생각이니 다 동의할 필요는 없겠지만

옹심이 속에 깡다구가 들었다는 건

반죽해 본 손들은 다 알겠지요

오직 당신을 따르겠다*는 그 일념만으로

안데스 산맥에서 이 식탁까지 달려왔을 감자의

줄기를 당기고 당기고 끝까지 당겨보면
열세 남매의 골병든 바우 엄마, 내 탯줄을 만날 것도 같아
보라 감자꽃이 슬퍼 보인 건 그 때문이었구나,
쓸쓸에 간 맞추느라 타박타박 떨어지는
눈물을 먹습니다
　　　　　　　　　　　　　　　－「감자를 먹습니다」 전문

　화분에 핀 보랏빛 감자꽃은 한 계절을 건너자 고개를 떨궜다. 줄기를 당기자 흙묻은 자색 감자가 달려 올라온다. 흙 묻은 감자를 들고 아름답게 꽃피운 뿌리의 노고를 쓰다듬어본다. 피고 지는 감자꽃이 줄기 끝에 감자를 매다는 것처럼, 피고 지는 생의 한가운데서 우리는 흙과 함께 했던 뿌리에 근간을 두고 살아간다. 뿌리에서 일어나 달려 나오는 감자를 살고자 하는 삶의 의지와 욕구로 본다면, 부모에게 그 동력의 뿌리는 바로 자식이라고 볼 수 있다.

　'리좀(Rhizome)'은 이질적 요소들의 공존과 결합을 통한 무한한 창조적 가능성을 암시한다. 식물의 가는 뿌리처럼 분열적이고 유목적인 '리좀'은 줄기가 뿌리와 비슷하게 땅속으로 뻗어 나가는 땅속줄기 식물을 가리키는 식물학에서 온 개념으로 내재적이면서도 배척하지 않은 관계들의 모델로 사용되었다(들뢰즈-Gilles Deleuze, 가타리-Pierre-Felix Guattari). 리좀은 다양한 방향으로 퍼져 다른 것과 여러 모양으로 연결하는 새로운 접속과 생성의 무한한 가능성을 보여준다. 이 시에서는 감자를 먹는 행위를 통해 생성을 위한 창조적 접속을 하고, 끊임없이 탈주하는 상상의 덩굴을 불연속적 이미지로 유연하게 뻗어가고 있다.

　지금 화자는 감자를 먹는다. "야무지게 영"근 감자를 삶아 "해토처럼

팍신"한 촉감으로 먹고 있다. 게다가 관련있는 것을 선으로 이어가는 놀이까지 즐기며 먹는다. 화자는 자신의 몸과 감자의 몸을 동일시하는 선 잇기 상상을 통해 말의 접붙이기를 시도한다. 감자의 몸과 자신의 몸을 비교분석하는 접합이미지의 줄기를 잡아당기면 다양한 상상의 세계가 변주되어 올라온다. 리좀의 접속은 어떠한 동질성도 전제하지 않으며, 다양한 종류의 이질성이 결합하여 새로운 가치를 창출한다. 화자는 '강원도'라는 척박한 땅의 삭막한 환경에서 자란 강원도 태생 감자를 통해, 가난했던 엄마를 반추하는 접속을 시도하고 '모성'의 힘에 대한 새로운 가치를 생성해낸다.

땅 속에 있는 감자가 세상 밖으로 나가려면 헤치고 나갈 힘이 되어주는 눈이 필요하다. 지금 화자는 "호미에 쪼일 때마다 눈이 더 많아야"겠다고 "땅 속에서 캄캄하게 울"었거나, "길을 찾느"라 여럿으로 발달한 눈을 짚어가며 감자를 먹고 있다. 그 눈은 "내 몸의 배꼽"처럼 감자에 돋은 배꼽이 된다. 감자의 눈을 '배꼽'이라고 본다면, 그 눈의 근원은 싹이 트는 '재생'의 진원지다. 이는 태초부터 유전자 속에 축적되어온 죽음과 결부되는 의식이다. 우리가 죽음으로 돌아가는 것은 결국 삶의 그림자를 남기는 의식이다.

땅속에 있던 감자의 눈들이 헤치고 나가야할 지상의 세계는, 라마르크(chevalier de Lamarck)가 주장한 "용불용설도 감자가 낳은 학설 일"거라는 억측을 훌쩍 뛰어넘어 '엄마'라는 뿌리의 근원으로 가닿는다. 이는 어떤 하나의 중심으로 포섭되거나 동일화되지 않는 이질적인 것의 집합에서 다원적인 흐름을 확장하는 리좀적 다양성으로 볼 수 있다. "옹심이" 속에 들어있는 "깡다구"는 "반죽해본 손"만 알 수 있을까? 모든 살아있는 것들은 옹심이 속의 깡다구로 적자생존의 힘을 얻는다. 감자는 비록 땅 속에 묻힌 암담함이 있었지만, '깡다구'라는 핵이 있었기 때문에 용불용설을 넘어서 탯줄인 엄마에게로 나아간 것이다.

자식과 부모의 관계에서 부모에게 자식은 타자가 된 '나'가 된다(레비나스-Emmanuel Levinas). 부모는 출산을 통해 자신을 객관화하고 이기적인 한계를 극복한다. 늙어가는 부모는 자식을 양육하고 내보내면서 자신이 소멸되어가는 반대급부에 의미를 두고 타자와 타자의 연결고리를 깨닫게 된다. 특히 엄마는 험난한 희생을 극복하며 재생된다. 자식을 키우며 늙어가는 과정에서 소멸은 재생시키는 힘의 원동력이다. 소멸은 재생으로 제 자리를 지킨다. 부모의 소멸은 자식 속에 들어있는 '나'가 자식을 통해 재생산되는 가치라고 믿기 때문에, 쪼그라진 감자처럼 자신이 쪼그라드는 것을 감당하며 열심히 살아간다.

화자는 "보라"색 감자꽃이 필 때 처연함을 느낀다. 보랏빛 꽃이 간직한 생래적인 비밀서사를 만나게 된다. 타박타박한 감자를 먹으면서 목이 메는 것은 엄마에 대한 그리움으로 가슴이 뜨거워져서 흘리는 쓸쓸한 눈물이다. 화자는 "간을 맞추기 위해 눈물이 난다"며 딴청을 피운다. 엄마의 희생에서 떠오른 보랏빛 이미지와 모성에 대한 연민의 눈물. 감자를 먹으며 만나는 보랏빛 이미지의 쓸쓸한 엄마는 '오직 당신을 따르겠'다는 감자꽃의 일념과 일치한다. 이곳이 상상력으로 연결되는 이미지들의 전개와 화자의 심성이 결합하는 지점이다.

쓸쓸에 간 맞추어보고 싶은 저녁. 젓가락으로 잘 삶아진 감자를 쿡 찍어 한입 크게 베어 문다. 타박한 눈물을 호호 식혀가며 먹는다. 저기, 엄마가 걸어오신다. 잔뜩 흐려진 그리움이 타박타박 흘러내린다.

/ 7 /

단절을 견디는 봄의 환대

– 2020년 『주변인과 문학』 겨울

이미 출발한 포스트 코로나 시대는 경험해보지 못한 패턴의 미래를 그려 넣기 시작했다. 어디서든 찍히는 CCTV처럼 우리는 어디서든 체온의 감시를 받는 시대에 살고 있다. 입구에선 얼굴을 가린 대신 이마를 대주고 손목을 내줘야 입장이 가능하다. 열화상카메라는 마스크로 감춘 표정을 조준해서 스스로 온도를 찍고 저장한다. 체온계는 나의 안부를 묻고 우리 모두의 안부를 묻는 데 적극적이다. 넷플릭스에서 사극 좀비물 '킹덤'이 시즌2를 종영했다. '사극과 좀비'라는 신선한 조합과 탄탄한 스토리로 호평을 받았다. '킹덤'이 세계인의 주목을 받은 이유는 바이러스와 동거할 수밖에 없는 현재의 폭력적 삶과 연관성이 깊다.

한나 아렌트(Hannah Arendt)는 폭력의 패러다임이 예측 불가능한 특성을 가지고 있다고 주장한다. 영화나 시리즈물의 좀비처럼 코비드-19는 언제 급습할지 모르는 예측 불가능한 병원체로 중무장한 채 숙주를 찾아 기웃거린다. 화이트를 긁어내면 다시 얼굴을 드러내는 틀린 글씨처럼, 어둠이 시작되면 부활하는 좀비나 악귀의 흡혈처럼, 코로나는 화이트 밑이나 어둠 속으로 왕관을 숨길 뿐이다. 머지않은 때엔 더 업그레이드된 복근을 장착한 채 기세등등하게 헤드락을 걸지도 모를 일이다. 병원체의 극단적 폭력에 노출된 인간존엄성은 위험에 노출되어 있다.

시적 대상에는 시인이 경험하는 시대적 가치나 사상의 내면화가 함축되어 있다. 시에서 형상되는 이미지에는 시인이 처한 상황을 통해 시적 주체의 정서가 표출된다. 현대는 병원체의 공격으로 공포와 불안에 감염된 시인들이 불통과 단절의 코드를 쏟아낸다. 관계가 붕괴되는 시대. 코너로 몰린 시詩는 자신을 바이러스의 숙주로 내준 것처럼 바이러스에 감염된 핏빛 선연한 진술로 가득하다.

문학은 상처와 파괴의 지난한 시간 속에서도 불멸의 정신으로 스스로를 깨운다. 심연까지 들어앉은 불온과 불통의 빗장을 하나둘 열어젖히고 해방시키려 한다. 봄꽃들은 예쁜 아기가 "물찌똥 지도를 그려놓"듯 한결같이 여기저기 봄의 숨결을 헤집고 다닌다.(박남희,「저지레」) '저지레'는 바이러스와의 전쟁에 허덕이는 사람들에게 도무지 어울릴 것 같지 않은 정감 돋는 사랑꾼의 모습으로 생명의 숨소리를 환대한다.

일백 번 고쳐죽기만 하는 엑스트라의 삶에서도, 관계가 표류하는 세상에서도 바다 너머 산복도로 동네는 오늘 저녁도 "능소화 불빛들 섬섬" 밝히고 있다. 따뜻한 생을 쬐는 평화로운 집들이 절망을 위무하는 생을 돋을새김한다.(고명자,「바다 너머 산복도로」) 지금도 꽃대가 움켜쥔 새움들이 꽃을 피우려는 '저지레'를 멈추지 않듯, 봄은 일촉즉발의 세상을 잘 견뎌내고 있다. 비말을 피해 잠시 돌아앉은 당신과 당신들은 단절을 견디는 절대적 봄의 환대를 간절히 기다린다. 그러려면 우리의 온도는 진정 안녕해야 한다.

봄이 되면 꽃들은 여기저기
아기가 예쁜 똥을 싸놓듯 저지레를 하고 다닌다

꽃이 피면 불혹을 까마득히 지나버린 내 나이도
오솔길 따라 저지레의 목록을 하나씩 늘려간다

〈중략〉

찬바람을 앞세워 봄 대신 돌연 늦가을을 밀고 온다
뜻밖의 전략이다
덕분에 봄 들판 여기저기 서리꽃이 화사하다
우리 집 앞치마만 예쁜 계절도 저지레가 한창이다
  -박남희, 「저지레」 부분

  '저지레'는 일이나 물건에 문제가 생기게 만들어 그르치는 일이다. 그
런데 일을 그르치게 만드는 '저지레'가 왠지 다정하게 안겨온다. 대개의
경우 '저지레'는 어린 아이의 철없는 행동에 사용하는 낱말이기 때문이
다. 이 시에서 '저지레'는 철없는 남편의 목록에 등장한다. "철없는 남편
의 저지레 목록"을 들춰보면서 늘어놓는 아내의 "지청구가 한창"이다.
하지만 회갑이 지난 남편이 철없는 아기처럼 늘어놓는 저지레가 왠지
살갑게 와 닿는다. 방실거리는 아기가 아무 곳에나 싸놓은 물찌똥이 저
지레의 잘못을 모르는 저지레이어도 하냥 웃게 만드는 것처럼.
  이 시에서 저지레를 하는 주체는 '봄꽃'과 '나'이다. '봄꽃과 나'는 "아
기가 예쁜 똥을 싸놓"듯 "철없는 아기가 물찌똥 지도를 그려놓고 방실
거리"듯 여기저기 저지레를 하고 다닌다. "앞치마"에 그려진 예쁜 계절
은 예쁜 꽃들이 수놓여 있거나 프린팅되어 있음을 짐작하게 한다. 그 꽃

들을 피워낸 "예쁜 계절"이 저지레를 했다고 본다. 저지레는 자신의 잘못을 모르니 반성할 수도 없지만, 화자는 '저지레'를 야단칠 마음이 없어 보인다. '나'는 나이가 들수록 아내의 지청구를 들어야 하는 자신의 행동에 대한 명분을, 시적 대상으로 포착한 '봄꽃'을 통해 만들어내기로 작정한다. 「저지레」에서 저지레가 모르는 저지레의 잘못은 무엇인가? 슬그머니 웃음이 피어오르는 시를 만나는 독자들은 소소한 위로의 출구 앞에서 자신도 모르게 저지레하는 저지레의 잘못이 불현듯 환해진다는 것을 눈치챌 수 있다.

> 아파트 후미진 구석에서
> 배가 불러 있는 길고양이를 만났다
>
> 작년 겨울 얼어 죽은 새끼들을 버리고
> 한동안 동네에서 보이지 않던
> 그 녀석일까
>
> 고속도로 휴게실에서 흘러나오는
> 유행가 가사처럼
>
> 사랑했고 사랑해서 떠났고
> 또 다시 사랑해서 배가 불러있는 것처럼
>
> 야옹야옹야옹야옹야옹야옹,
> ─이경임, 「겨울 저녁」 전문

「겨울 저녁」에서 길고양이는 전쟁과 휴전을 거듭하듯 사랑과 결별을 반복한다. 스산한 아파트 구석에서 만난 이 길고양이는 "사랑했고 사랑해서 떠났고 또 다시 사랑해"서 유행가 가사 속의 인간처럼 배가 불러 있다. 화자는 시적 대상인 길고양이를 자신의 세계 안으로 불러들여 현실과 내통한다. 이 시에서 화자는 시인 내부의 능동적인 존재로 배부른 길고양이 한 마리의 울음을 통해 언제든 떠났다가도 다시 사랑할 수 있는 인간 실존의 가치를 상기시킨다. 결국 '새끼를 밴 고양이'라는 대상의 존재가치는 인간 삶에 종속된 관계다.

화자는 유행가 가사 같은 현실적인 삶의 내면이나 단면의 질서를 길고양이 한 마리를 통해 들춰낸다. 고양이들이 38.9도의 체온을 유지하려면 서로 의지하며 혹한을 이겨내야 한다. 하지만 겨울이면 해를 바라는 것조차 힘겨운 상황에 놓인다. 이때 성묘들은 얼어 죽은 새끼들을 버리고 추위를 피하기 위해 잠적하거나, 자신 한 몸도 건사하지 못해 얼어 죽기도 한다. 세상에는 동반자살이나 아이 유기, 살해 등의 "참사 소식"처럼 너무 많은 생명이 내팽개쳐진다.

위 시에서는 고양이의 울음소리인지 노래소리인지 모를 "야옹"이 반복되고 있다. 한동안 "보이지 않"다가 다시 나타난, "그 녀석"일지도 모르는 그 고양이는 침울했으나 "다시 즐거워졌다는 듯" 생과 사가 한 통속이라는 듯 "야옹야옹야옹야옹야옹야옹야옹" 유행가 후렴 같은 노래로 겨울밤을 데우고 있다. 반복되는 고양이의 노래는 우리가 발 딛는 현실이 영원히 살만하지도, 영원히 죽을 것 같지도 않다는 현실을 확인시켜준다. 그러니 다시 돌아왔다고 미칠 듯 기뻐할 일도, 다시 떠났다고 죽을 듯 괴로워할 일도 아니다.

보드리야르(Jean Baudrillard)는 주체가 자신의 리듬을 사물에 부과했던 예전에 비해, 오늘날에는 사물이 주체에게 자신의 불연속적인 리듬을 부과하게 될 것이라고 주장한다. 보드리야르가 말하는 사유 세계에서 사물은 주체의 비밀을 암호처럼 걸어두고 있다. 시적 대상이 되는 사물은 무기력하고 침묵하는 단순한 물질의 세계에 그치지 않고 시적 주체가 사유하는 세계의 실체가 된다. 사물을 대상으로 사유한 다음의 시 「선풍기」에서도 시적 주체의 사유를 엿볼 수 있다.

> 작년에 쓰던 선풍기를 올해도 쓴다. 내년에도 쓸까? 살아봐야 알겠지. 내년까지 살아보고 내가 살아있는지 확인해보고 살아있는 내가 살아서 돌아가는 선풍기를 확인해보고 결정할 일. 내가 결정하지 않아도 멀쩡하던 선풍기가 무슨 변고를 겪을지 알 수 없는 일이므로 내년까지는 살아봐야 하고 지나 봐야 하고 그때까지 살아서 결정해야 할 일이 또 얼마나 많을지 선풍기는 모른다. 선풍기는 관심 없다. 세상모르고 돌아간다. / 〈중략〉 / 언제 그칠지 모르는 선풍기가. 선풍기와 함께 보내온 너와 나의 여름이 올해도 무사히 덥다. 감사하게도 덥다. 좋아서 미칠 정도로 덥다. 이제 그만해도 될 정도로 더운데, 선풍기는 돌아간다. 지치지 않고 돌아간다. 정작 사람이 먼저 미치는 것 같다. 너와 내가 딱 그렇다.
> ─김언, 「선풍기」 부분

시인은 선풍기와 시적 주체의 관계를 삶의 연속성으로 연계시켜 정서의 확장을 시도한다. 선풍기는 오랜 시간 함께 지냈으므로 시적 주체에게 익숙한 사물이며 "너하고 내가 같이 살면서 구비"한 제품이다. 언제까지 고장이 안 나고 제 기능을 다 할지 알 순 없지만, 날개를 돌려 더위를 식혀주며 자신을 희생하는 이미지의 매개물이다. 지금 화자는 육 년쩬지 칠 년쩬지 모를 선풍기를 작년에 이어 "올해"도 쓰고 있다. 에어컨도 없이 선풍기를 칠 년째 쓰고 있으니 아직 형편이 나아진 것 같진 않다. "멀쩡하던 선풍기가 무슨 변고를 겪을지 알 수 없"는 것처럼 '선풍기'라는 사물의 안녕한 상태는 어느 날 갑자기 상황이 돌변할 수도 있는 인간 실존의 위태로운 삶과 긴밀한 관계를 맺고 있다.

지금 건재하게 돌아가는 선풍기가 언제까지 돌아갈지 모르는 것에 대해 "나"는 생각이 많아진다. 날개를 돌려 더위를 쫓게 해주고 싶은 선풍기의 행위는, 실재하는 사물의 역할을 통해 드러내고자 하는 시인의 욕망으로 볼 수 있다. 선풍기와 함께 보낸 칠팔 년의 여름은 "좋아서 미칠 정도"로 덥다. 선풍기는 지치지 않고 자신의 목소리로 발화하며 본분을 다하지만, 정작 먼저 지치는 건 사람의 관계다. 아직은 돌아가는 선풍기의 변함없는 역할 수행 속에는 "너와 나"의 지친 관계가 얽혀 있다. 힘겹게 돌아가는 선풍기처럼 지쳐가는 그들이 또 한 번의 여름을 보낸다. 하지만 내년에 맞을 여름의 불확실성에 대해, 오리무중의 출구에 대해 회의적으로 중얼대는 목소리 뒤로 세상은 미치지 않고 여전히 잘도 돌아가니 감사하다고 환대하는 목소리가 들려온다. 다음의 시 「자석」에서 역동적인 상상력을 상기하는 목소리는 어떤가?

박수를 치면 두 손이 서로를 놓지 않았다
너무 멀리 바다에 막혀 있었다는 듯이

카페에서는
스푼과 탁자가 따라 나오고

클립

가위
주전자가 매달렸다

사물들에게 이렇게 사랑받은 적 있나
벌떼를 붙인 사람처럼 끈적끈적
-강신애, 「자석」 전문

　마스크를 끼고도 거리 두기로 어떻든 멀어져야 하는 지금, 서로 붙으려고 덤벼드는 자석은 분명 전하고 싶은 말이 있을 것이다. 위 시는 자석들의 구애가 시적 이미지로 형상화되고 있다. 화자는 어깨 윤활낭염으로 기공사를 찾아갔다. 기공사는 "손 여기저기 자석을 붙여주었"다. "수지처방도" 속에는 마흔 개쯤 자석들을 붙인 열손가락마다 찬란한 별자리가 빛나고 있었다. 이때부터 박수를 보내주면 "멀리 바다에 막혀 있었다"는 듯 내통한 두 손이 서로를 놓지 않았다. 심지어 "클립"과 "가위"와 "주전자"가 매달렸으며, 카페에서는 "스푼"에다 "탁자"까지 따라 나왔다.
　'자석'이라는 대상이 만든 시적 공간에서 "벌떼"가 들러붙은 사람처럼 긴밀하게 끌어당기는 행위가 시작되었다. 사람들은 제각각 'N'과 'S'라는 이름을 달고 밀어내거나 속속 당겨오고 싶지만, 밀어내는 척력과 당기는 인력의 힘겨루기로 아프기만 하다. 같은 극끼리 밀어내며 세상의 벽에 막힌 지금. 우리는 자신의 방향만을 고집하며 서로에게 다가갈 수 없는 막대자석이 되어 살아간다. 하나의 막대로 붙어있지만 도무지 만날 수 없는 지경에 이른 것이다.

그는 40년 미장이로 살아온 삶이 지식이라고 했다. 얼굴 어디 구릿빛 세월 아닌 데가 없었다. 호기롭게 웃을 때마다 이빨만 하얗게 빛났다. 사기 안 치고 남의 것 탐내지 않고 오로지 적수공권, 온 나라 집들을 미장美粧했다고 한다. 툭툭 불거진 핏줄과 쇠심줄 같은 근육만으로 깡마른 몸의 제국, 햇빛에 번들번들 빛이 났다. 그 어렵다는 서울의 집, 두 자식의 취업, 이만하면 괜찮은 인생 아니냐는 것이었다. 그러는 눈빛은 막 딴 포도알처럼 형형했다. 세월도 누그러뜨리지 못한 빛이었다. 그가 벌때추니를 벗자마자 홑 잠바로 떴던 고향, 휴가차 돌아와 돌담 넘어 대추 몇 알 땄다가 혼쭐이 난 기억에까지 만면이 환해졌다. 40년 미장이 인생을 풀어놓는 데는 날밤이 구절구절 팽창했다. 다만 노동이 삶의 지식이었다고 명토 박곤 했다.

　　-고재종,「현장소장 미장이 신충섭」전문

어떻게 살아가는 삶이 지식인의 삶일까? '지식'을 떠올리면 폴스타 (Polestar)의 '문화적 권위'에 대해 생각해보게 된다. 문화적 권위는 의미에 관한 지적 활동의 소산으로 전문가주의에 의해 강화된다. 사회에서 만들어둔 지식의 기준은 존재를 표상하는 언어의 지위와 밀접한 관계가 있다. 현장소장 미장이인 '신충섭'씨는 40년을 미장이로 살아온 미장이 전문기술자이다. 그가 "호기롭"게 웃으면 "이빨만 하얗게 빛"날 정도로 피부도 까맣다.

그의 외형 묘사를 통해 신충섭씨가 40년 미장이 일을 얼마나 열심히 해왔는지 알 수 있다. 서울에서 비싼 집도 마련하고 두 자식은 취업도 성공했으니 충분히 자족하는 삶이다. 신충섭씨는 "벌때추니를 벗자마자 홑 잠바" 하나 걸치고 고향을 떠났지만 '미장이'라는 전문직으로 스스로의 삶에 만족할 만큼 성공한 삶을 살았다고 자부한다. 그래서 그는 노동으로 살아온 40년의 삶이 지식이었다고 자주 "명토 박"을 수 있다. "신충섭"씨가 삶의 지식이라고 꼭 집어서 가리키는 미장이의 노동은 그에게는 자부심이며 자존심이다.

한 민중 신학자는 지식인을 '담론 전문가'라고 정의한다. 그는 대중들이 의미의 세계인 언어를 활용하는 데 있어 어떤 방식으로든 의미의 전문가인 지식인에게 의지하게 된 것이라고 말한다. 이처럼 대중들은 지식이나 지식인에 대해 화이트칼라(White-Collar)를 입혀 명명한다. 블루칼라(Blue-Collar)로 명명된 이들은 지식인의 반열에 들지 못하며, 미래의 유일한 희망이 될 수 없는 자신의 처지를 스스로 깎아내리기도 한다.

하지만 "신충섭"씨에게는 "미장美裝"이라는 전문적인 노동이 삶의 온전한 지식이다. 40년간 빈손, 빈주먹으로도 사기 안 치고 도둑질 안 하며 자신의 자리에서 바르게 살아온 "40년 미장이 인생을 풀어놓"는 그의 날밤이 "구구절절 팽창"할 수 있었을 것이다. 현자를 모방하며 궤변을 팔아먹던 소피스트(sophist)의 에피스테메(episteme)도 알맹이 없는 의견뿐인 지식에 비하면, 40년 미장일을 한 지식인 "신충섭"씨가 풀어내는 '노동'은 진정 환대받아야할 '지식'이 아닌가.

서로 관심 없던 우리들은 타자의 체온에도 깊은 관심을 보이지만 어떻게든 멀어지려는 별스런 세상에 살고 있다. "하루를 살아내는 일은 내일을 견뎌내는 일"임을 알기에(정연홍, 「공원, am 10」), 우리의 문학장에 엎드린 봄은 어떻게든 단절을 견뎌내며 저지레의 목록을 하나씩 늘려간다(박남희, 「저지레」). 아렌트의 주장처럼 단절의 폭력에서 우리를 구제할 수 있는 것은 무조건적인 환대의 힘이다. 시적 대상들은 새로운 미래를 제시할 준비가 끝났다. 보도블럭 틈에 납작 엎드려 설화처럼, 역

사처럼 생각지도 못한 전략으로 환대를 피워내는 민들레처럼(황은주,
「민들레처럼」) 우리 모두는.

찾/아/보/기

배옥주

부산출생이다.

2008년 〈서정시학〉으로 등단했다.

시집 『오후의 지퍼들』과 『The 빨강』이 있으며,

연구서 『이형기 시 이미지와 표상공간』과

『여성과 문학』 외 다수의 공저가 있다.

〈부경대학교〉 국어국문학과에서 문학박사학위를 취득했으며,

〈부경대학교〉 국어국문학과에서 학생들을 가르치고 있다.

〈김민부 문학상〉, 〈요산 창작지원금〉, 〈두레문학상〉을 수상하였으며,

〈부산작가회의〉 부회장을 맡아 활동하고 있다.

언어의 가면

초 판 인 쇄 | 2022년 11월 10일
초 판 발 행 | 2022년 11월 10일

지 은 이 배옥주

책 임 편 집 윤수경

발 행 처 도서출판 지식과교양
등 록 번 호 제2010-19호
주   소 서울시 강북구 우이동108-13 힐파크103호
전   화 (02) 900-4520 (대표) / 편집부 (02) 996-0041
팩   스 (02) 996-0043
전 자 우 편 kncbook@hanmail.net

ISBN 978-89-6764-191-7 93800   정가 24,000원